D1664183

www.lenos.ch

Gerold Späth

Die heile Hölle

Roman

Lenos Verlag

Erstmals erschienen 1974

Copyright © 2010 by Lenos Verlag, Basel
Alle Rechte vorbehalten
Satz und Gestaltung: Lenos Verlag, Basel
Umschlag: Anne Hoffmann Graphic Design, Zürich
unter Verwendung eines pompejanischen Graffitos
Printed in Germany
ISBN 978 3 85787 408 6

Das ist ein Klopfen!
Wahrhaftig, wenn einer Höllenpförtner
wäre, da hätte er was zu schliessen.

William Shakespeare
Macbeth, II. Akt, 2. Szene

DER VATER

Ich habe im wirklichen Leben Leute gekannt,
denen so ungefähr alles zum Menschen fehlte,
sie waren ohne Mitleid, ohne Erbarmen, voller
Feigheit und Selbstsucht,
sie waren unmenschlich — dennoch waren es
Menschen.

William Faulkner

Im Bett in seinem von vier Generationen um- und umgebauten Haus im Grünen erwachte der Vater nach einer Weile wohligen Halbschlafs vor Sonnenaufgang und blieb reglos liegen.

Draussen lärmten die Vögel: fast unwirklich laut das starktönige Gepfeife einiger Amseln in der Nähe vor dem steten Hintergrund fernerer Vogelstimmen.

In einem Buch über die Südsee und ihre Insulaner, wahrscheinlich vom Stamm der Maori, hatte der Vater gelesen, dort sei es Brauch, dass Erwachende mit geschlossenen Augen in der Hängematte oder am Boden auf den Bastteppichen stillhielten, dann langsam Finger und Arme bewegten und ihre nackte Haut streichelten, auch behutsam hier und dort kniffen und zupften, alles zu dem Zweck, die bei Nacht im Schlaf aus dem Leib gefahrene, frei umherstreifende Seele sanft zurückzuholen; wer zu hastig aufstand, riskierte, sie auszusperren und seelenlos durch den blühenden Tag zu staken.

Dies wollte der Vater vermeiden. Und wiewohl er — entgegen dem polynesischen Brauch — die Augen beim Erwachen sogleich auftat und an die fahle Decke hinaufblinzelte, nahm er sich viel Zeit fürs Streicheln und Zupfen; denn er wollte seine Seele ganz und heil einschlüpfen lassen, war sie doch, dachte er, eine grosse und noble und also ruhig und gemessen in ihren Bewegungen — allerdings keinesfalls zu verwechseln mit der landläufigen müden Seele; ganz unähnlich aber sei sie dem, was zum Beispiel Sportler, besonders Kurzstreckenflitzer, insgeheim unter Seele, einer lauffreudig wettkampflustigen natürlich, verstehen mögen, wenn sie ihre Nervosität am Startplatz nicht wahrhaben wollen. Nicht einmal weit draussen verwandt mit solch zappeligem Ding sei seine ruhige Seele, dachte der Vater.

An seinem Bauch, seinen Hüften, einigen Härchen an seiner Brust, an Oberschenkeln und Unterarmen zupfend, zweimal gähnend, gliederstreckend, fand er in den weit hinten leicht rötlich verfärbten Morgen, und als er, noch eine gute Viertelstunde vor der Sonne, aufstand, tat er es im Vollbesitz seines zurückgekehrten Innenlebens und ebenso betulich, wie er seine Seele herbeigestreichelt hatte, und so sanft, wie sie wieder in ihn eingezogen war nach dieser Nacht tiefen Schlafs.

Die Nächte des Vaters waren immer Tiefschlafnächte. Selten erinnerte er sich am Morgen, etwa beim ruhigen Gang durch die morgengraue Halbhelligkeit des Schlafzimmers in den gedämpft neonlichten Toilettenraum oder später unter der Brause, an irgendwelche Träume, weder an böse, die ihn geplagt, noch an andere, die ihm den Schlaf versüsst hätten.

Beim Duschen pflegte er die Temperatur jenes Wassers, das ihn von oben besprinkelte, auf die Wärmegrade jenes Wässerchens abzustimmen, das er bei dieser Gelegenheit allmorgendlich abliess; er achtete in seinem Leben auf den Einklang oft unbedeutend erscheinender Dinge: Er war ein harmonischer Mensch. Und wenn ihm sein Morgenwässerchen bronzegolden geriet, ehe es, sich mit dem Brausewasser mischend, dünngelblich abfloss, war er jedesmal erfreut und brachte dann jeweils nach einem engkehligen Räuspern die ersten Laute des Tages hervor — «Hmmhmm. Goldig, goldig.»

Diese Feststellung schien ihm passender als die alte Behauptung von der Morgenstunde mit dem Gold im Munde.

Es kam selten vor, dass der Vater die Hähne ohne Bedauern wieder zudrehte. Er genoss die Schwemme von oben, obwohl er dabei nie zu summen begann noch ins Trällern kam oder sich gar dazu hinreissen liess, die

Badezimmerakustik mit lauten Gesängen zu erschrekken.

Bronzebrunzwarm brauste das Wasser in die goldige Frühe dieses Tages, belebend über Vaters hin und wieder luftschnappendes Gesicht: Ein stilles, behagliches Auskosten.

Aber dann liess er doch abtropfen. Er freute sich schon aufs nächste: Der Augenblick der Begrüssung stand an.

Noch bevor er sich aber Haar und Haut mit flauschigen Tüchern trocken ribbelte, um hierauf mit Rasierschaum und Klinge über Kinn und Wangen zu gehen und sich dann einen dicken Bademantel umzutun, gönnte er auch seiner Zahnprothese morgendliche Erfrischung, nämlich ein sauerstoffperlendes Wasserglasbad. Hernach fand er, fast ohne hinzublicken, im linken Winkel der Etagere die Tube mit der Haftcreme; er achtete auf Ordnung, nie hätte er jene Tube rechterhand hingelegt, und so legte er sie auch an diesem Morgen wieder in denselben linken Winkel zurück.

Alsbald gestriegelt und geschniegelt — und auch die elfenbeinweissen Zähne bereits dort, wo sie tagsüber hingehörten — wandte er sich dem grossen Spiegel zu.

Er tat seinen zweiten Morgenräusperer, ehe er den kristallblanken Spiegelbildvater aus angemessener Distanz anstrahlte — «Hahaaa!» — und eine kleine Verbeugung machte. Kein Morgen, an dem er dann nicht den Bademantel für eine freundliche Weile auseinandergeklaftert hätte. Er zog Bauch- und Beinmuskeln an, überzeugte sich, dass noch alles — wenn auch spiegelverkehrt — da oder dort, jedenfalls vorhanden, und sah, dass es also gut war.

So begrüsste er sich jeden Morgen; so stellte er immer wieder froh fest, wie frisch, wie straff sich ihm seine Leibhaftigkeit über Jahrzehnte von Sonnenaufgang zu

Sonnenaufgang erhalten hatte bis auf diesen Tag. Dem Spiegelbild, dazu konnte er sich täglich leicht überreden, sah man wirklich nicht an, dass der Vater ein Grossvater hätte sein können, war doch sein dreiunddreissigjähriger Sohn seit vier Jahren verheiratet.

Zufrieden gürtete er den Bademantel und zog Wollsocken an, lange braune, und langte sein Stöcklein des Tages, eines aus Buchsbaum mit leicht gebogenem Elfenbeinknauf, aus dem dreihundertsechsundsechzigfach besteckten Stockrechen; dabei las er die in ein Messingschildchen gravierte Tageszahl, sagte «Aha! Der hundertvierundfünfzigste heute!» und hob mit der Linken seine Schirmmütze vom Haken draussen im Korridor.

Mützen hatte der Vater drei Stück: Eine wasserdichte für Regenwetter, eine leichtere für Schönwetter, eine fürs Autofahren.

Die wasserdichte hatte Entlüftungsösen und war dunkelblau, die fürs Autofahren braun kariert und die andere rohleinenfarben. Mützen zog er den Hüten vor, Mützen fand er praktischer; deshalb blieb sein einziger Hut, ein Panama, selbst an Heisswettertagen meist am Huthaken neben dem Stockrechen hängen.

In Socken und Bademantel, mit Stöcklein und Schönwettermütze durchquerte er sein geräumiges Schlafzimmer und trat, in die nun hinter dem Horizont heraufschiessende Sonne zwinkernd, auf die ebenerdige Veranda hinaus. Die Luft war frisch, fast kühl; lautes Vogelgepfeife, aber sonst noch kein geschäftiges Geräusch. Wach geworden waren erst der Vater und die Vögel im grossen Park rings ums Haus; er atmete tief, er war zufrieden.

Einen Meter rechts von der Verandatür standen seine am Abend zuvor bereitgestellten blauen Gummistiefel; sohlentief versenkte er seine braunen Socken, zuerst rechts, dann links, fasste hernach die Sonne wieder ins Schlitzauge, atmete wiederum tief ein und aus, dreimal diesmal, während er die Sonnenbrille dort fand, wo sie sein musste: in der aufgenähten Brusttasche.

Auf der Veranda hielt er inne und schaute: Im aufhellenden Morgengrau grauweisslich ein dichter Tauschleier über dem von schmalen Mähmaschinenbahnen geriffelten Rasengrün. Schliesslich tat er den ersten Schritt dieses hundertvierundfünfzigsten Tages jenes Jahres und legte dann, wie an jedem schönen Sommermorgen, seine Sonnenaufgangspur ohne Hast in den strichweis schon aufgleissenden Tau, quer über den weiten Rasen vom Haus auf den Teich zu. «Schön», sagte er vor sich hin, und die Vögel in Bäumen und Büschen verzwitscherten die Morgenstille.

Eins nach dem andern, dachte er.

Irgendwo hatte der Vater gelesen — wahrscheinlich in einer Zeitung, nicht in einem Buch —, dass die Singvögel irgendwann im Sommer mit Pfeifen aufhörten, fast alle an demselben Tag. Er wusste aber das Datum nicht mehr. Vielleicht im Juli, dachte er und sagte wieder: «Schön.»

Er sagte es noch fünfmal, bis er zu den Eiben kam und zu den dunklen, von drei Buchen und sieben Fichten überragten Buchsbaumbüschen und Zephirsträuchern, die den Teich dicht umstanden; ein schmaler, unebener Streifen festgetretener, schütter kiesiger und fleckweise unkrautbewachsener Erde säumte den Teich.

Über Tag und Nacht, von Morgen zu Morgenfrühe, das wusste der Vater, pflegten die Spinnen ihre Fäden zu spannen; deshalb fuchtelte und stocherte er mit dem Stock des hundertvierundfünfzigsten Tages heftig in der Luft herum, als er vom nassen Rasen auf den Pfad durch die Sträucher wechselte. Mit klebrigem Spinnweb im frisch rasierten Gesicht mochte er sich nicht übers stille Wasser zu seinem zweiten Spiegelbild des Morgens hinabbeugen. Überhaupt: Spinnen, Spinnweb... Fische, das war's! Saubere Tiere, die Fischchen!

Der Teich war kreisrund, von Ufer zu Ufer über die Mitte gepeilt waren es an die zwanzig Meter; am Rand stand das Wasser einen knappen Meter tief, weiter draussen sank der Betongrund ins Dunkle ab bis zur Mitte hinaus; dort ragte ein ausgewaschener, vermooster Kalkstein über einen Meter hoch steil heraus, und oben auf dem Stein stand Vaters marmorweisse Diana, mitten im Jagdlauf gebannt auf einem Bein. Bogen und Pfeil aus allmonatlich blitzblank gescheuertem Messing; nur an versteckten Stellen grünspanbefleckt. Am Teichgrund der verschlammte Buchenblätter- und Windfall dreier Jahre.

Der Vater wusste, dass mindestens tausend Fische die weisse Göttin umschwammen: Alet, Barben, Karpfen. Schöne, saubere Fische, keiner kleiner als zwanzig Zentimeter, die ältesten Karpfen dick und gelbbauchig, einige fast meterlang; vor Gewittern im Hochsommer, wenn der Unterwind gegen Abend auf einmal stillstand und es in den Buchenwipfeln flirrte und die Tannen ihre Äste hoch oben wiegten, lagen diese grossen feisten Fische in Rudeln knapp unter der Oberfläche: dort sieben, dort zwölf, dort sechzehn dunkle Karpfen im düsteren Wasser, reglos, unmerklich treibende wasserschwere Sterscheiter. Erst wenn die Grundböen dem Regen voran aus West oder Südwest daherfächerten, auch die stärkeren Zweige zerzausten und stossweise durch die Büsche fuhren und den Wasserspiegel verscherbelten, sanken diese grossen Fische jeweils ab,

einer nach dem andern, sanken schräg gegen die Teichmitte, gingen in Nähe der Diana auf Grund.

Aus Büchern wusste der Vater, dass alles eine Seele hat,
die Sträucher und die Bäume, Fische und Vögel und
Blumen und Gräser: Kein Steinchen, kein Stäubchen,
nichts ohne Seele.

Schon oft hatte er versucht, beispielsweise die Bäume
als seinesgleichen zu begrüssen am frühen Morgen. Ein
freundlicher Morgengruss von Seele zu Seele schien ihm
angebracht. Es war aber jedesmal eine erstens den Morgen störende und zweitens ins Uferlose absegelnde,
endlich leis und leiser serbelnde Rede daraus geworden,
so viele Bücher hatte der Vater gelesen, so viel hatte er
geglaubt sagen zu müssen — der Schnauf war ihm
knapp geworden und schliesslich fast ausgegangen, und
der anfänglich sprühend stiebende Speichel auch. Denn
beim Begrüssen, hatte ihn gedünkt, sei Umsicht gebo-
ten; begrüsse ich das eine Gräslein, sollte ich auch alle
andern Hälmchen, sonst könnten ihre Seelchen beleidigt sein und mir übel an meine Seele wollen.

Schliesslich war er, und zwar vor etwa drei Jahren,
auf einen allerdings unbefriedigenden Ausweg und diese Formel gekommen: «Seelen, ich und meine Seele
grüssen euch!»

Er hatte schon damals zuviel gelesen, um nicht zu wissen, dass dieser kurze Gruss, gemessen an der unwahr-
scheinlichen Seelenvielzahl um ihn herum, eine faule
Ausrede war. Napoleon hat aber mit einem Federstrich
fast eine halbe Million Soldaten in Marsch gesetzt,
Alexander seine Heerscharen vielleicht nur mit einem
siegesgewissen Wink — die Bücher sagen hierüber
nichts Genaues, die grosse Bibliothek zu Alexandrien,
der Vater wusste es, ist ganz und gar aus- und abge-
brannt.

Sieben Wörter sind immerhin mehr als Strich oder Wink, dachte er, ausserdem schicke ich damit nicht die kleinste Seele in die Schlacht; dieser und ähnliche Gedanken — auch an Hitler, Stalin, Nixon und andere erinnerte sich der Vater bisweilen — waren ihm mit der Zeit genügend Morgentrost, wenn ihm die Einsicht in seine Unfähigkeit, Seelen sachgemäss zu begrüssen, die Morgenstimmung hin und wieder verderben wollte.

Es geschah nun wie an jedem, ja selbst an Schlechtwettertagen, die Sache mit dem langen roten Schlauch.

Seit sein Sohn die umfangreichen und traditionell einträglichen Geschäfte führte, hatte der Vater rings um sein Haus allerlei Arbeiten entdeckt, die zu tun waren, einige immer wieder — worüber er besonders froh war. Zwar hatten nach seinem Rückzug aus dem Chefzimmer seiner Firma die täglichen Morgenspaziergänge und ausgiebiges Bücherlesen die Tage gefüllt; es war ihm aber bald aufgefallen, dass weitläufige Spaziergänge ebenso wie nachmittaglanges Lesen Leib und Seele zuweilen ermüdeten.

Abwechslung! hatte er eines Tages gedacht. Und so war er auf das Mähen des Rasens gekommen, aufs Rechen des gekiesten Vorplatzes auf der andern Seite des Hauses und auch auf das Zurückschneiden der Rosenstauden: Lauter Arbeiten, mit denen man, selbst wenn sie für einmal getan waren, eigentlich nie fertig wurde. Deshalb waren sie ihm am liebsten. Es vergnügte ihn, im Gegensatz zu früher, nun Geschäfte zu erledigen, die nie zu einem endgültigen Abschluss kommen konnten. Und bei anderen Arbeiten, die, einmal getan, auch abgetan waren, versuchte er hernach mindestens die eine oder andere Verbesserung herauszutüfteln.

So hatte er beispielsweise kürzlich am Rande des Rasens, nah bei den Bäumen, eine etwa zehn Quadratmeter grosse, fast ovale Fläche abgesteckt, hatte die wurzeldurchsetzte Erde bis in eine Tiefe von gut siebzig Zentimeter eigenhändig ausgehoben und den Aushub ebenso eigenhändig während mehr als vier Wochen umsichtig an vielen Stellen seines Grundstücks ausgestreut, den grössten Teil der weiten Umfassungsmauer entlang.

Das ovale, feuchte, flache Loch im Rasen, sein Werk, hatte er mit einer Plastikfolie ausgelegt und hernach mit Torf und frischem Rossmist — in abwechselnden Schichten — eingeebnet.

Dann waren zwölf Rosenstöcke hineingekommen, zwei vom Gärtner empfohlene langlebige Sorten: Sieben Sissinghurst Castle, dunkelrot, und fünfmal die rotblätterige Mère Victoria, eine rosa Züchtung von achtzehnhundertzweiundsiebzig. Und damit war die Arbeit getan gewesen. Gerade dies war eben das Unbefriedigende.

Weil der Gärtner gesagt hatte, die Sorten seien langlebig und widerstandsfreudig, hatte der Vater «Widerstandsfreudig, ha!» gemurmelt.

Aber dann hatte er doch nur sechs Tage gebraucht, um wieder froh zu werden: Im Herbst oder spätestens im nächsten Jahr, war ihm eingefallen, wird es nicht schaden, wenn ich neben den Rosen ein paar Löcher bis auf die Plastikbahnen hinabgrabe und neuen Mist hineingebe.

Da hatte er gewusst, dass sein ovales Rosenbeet ihn und seine Arbeit auf viele Jahre hinaus brauchen würde. Nicht «Schön! Schön!», sondern «Erfreulich! Erfreulich!», hat er damals gemurmelt.

Es gab aber Arbeiten, die eines Tages tatsächlich ein für allemal getan waren. Da blieb trotz aller Tüftelei nichts anderes zu tun, als allenfalls darumherumzutigern. Ein an der richtigen Stelle eingeschlagener Pfahl, zum Beispiel, ist ein eingeschlagener Pfahl, und damit hat sich's, basta — jedenfalls bis er fault, morsch wird, ersetzt werden muss, ein neuer eingeschlagen werden kann. Ebenso hat sich's mit einer vor Zeiten vom Haus des Vaters bis zum Rand des Teiches in den Boden verlegten Wasserröhre. Es wird Jahrzehnte dauern, bis sie auszugraben, zu erneuern sein wird. Verstopft ist sie auch nie, und die anfänglich erregende Idee der Sabotage an der eigenen Wasserleitung kam dann doch nicht recht zum Keimen.

Aber, hatte der Vater schliesslich herausgegrübelt: Mit dem Wässerchen, das aus der Röhre sprudelt, halte ich nicht nur den Teichpegel konstant, mit dem Wasser lässt sich auch sonst allerhand machen.

Machen liess sich die Sache mit dem langen roten Schlauch.

Eine dankbare, täglich machbare Sache, eine, wenn's dem Vater darauf ankam, sogar mehrmals täglich machbare Sache, so oft es ihn eben ankam. Am frühen Morgen immer.

Säuberlich aufgerollt harrte der rote Schlauch, im Gebüsch versteckt, auf Vaters Hände, die zuerst eine Drahtschlaufe lösten und ihn dann geschickt abrollten und mit schnellen Drehgriffen an die Röhre anschlossen.

Einige Vögel huschten zwischen den Sträuchern über die nadel- und blätterbedeckte Erde davon, einige schwirrten kirrend ab; eine Amsel setzte sich draussen auf Dianas Kopf und starrte blöd zum Vater hinüber.

Noch einige Drehgriffe, und das Wasser schoss in den Schlauch, sang, gluckste, trieb die pfeifende Luft aus, sprang ein paarmal in kleinen Spritzern aus der Düse, zischte endlich vollstrahlig hinaus.

Die schwarzstarre Amsel mit dem blöden Blick flügelte lärmend davon.

Man kann sagen, der Vater habe die Gewohnheit gehabt, die Göttin Diana auf dem Stein in der Teichmitte allmorgendlich von Kopf bis Fuss kalt abzuspritzen, wobei er stets darauf achtete, selbst geheimste Stellen in den Strahl zu bekommen. Ja, auf jene göttlichen Heimlichkeiten hatte er es eigentlich besonders abgesehen. Denn dort, wusste er, war die Marmorweisse am ehesten gefährdet. Der rote Schlauch war deshalb genügend lang bemessen; mit seiner Fünfunddreissigmeterlänge reichte er dem Ufer entlang bis zum gegenüberliegenden Teichrand — der Vater konnte seine Diana auch von hinten mit direktem Strahl treffen; eine, wenn auch nur heimlich, schmutzige, mit der Zeit vielleicht gar bemooste Diana wäre ihm ein unschöner Anblick gewesen.

Ausserdem genoss er das leichte Vibrieren des wasserspeienden Schlauchs in seinen Händen; ein wohliges Gefühl am Ufer, es kroch ihm jedesmal unter den Bademantel und bewegte seinen Unterleib. Diese Diana, weiss und unberührt, welch göttliches Weib! Und wie der scharfe Strahl spritzte! Wie er an ihrem Leib zerplatzte! Wie es plätscherte! Wie die Göttin hüpfte unterm aufklatschenden Wasser! Eine Lust war's.

Aber auch dieses Morgenvergnügen musste ein Ende haben; es stand nämlich schon das nächste bevor: Der Vater drehte den Wasserhahn zu, das Geplätscher fiel zusammen. Morgenstille. Die lauten Vögel weit weg. Reine Luft.

Er rollte den Schlauch sorgfältig auf; eine ziemlich beschwerliche Arbeit, bis der Draht die dicke Rolle wieder zusammenhielt. Geriet er aber dabei in leichten Gesichtsschweiss und kleine Achselhöhlenhitze, so war's alsbald ein doppelter Genuss, der Stiefel, Socken und des Bademantels ledig, behutsam ins Wasser zu steigen, von unten nach oben von prickelnden Wellchen sanften Schauderns angenehm gebeutelt.

Nicht dass es je Vaters Absicht gewesen war, den Morgen mit Geschnaube zu erschrecken. Er ging vielmehr mit angehaltenem Atem in die Knie, und sobald ihm das Wasser an den Hals reichte, stiess er sehr sachte ab, sagte leise «Fort, Fisch!» und schwamm etwa drei Meter vom Ufer ruhig und ohne Geplätscher hinter den tausend Fischen her, zwei-, manchmal dreimal ringsum. So unauffällig wie möglich schwamm der Vater. Und dabei war er stets darauf bedacht, Kinn und Kopf hochgereckt über Wasser zu halten und vor allem nicht direkt vor sich hin, sondern einige Meter voraus aufs Wasser zu schauen. Solange er im Teich schwamm, vermied er es, die Fische sehen zu wollen; es würde ihm gruseln, das wusste er, und gar ein Fischschwanzschlag, etwa an sein Bein, würde ihm den Atem abstellen, wie gepeitscht würde er aus dem stillen Teich hinausschnellen.

Fort, Fisch, fort! dachte er auch an diesem Morgen; aber kaum gedacht hatte er's, als einer jener Karpfen, die schon seit Jahren im Teich schwammen, direkt vor seinem Gesicht übers Wasser hinausstiess und nach einem trägen Wälzer zurückplatschte, dass es spritzte.

Es kam zwar vor, dass die Karpfen sprangen, aber selten war einer so nah vor Vaters Gesicht hochgeschossen; es erschreckte ihn, er schluckte Wasser, hustete, wusste einen Augenblick lang nicht, ob er vorwärts zur Diana oder doch lieber ans Ufer zurückschwimmen sollte. Aber mit einigen schnellen Armzügen war er beim Stein, hielt sich fest.

Der Vater hat Dianas Kalkfelsen nie bestiegen; er legte allenfalls hin und wieder kurz an, mit einer Hand nur — unten seine leis strampelnden Beine — und sah hinauf zur Göttin und verweilte dann doch über Gebühr, so schien es ihm nachher jedesmal. Richtig vergessen konnte er sich; es war schon vorgekommen, und darin mochte irgendeine Gefahr liegen, er ahnte es. Ein Geräusch musste ihn dann zurückholen, zum Beispiel ein früher Automotor, weit weg und doch nah, wenn das Morgenlüftchen danach stand.

Kam es aber vor, allerdings selten, dass gar erste flache Sonnenstrahlen das Wassertröpfchen an Dianas göttlicher Marmornase aufblitzen liessen, schwaderte er, ein Ertappter, in unvorsichtiger Eile weg vom Stein und fühlte dann, wie starr ihm das Genick geworden war in verzauberter Anschauung der steinweiss ragenden Jägerin.

An diesem Morgen passierte es ihm, dass er, wieder am Teichrand nach einer Weile, beim Hinaussteigen den Halt verlor und ausrutschte und ins Wasser zurückfiel. Abermals, zum zweiten Male schon, schluckte er Wasser und hustete und erschreckte sich und die Morgenstille.

Was ist denn nur los heute, dachte er beim vorsichtigen zweiten Versuch, aus dem Wasser zu steigen.

Schnaufend, in jedem Fall schnaufend, erledigte er jeweils nach dem Morgenschwimmen die letzte Arbeit am Teich: Er tauchte den aufgerollten langen roten Schlauch ins Wasser, schwenkte, wusch ihn, kletterte dann wieder heraus und versteckte ihn im Gebüsch.

Dabei überlegte er manchmal, ob ausser ihm nicht vielleicht noch jemand — seine Frau, sein Sohn — wusste, dass da eine Schlauchrolle verborgen lag.

Vielleicht wissen sie's, dachte er, aber sie sagen nichts, sie haben Taktgefühl, sie respektieren mich, sie wundern sich nicht einmal. Aber wahrscheinlich wissen sie gar nichts.

Allerdings wäre ein schwarzer Schlauch leichter zu tarnen; auch dies dachte er.

Zu sagen ist noch, dass die zwei oder drei Runden im Teich an regnerischen Tagen zuweilen und an kühlen immer ausfielen. Dann begnügte sich der Vater mit dem Abspritzen der Göttin, hatte sich auch jeweils Ölzeug umgetan, und wenn es gar zu heftig schüttete, wenn der Wettersturz zum Landregen geworden, kam seine Diana nur von vorn in den Wasserstrahl.

Aber dieser hundertvierundfünfzigste Tag des Jahres, Freitag und zweiter Juni war's, liess sich sonnig an.

Befriedigt stiefelte der Vater in seinem Bademantel mit Stock und Mütze auf seiner Morgenspur quer über den inzwischen flächig taufunkelnden Rasen zum Haus zurück. Fleck- und streifenweise Müllerblümchen, weisse, rotgeränderte, noch kaum halb geöffnete Blütenblättlein.

Auf der Veranda stieg er aus den blauen Gummistiefeln. Im Schlafzimmer warf er Mütze und Mantel ab, strupfte die Strümpfe von den Füssen und sah sich nach dem Stuhl um, den er früh am Abend zuvor mit Wäsche, Kleidern, Krawatte belegt hatte; war alles noch da. Der Vater kleidete sich an, nicht umständlicher als andere Väter seines Alters, eher schneller: die Leibwäsche unter Hemd und Hose, Krawattenschlaufe unter den Kragen, Knöpfchen zu, halb- oder wadenhohe feine Wollsocken, Hausschuhe. Dann ohne Blick in den Spiegel, aber mit dem Stöcklein dieses hundertvierundfünfzigsten Tages, leise in die Küche, leis den Kühlschrank aufgemacht, Milch und Butter herausgenommen, Zucker, Brot und Honig aus dem Brotschrank, drei Pfännchen auf den Herd; Milch und zweimal Wasser; aus dem Kühlschrank ein Ei und ins hintere Wasserpfännchen damit, aus der Schublade Messer und Löffelchen, vom Geschirrbord einen Teller, Tasse und Untertasse. Die Milch konnte warm werden, die Kaffeepulverbüchse stand auch schon bereit. Vaters Frau schlief noch, er hantierte so geräuschlos wie möglich, die heraufkommende Sonne war ja erst drauf und dran, die ersten Frühaufsteher nach und nach aus dem Schlaf herauszufingern.

Vaters Frühstück: ausgiebig war es, und schmecken liess er sich's.

An Tagen mit ungerader Zahl und an jedem Sonntag pflegte er mit spitzem Messer ein Trinkei an Gupf und Spitze anzubohren und Dotter und Eiweiss herauszusaugen, und zwar ehe er sich an den Tisch setzte, oft sogar noch vor dem Aufsetzen der Milch und des Kaffeewassers.

Beim Morgenessen dachte er selten über Dinge nach, die er sich für den Tag vorgenommen hatte, mit Ausnahme einer Sache, die — wenn überhaupt — sofort nach dem Frühstück zu erledigen war. Meist wälzte er beim Kauen und Schlürfen ein Problem besonderer Art, sein Lieblings-Morgenproblem sozusagen, nämlich die Frage der Selbstversorgung.

Der Vater war ein wohlhabender Mann; wenn Wohlstand einem Haus, weitläufigen Liegenschaften oder dem Besitzer selber angesehen werden kann: dem Vater, wenn er auf der Veranda seines grossen Hauses im weiten Park stand, hätte man's ansehen können. Und weil nun das freie Grundstück rings ums Haus so gross war, dass es sich durchaus in landwirtschaftlicher Manier hätte beackern und bebauen und ausserdem in

Wies- und Weideland einteilen lassen, konnte er seine Selbstversorgungsfrage in vier Worte fassen:
Soll ich Bauer werden?
Zuerst hatte er an Kaninchen gedacht.
Kleiner Stall mit fünf, sechs Boxen für fünf, sechs Stück irgendwelcher Rasse, Belgische Riesen zum Beispiel, hatte er gedacht, Belgische Riesen waren ihm dem Namen nach bekannt, und gerade dieser Name, schien ihm, bürgte für viel Fleisch.
Vom Kaninchenstall in den Hühnerhof ist es nur ein Sprung über den ungefähr zwei Meter hohen Maschendraht. Drei Hähne und ein Schock Hennen, macht zusammen dreiundsechzig Stück Federvieh im Pferch.
Er hatte auch an Gänse und Enten, schliesslich noch an Truthähne gedacht. Die Frage der Selbstversorgung wurde, einmal angezupft, immer bedenkenswerter, wurde vor allem tierreich. Über Kartoffeln, Mais, Rüben, Obst, stellte sich heraus, konnte später noch während vieler Frühstückshappen nachgedacht werden. Vorerst ging es dem Vater, und zwar schon seit gut zwei Jahren, ums Lebendige.
Als er die Fische in den Teich eingesetzt hatte, war das Selbstversorgungsproblem noch nicht auf dem Frühstückstisch gewesen. Schon zu Vaters Vater Zeiten waren Fische im Teich geschwommen, wenn auch weder Barbe noch Alet, sondern Goldfischchen, insgesamt kaum drei Dutzend. Dass nun im Teich tausend Fische jener Arten schwammen, die dem menschlichen Speisezettel näher sind als Goldfische, änderte — was Selbstversorgung betraf — überhaupt nichts. Der Vater hat den Teich nie befischt, Teich und Fische waren, im Zusammenhang mit Küche und Kochtopf, tabu. Die Fische gehörten der Diana; ein scheuer Gedanke, den er nie aussprach, nicht einmal im Selbstgespräch, den

er auch kaum je in buchstabengenauen Wörtern dachte. «Vielleicht sind's auch schon elfhundert», murmelte er an diesem Morgen vor sich hin und befasste sich dann zum sechsundzwanzigsten Mal mit einem Schweinekoben, der möglicherweise hinter dem Geflügelpferch plaziert werden konnte.

Aber er schweifte bald ab, auch dies kam vor; er dachte an eine zweite grosse Kühltruhe, an fachmännisch zerstückelte Schweinehälften, an Enten in Plastik, Poulets, an steinhart gefrorene Gänse. Hühnerhof- und Karnickelstallprobleme, überhaupt die ganze Bauernfrage hätte er einfach auf minus zwanzig Grad einfrieren, aber — auch dies wusste er — trotzdem nicht endgültig abtun können. Also dachte er doch wieder daran, dass mit zwei Sauen ein Versuch, ein Anfang zu machen wäre.

Er wurde aber bald fertig mit dem Frühstück, ausserdem wartete die dringende Sache, jedenfalls stellte er Besteck und Geschirr zusammen und Brot, Butter, Honig, Zucker- und Kaffeedose an ihren Platz zurück, ohne für dieses weitere Mal in Sachen Selbstversorgung und besonders in der Schweinefrage vorwärtsgekommen zu sein.

Nur noch das weichgekochte Ei jetzt; fast hätte er's vergessen, obwohl ihm, bevor er es mit dem Löffelchen am Kopf aufschlug, scheinen wollte, so ein weisses Ei sei eigentlich nicht zu übersehen.

Absolut reine Form, vollkommen, dachte er und war wie an jedem zweiten Morgen gespannt, ob es zu weich oder zu hart geraten oder ob es ihm diesmal wohlgelungen sei. Es war aber, und das ist in den letzten Jahren überhaupt nie vorgekommen, ein faules Ei und stank zum Verwundern grässlich in Vaters verblüfft schnuppernde Nase. Er hob es mit spitzen Fingern aus dem Eikelch, hielt den Atem an und warf es in den Kehrichtkübel. Dann griff er schnell zu seinem Stock und stieg leise über drei Treppen in den Estrich hinauf. Stinkt ja grauenhaft, so ein faules Ei, man sieht's ihm überhaupt nicht an, hätte nie geglaubt, dass faule Eier so grauenhaft stinken.

Es kam ihm in den Sinn, dass man mit dem Gestank fauler Eier jede geschlossene Gesellschaft sprengen könne; so hatte er's jedenfalls irgendwo gelesen.

Kunststück, dachte er auf den obersten Treppenstufen, so ein Ei jagt alle auseinander, aber jetzt die dringende Sache.

Im Estrich hatte er einen alten Holzverschlag, der als Abstellkammer gebraucht worden war, ausgeräumt und in monatelanger Arbeit dergestalt umgebaut und eingerichtet, dass ein gemütliches, nur auf einer Seite leicht schrägwandiges Zimmer mit zwei in die Dachschräge eingepassten Klappfenstern draus geworden war. Die beiden Wände gegen den Estrich wurden vom Holzboden bis zur Holzdecke von Bücherborden verdeckt: Dicht an dicht Vaters Dachkammerbibliothek, alle Bücher gelesen, manche zwei- oder drei- oder sechsmal. Ein selten benutzter Schaukelstuhl stand in der Ecke neben der Tür, ausserdem hatte er ein kurzes Sofa, einen Tisch, eine Biedermeierkommode heraufgeschleppt. Stand alles da, wie er's haben wollte. Ein Voltaire-Sessel, gobelinbezogen, zwischen Tisch und Sofa eine alte Ständerlampe, unter dem Sofa ein elektrischer Ofen — wurde nur an kalten Tagen hervorgezogen —, dann eine kleine Kredenz, Oberteil verglast und voll Gläser und Gläschen, unten hinter den Holztürchen an die zwanzig Flaschen: Zwetsch, Kirsch, Korn, Pflaume, Gravensteiner, Himbeer, Vermouth, Gin, im hintersten Glied sogar ein paar Deziliter Absinth. Aber der Vater schnapste nicht; zweimal in der Woche ein Gläschen, vielleicht — es hing immer davon ab, was die Morgenstunde und vor allem die dringende Sache ergaben.

Um dies festzustellen, kletterte er auf dem Estrich über eine Bockleiter in die spitzwinklige Enge zwischen Dachkammerdecke und Ziegeldach des Hauses hinauf.

Drei Generationen, daran ist zu erinnern, hatten ihre Vorstellungen von Architektur und Wohnkultur an Vaters Haus ausgelassen. Der Musikzimmeranbau der ersten war das Herrenzimmer der zweiten und das zusätzliche Gästezimmer der dritten gewesen, als der Vater vor über fünfunddreissig Jahren eingezogen war. Im zweiten Jahrzehnt seiner Hausherrschaft hatte auch er, vielmehr eher seine Frau, sich nicht länger des Eindrucks erwehren können, wenn noch einmal an- und umgebaut werden solle, dann besser gleich, später würden einem die unaufhörlich steigenden Baukosten den Spass verderben. So war der Salon vergrössert und ein viertes Mal etwas Neues angebaut worden: Ein Damenzimmer, könnte man es nennen; da am Ende selbst Vaters Frau nicht gewusst hatte, wozu der neue Wohnraum gut sein sollte, hatte sie einige Zeit nach der Hochzeit ihres Sohnes ein breites Bett bestellt und sich in ihrem Anbau eingerichtet. Getrennte Schlafzimmer seien Mode; davon war sie so sehr überzeugt, dass sich der Vater sein Stück von dieser Überzeugung abschneiden und sich hinfort seinem gesunden Tiefschlaf im ungeteilten Bett hingeben konnte.

In jener Zeit der anhebenden neuen Hausordnung ergaben sich drei Dinge: Der Vater wurde gewissermassen Heimwerker, er zimmerte sich sein Estrichzimmer; der Vater begann in der Abgeschiedenheit dieses Zimmers vermehrt Bücher zu lesen und kam dabei darauf,

dass es gut sei, seiner Seele die allmorgendliche Heim-
kehr auf polynesische Art zu erleichtern;

und drittens entdeckte er auf der Suche nach dem Ur-
sprung ständiger, seine Dachkammerlektüre störender
Zugluft, der bei kühlem Wetter nur mit dem elektrischen Ofen, im Winter aber überhaupt nicht beizu-
kommen war, direkt über seinem Voltaire-Sessel eine
Ritze in der Riemendecke. Und noch vor dem Abdich-
ten jener Fuge fiel ihm eine wohl aus Versehen spaltweit offenstehende Dachluke auf.

Diese Luke befand sich über der Decke seines Zimmer-
chens; er musste sie früher übersehen oder zwar bemerkt, aber wieder vergessen haben: er erinnerte sich
nicht. Jedenfalls zogen dort die kalten Winde ein. Und
von dort, auch dies ergab sich, ging der schräg nach
unten gerichtete Blick ungestört über vier Ziegelreihen
zum neuen Anbau und durchs Fenster aufs neue breite
Bett seiner Frau. Das war eine Entdeckung gewesen,
aus der sich die dringende Sache sozusagen von selbst
ergeben hatte.

Sah der Vater fortan von seinem Dachzimmer aus, dass
der Vorhang die Sicht nicht behindern würde, bestieg
er die Bockleiter, kletterte auf die Riemendecke und
duckte sich zur Luke vor.

Richtig, da lag sie, und zwar hatte sie seit der Zeit der
neuen Schlafordnung eine Gewohnheit angenommen,
die er früher an seiner Frau nie wahrgenommen hatte:
Sie schlief nackt. Sie trug nur ihrer seit jeher empfind-
lichen Kehle wegen einen schmalen Schal um den Hals.

Interessant, hatte der damals wenn möglich noch wa-
cher gewordene Vater gedacht und einen leeren Harass
vom Estrich heraufgeholt, um bequem in Stellung gehen zu können.

Interessant, dachte er; denn während der Jahre des ehelichen Doppelbetts war er immer für das gesunde Schlafen an frischer Luft bei geöffnetem, sie aber für das gesunde Warmluftschlafen bei geschlossenem Fenster gewesen.

Daraus hatte sich nach unerspriesslichem Hin und Her ergeben, dass ein Schlafzimmerfenster wenigstens im Sommer einen Spalt weit offengeblieben war und dass Vaters Frau ständig über einen rauhen Hals geklagt hatte. Sobald aber der Herbst und die Kühle gekommen waren, hatte es keine frische Nachtluft mehr gegeben, nicht einen einzigen Hauch, und der Vater hatte jeden Morgen wenigstens halblaut über seinen brummenden Kopf geflucht. Und nun, auf einmal, war sie offenbar zu seiner Meinung, zu frischer Luft, zu klarem Kopf, zu offenem Fenster bekehrt.

Interessant.

Seit der Entdeckung der Dachluke und der Aussicht, die sie bot, beschränkte sich der Vater nicht nur am frühen Morgen, sondern bei allen seinen gelegentlichen Betrachtungen über An- und Umbauten auf diesen einen Blickwinkel. Zwar war seine Frau keine sehr schöne Frau, zwar wusste er aus nächster Ehenähe, wie nackt seine nackte Frau aussah — aber auf Distanz war's etwas ganz anderes. Als Geschäftsmann war er gewohnt, aus jeder Situation das beste herauszuholen, aus jedem Geschäft das meiste herauszuschlagen; und diese Sache mit der Dachluke war so eine Situation, die schon etwas hergeben konnte. Das einzige Risiko war der Vorhang. Ob vorgezogen oder nicht — das war so etwas wie Baisse oder Hausse; der Vater blieb jedenfalls in einer Art Geschäft, er kam sich nicht so ruheständig vor wie einige seiner Bekannten. Die schliefen schlecht und wussten den lieben langen Tag nichts Gescheites anzufangen mit sich und der abstreichenden Zeit und gingen einem auf die Nerven mit ihrem Geklön und wurden langsam eigenartig; einige machten gar auf jung und hatten doch den Schnauf nicht mehr, andere reisten mit ihren Weibern um die halbe oder ganze Welt und rannten dann mit ihren fünftausend Kilometer Schmalspurfilm herum und wollten nicht wahrhaben, dass zum Beispiel das Tadsch Mahal in ihrer Version mit lachender Ehefrau im Vordergrund nicht nur deswegen aus den Proportionen fiel, weil da eine nachwechseljährige Visage feuchtigkeitscremefreundlich grinste, ach ja . . . — aber der Vorhang war an diesem Morgen zurückgezogen.

«Steigen wir», sagte der Vater und legte Hand an die Bockleiter; er stieg, wie bereits vermerkt, auf die Dachkammerdecke und duckte sich oben im Halbdunkel zur Luke hin, unterwegs die Hose aufknöpfend, die er mitsamt der Unterhose auf die Oberschenkel hinabstrupfte. Er rückte den Harass zurecht, um bequem hinausspähen zu können und spreizte die Beine und zog das Unterhemd hoch, um ebenso bequem an seine Männlichkeit zu kommen.

«Schön», sagte er.

Die Sicht war frei, und seine Frau lag da, und sie war nackt, lag mit leicht angezogenen Beinen auf der rechten Seite, zeigte Schenkelspeck, ihr Gesicht war halb vom linken Unterarm verdeckt.

Der Vater fingerte ein wenig. Er brauchte jeweils, und so auch an diesem Tag, nur kurze Zeit, um sich etwas herbeizuzupfen, für das er schon früher — nicht ohne Erstaunen damals — das Wort «Gesichte» gefunden hatte.

Vor dem ersten Gesicht dieses Morgens dachte er, die Frauen seien den Männern gegenüber im Vorteil, Frauen brauchten wenig zu tun, um jederzeit zu einem Mann zu kommen, ein Mann hingegen müsse sich umtun. Allerdings, räumte er ein, könne es sein, dass er eine andere Meinung hätte, wenn er kein Mann, sondern eine Frau ... — aber da hatte er schon das erste Gesicht:

Er lag auf dem Rücken. Über ihm ein dickliches Mädchen mit schweren, dickwarzigen Brüsten. Das Mädchen hockte auf seinem Bauch, rutschte mählich über seinen Magen, über seine Brust herauf, Hals und Kopf nach hinten gebogen; immer höher, näher wellte der gewölbte Mädchenbauch. Nabel, Härchen, getrimmtes Pelzchen. Vaters Fingerspitzen beutelten seine Hoden, derweil seine Hände dicke Mädchenbrüste drückten. Er stierte aus der Dachluke, bleckte sein Gebiss, züngelte hinaus, atmete schneller, biss endlich zu, heftig zwei-, dreimal, bis das gesichtlose Mädchen zerfloss.

Drunten im Schlafzimmer auf dem breiten Bett: seine Frau mit angezogenen Beinen.

Zwecklos war's, das wusste er, dasselbe Gesicht zweimal hintereinander schauen zu wollen. Seine Gesichte kamen und gingen oder kamen nicht; sie liessen sich nicht zwingen.

Der Vater sah hinaus, tastete rechts tiefer, fingerte links höher, hätte gern eine prallschlanke Athletin heraufgeholt, eine Fünfkämpferin oder Sprinterin, etwas Biegsames, Bewegliches mit kräftigen Muskeln, die strafften sich schon unter ihm und bebten; er rutschte vom Harass, kniete gespreizt und hechelte und sah diese Hürden- oder Hundertmeterläuferin mit den schwellenden Muskeln; im Fernsehen hatte sie ihre langen Beine geschüttelt vor dem Start.

«Lisa», sagte der Vater; er sah seine Frau nicht mehr und schnaufte schwer, stemmte sich auf, zog die Hose hoch, knöpfte zu, tappte tastend über die Bretter zur Bockleiter und stieg ab.

Sie ist zu schnell gewesen, zu schnell vorbei, dachte er.

Er atmete tief mit offenem Mund und räusperte sich, hüstelte zweimal, bis er unten im Zimmer war und sich schwer auf das Sofa neben dem Voltaire-Sessel fallen liess. Die Gesichte strengten ihn an; aber er mochte ihre mannigfaltig nackte Fleischlichkeit nicht missen.

Sich mählich beruhigend lag er, sah zur Decke hinauf; Flirrkringel von unbestimmter, wechselnder Färbung kreisten in der Luft. Er schloss die Augen. Er spürte die Nässe seiner Haare. In etwa einer Stunde würden sie — erfahrungsgemäss — wieder so trocken sein wie vor der Frühmorgendusche. Seine Brust hob und senkte und hob sich schon langsamer. Er nahm die rechte Hand zu seinem Gesicht herauf; mit Zeigefinger und Daumen wischte er feinen Schweiss von seiner Nase, dann liess er den Arm wieder langgestreckt neben sich aufs Sofa fallen. Ha! dachte er, fett wie sie ist, schläft, eine schnaufende alte Sau, Lisa, ha!

Nach einer Weile tat er seine Augen auf und nahm ein Buch vom Sessel, schlug es dort auf, wo er ein abgewetztes, über die Buchseiten lappendes Blatt Papier hineingeklemmt hatte. Der Vater benutzte immer leere Blätter als Buchzeichen.

Seite zweihunderteinundneunzig, richtig, dachte er; die dringende Sache war erledigt, er hatte sich von ihr erholt und wollte ein wenig lesen, bevor es Zeit wurde für das weitere, das er allmorgendlich seit Jahren zu tun gewohnt war.

Seite zweihunderteinundneunzig; er seufzte und las dann:

Es hätte ein friedlicher sonniger Samstagnachmittag werden können, im Kahn auf dem See, ruhig und heiter. Er hätte am Hafen auf einer Terrasse unter einem Sonnendach schläfrig ein paar Bierchen kippen und einen kleinen Schwatz ablassen können. Er hätte mit Renata einen fröhlichen Abend abmachen können, er hätte ... er hätte ... Wenn nicht zu allem Übel, kaum dass die Polizei in See stach, drei Hornstösse die dumpfe Schwüle mit neuem Unheil geschwängert hätten, dreimal lang und deutlich und beängstigend.

Das Lesen verursachte ihm schon nach diesen zwölf Zeilen einen kleinen Schmerz in den Augen und erinnerte ihn daran, dass es an der Zeit war, je ein paar Tropfen Medizin in die Augenwinkel zu träufeln.
Die Medizin war eine dunkelbraune Mixtur in einem braunen Fläschchen: Am Morgen zwei und am Abend je ein braunes Tröpfchen in jedes Auge, am Mittag zwei klarflüssige aus einem Plastikfläschchen. Die Mixtur biss für Sekunden in den Augen; unter Vaters flatternden Lidern quollen Tränen hervor. Er zog sein Taschentuch hervor und wischte sie ab, und bevor er weiterlas, stellte er das Fläschchen aufs Bord über dem Sofa zurück und knipste ein überm Kopfende angeschraubtes Leselämpchen an. Aus seinem Magen kamen Verdauungsgeräusche. Noch etwa eine halbe Seite, dachte er, dann ist es soweit.

mal lang und deutlich und beängstigend.
Es war Johanns gute Tante Frieda im Sonntagskostüm; als ich in den Hafen ruderte, erwartete sie mich. Sie stand breit neben dem

alten Scherer auf einem Notfloss, und natürlich waren seine Kleider schmutzig und die
Schuhe ausgelatscht, das Hemd verfleckt, natürlich hätte ich mich kämmen sollen und
ordentlich herrichten — «Wie es sich gehört,
Hans», sagte sie, «aber das lernst du nie! Du
kommst daher wie ein Strolch, natürlich!»
Johann schämt sich, macht den Kahn fest
und sagt schnell, er habe ein Boot bestellt,
beim Brack in Bollingen, ein schönes Zehn-
Tonnen-Boot, verglichen mit der «Aphrodite» ... also diese Alexis-Typen könne man
gar nicht mit der «Aphrodite» vergleichen,
die «Aphrodite» sei ein kleiner Fisch gegen
sein Boot, so ein mordsmässiges Schiff habe
er bestellt.

Der Vater überlegte, ob er eine Zigarette rauchen sollte. Jetzt nur eine Zigarette, dann geht's sicher gleich
los, dachte er und legte das Buch weg und stand auf,
nahm eine Zigarette aus dem geschnitzten Holzkäst-
chen auf dem Tischchen vor dem Sessel und strich ein
Zündholz an, sog, blies den Rauch aus.
Ich spür's schon, fährt mir schon in die Därme, drückt,
treibt aus.
Mit der Zigarette im Mund stieg er ins untere Stock-
werk hinab und schloss sich in der Toilette ein. Er warf
die Zigarette ins Klosett, es zischte.
Schnell, eine ganze Tagesladung, dachte der Vater und
sagte leise: «Schön», sass schon, liess die Ladung aus-
fahren, kniff Lippen und Augen zusammen und erta-
stete mit der linken Hand den Drücker für die Wasser-
spülung.

So ein mordsmässiges Schiff hat er bestellt, dachte er, ein schönes Zehn-Tonnen-Boot. Er überlegte, wozu ein Fischer ein Zehn-Tonnen-Boot brauche. «Zehn Tonnen verscheuchen doch jeden Fisch», murmelte er, «Nimmt mich wunder, wie es weitergeht.»

Die Spülung rauschte aus, das neu in den Spülkasten schiessende Wasser sang.

Jetzt kommt ja bald die Zeitung. Schlafen alle noch. Mit den Hühnern in die Federn und mit den Hähnen von der Stange, das ist gesund; diese ewige Langschläferei am Morgen und am Abend ums Verrecken nie ins Bett, bevor ihnen die Augen zufallen, ist ungesund, das sieht man ihr an. Fett, feist, schlaff. Ihr Speckbauch.

Das Spülkastenwasser versäuselte in leisen hohen Tönen. Der Vater riss Papier von der Rolle. Arschwisch, dachte er und riss noch zweimal Papier ab, dieses Arschwischbuch hätte ich schon vor vierzig Jahren lesen sollen; «Hernach wischte ich mich mit einer Kappe, mit einem Kopfkissen, einem Pantoffel, einem Ranzen, einem Korb — herrjemine!», sagte er, «Herrjemine! Was war das für ein erbärmlicher Arschwisch!»

Er stand auf, zog die Hosen hoch, liess die Spülung wieder rauschen, wusch seine Hände, schloss die Tür auf, ging hinaus, ging wieder leise nach oben in sein Dachzimmerchen und setzte sich in den Sessel.

«Bracks schwimmende Festung kennen wir. Das sind keine Schiffe, das sind Bunker», rüsselt Scherer und macht eine miese Schnute. Die gute Tante Frieda sieht mich schief an und sagt nichts. Scherer versorgt sein Nebelhorn in der alten Truhe unter der grossen Anzeigetafel mit der halb abgeblätterten Schrift «Sonderfahrten Abfahrt Ankunft».

Frau Frieda Rickenmann stiess ihren ehemaligen Pflegesohn über den Lattensteg auf die Hafenmauer. Sie nahm ihn am Arm, sie zog ihn in den Schatten unter den Kastanien auf das hinterste Bänklein bei den verschwemmten Rabatten auf der Südseite des Kapuzinerklosters, sie sah ihn lange an und schüttelte den Kopf. Und dann begann sie leise zu reden, ganz leise, und war doch sonst ein lautstarkes Weib. «Hannes», sagte sie, «so geht es nicht mehr weiter. Du bist auf dem falschen Weg.» Sie sagte, man müsse sich meinetwegen schämen, die ganze Stadt zeige mit Fingern auf sie, man habe mich doch bigoscht recht erzogen, warum ich jetzt plötzlich solche Geschichten mache, das tue nicht gut, sagte sie und bekam wässerige Augen; ich solle den Buchser fortschicken, wenn nötig verjagen, sagte sie, ich sei doch kein Schulbub mehr ...

Jetzt muss ich sie wecken; der Vater nahm seinen Stock und ging zu einem der Fenster, öffnete es und rief laut zum Schlafzimmer seiner Frau hinüber: «Lisa! Aufstehen! Schluss mit Schlafen!»; dabei klopfte er mit dem Stock auf den Boden zu seinen Füssen, dann klemmte er den Stock zwischen seine Knie und begann zu klatschen, als seien gefrässige Vögel aus den Reben zu scheuchen.
«Schluss mit Schlafen, Lisa!»
Würde den ganzen Vormittag verschlafen, wenn ich sie nicht jeden Tag aus dem Nest holte!
Er wusste aber, dass seine Frau jeweils trotz seiner allmorgendlichen Weckrufe erst gegen neun Uhr missmutig damit begann, ihr unausgeschlafenes, von Haar-

strähnen überfranstes Gesicht durchs Haus zu schau-
keln: aus dem Schlafzimmer in die Küche, wo sie ein
bisschen rumorte, dann wieder ins Schlafzimmer und
nach etwa fünf Minuten vielleicht wieder in die Küche. Dort begann sie ihren Tag immer ungezuckert: mit
einer Tasse Schwarzkaffee, den ihr meistens die Nanette servierte.
Er sah noch eine Weile zum Fenster hinaus und drehte
den Stock in seinen Händen. Das Gepfeife der Vögel
war ruhiger geworden. Von den Amseln war nichts
mehr zu hören. Die Sonne bestrahlte die weisse Wand
des Anbaues; der Giebel des rechtwinklig dazu stehenden Hauptgebäudes ragte als Schlagschatten von unten
her an der sonnbeschienenen Mauer herauf.
Natürlich steht sie erst auf, wenn es ihr passt, das weiss
man ja, schliesslich ist sie meine Frau.
Der Vater wandte sich ab, löschte die Leselampe und
zog ein Schachbrett — Elfenbein und Ebenholz —
zwischen der Wand und dem Büchergestell hervor.
Dann nahm er die Holzschachtel mit den Figuren vom
Gestell und kippte König, Dame, Läufer, Springer,
Turm, Bauern — alles aus Holz — und ein rotbemal-
tes Holzwürfelchen aufs Brett.
«Rechtes Turmfeld weiss Ha eins und A acht», sagte
er, «Chess is better, Chupp is the best!»
«Chupp» war Vaters Idee. Früher hatte er hin und
wieder, etwa zum Zeitvertreib an den Weihnachtsta-
gen, eine Partie Schach gespielt, keine zwanzig Partien
in über dreissig Jahren; daran hatte sich auch nichts
geändert, seit er die Zeit für sich hatte und tun oder
lassen konnte, wie und was ihm gefiel. Aber seit der
letzten Schachweltmeisterschaft war sein Interesse an
diesem Spiel angestachelt. Im Umgang mit den Figuren
war er bald darauf gekommen: nämlich, dass Schach,

von dem der neue Weltmeister mit den Worten «Chess is better» gesagt haben soll, er ziehe es selbst jedem spielbereiten Mädchen vor, keineswegs «better» war. Nach Vaters Meinung war Schach auch nicht das «absolute» oder «königliche» Spiel. Schach, so hatte er herausgefunden, war verbesserungsbedürftig, und zwar aus einem ebenso einfachen wie einleuchtenden Grund: Da der mit den weissen Figuren Spielende den ersten Zug jeder Partie zu tun hat, ergibt sich von Anfang an ein Nachteil für den Spieler mit den schwarzen Figuren, also ist Schach ein ungerechtes Spiel, hatte er gedacht.

Und um diese Ungerechtigkeit zu beheben, hat der Vater das Selbstversorgungsproblem während einigen Wochen vernachlässigt und sich nur mit Schach beschäftigt. So war «Chupp» entstanden.

Beim Chupp wurde, wie beim Schach, zuerst eine weisse Figur bewegt. Aber diesen Vorteil des Weiss-Spielers glich nun der Vater aus, indem er dem Schwarz-Spieler das rote Holzwürfelchen in die Hand gab, den «Chupp». Schwarz hatte nun den roten Chupp auf eines der vier Felder in der Mitte des Brettes zu setzen, auf D vier oder E vier oder E fünf oder auf D fünf. Sofern Weiss die Partie nicht mit dem einen oder anderen Springer eröffnete — was die vier Chupp-Felder ohnehin nicht berührte — blieb ihm nur die Möglichkeit, wenigstens eines davon zu besetzen, zum Beispiel mit dem König- oder Dame-Bauer. Hernach setzte Schwarz vor seinem ersten Zug den Chupp, der nun jenes Feld, worauf er sass, für die Dauer der Partie besetzt hielt. Chupp konnte nicht geschlagen werden, an Chupp war nicht ohne Umweg vorbeizukommen, nur die Springer durften Chupp überhüpfen. Chupp:

das allen hinderliche Sumpfloch mitten im Kampfgelände, unbegehbar.

Der Vater stellte die Figuren aufs Brett und setzte den weissen Königbauer auf E vier. Dann legte er den roten Chupp auf D fünf und schob den schwarzen Bauer von E sieben auf E fünf.

Zuerst hatte er das neue verbesserte Schachspiel «Wedge» genannt. «Wedge», der Keil, der die Ungerechtigkeit jeder Schachpartie sprengte, abtat. Aber dann war ihm «Chupp» eingefallen, und «Chupp» hatte ihm besser gefallen.

«Chupp, die ausgleichende Gerechtigkeit», pflegte er zu sagen.

Er hätte nun beispielsweise mit dem weissen Dame-Bauer den Schwarzbauer auf Schwarzquadrat E fünf bedrohen können. Sein Blick verlor sich aber für eine Weile in den kleinen Glanzlichtern auf den Figuren, dann stand er, ohne einen weiteren Zug zu tun, auf und suchte ein Zettelchen und einen Bleistift hervor.

Er schob das Schachbrett ein wenig beiseite, und über den Tisch gebeugt schrieb er:

«Unterwegs. Übliche Tour. Bald wieder retour. Das Ei war faul.»

Mit Zettel und Stock ging der Vater in den Hausflur hinab; er nahm seine Wanderschuhe hervor, nestelte, machte Schlaufen und Knöpfe; den Zettel legte er aufs Schuhkästchen links unterhalb der Garderobehaken. Dann zog er seine Wanderjacke an, eine Windjacke aus Leinen, naturfarben, mit vier Aussen- und drei Innentaschen, alle mit Reissverschluss.

Mit Schirmmütze, Stöckchen und in seinen schon ziemlich abgetragenen wildledernen Wanderschuhen ging er in die Küche. Es roch noch immer nach faulem Ei. Er fand zwei Äpfel, steckte sie ein und machte, dass er hinauskam. Dann verliess er sein Haus; die Tür schnappte hinter ihm ins Schloss.

«Aha, Zeitung.» — Fix, diese Zeitungsausträgerin, dachte er; er hatte die Frau noch nie gesehen, wusste aber, dass sie die Zeitung schon seit Jahren austrug, montags bis samstags, jeden Morgen in aller Frühe schon. Ich verpasse sie immer, dachte er, komisch . . .

Die Zeitung lag vor der Schwelle. Er hob sie auf, faltete, schlug einige Seiten um, fand die Fernsehprogrammanzeigen. Ein schreiendes Frauengesicht, einspaltig, fiel ihm auf.

PASSION, las er.

Dieser schwedische Spielfilm. Gestern hat sie mir doch etwas von einem schwedischen Filmer erzählt, oder vorgestern. Wahrscheinlich Bergman. *Aus dem Jahr 1969 ist der letzte Teil.* Ja, Bergman. *Einer Art Trilogie von.* THE KLOWNS. *Sammy Davis jr. präsentiert ein Zirkusprogramm.* Clowns mit K, komisch. Vielleicht ein Druckfehler. *Dieser schwedische Spielfilm einer Art Trilogie von Ingmar Bergman. Auch in diesem Film behandelt der berühmte Regisseur das Problem. 23.00, Zweites Programm.* Da wird sie wieder bis halb eins vor dem Kasten hocken und sich die Augen ausglotzen. Die andern Filme von Bergman haben die doch auch gebracht. Diese beiden schwülen Schwestern, schwül, ha! diese Schwülen mit dem verschreckten Kind in so einem Hotelzimmer in einer fremden Stadt. KLOWNS, tatsächlich mit K. *Auch in diesem Film behandelt der berühmte Regisseur das Problem einer Lebensgemeinschaft, die auf Grund einer Bedrohung.* Vielleicht erschrickt diese Frau da nur ein wenig und schreit gar nicht. Die erschrickt stumm. *Wie schon in den beiden vorangegangenen Filmen dieser Trilogie spielen Liv Ullman und Max von Sidow die beiden Hauptrollen.* Die sieht gar nicht schlecht aus. Mich nimmt nur wunder, warum sie erschrocken ist. *In Annas (Liv Ullmans) Gesicht spiegelt sich die Verzweiflung.* Sieht eher aus wie Erschrecken, das sieht doch gar nicht nach Verzweiflung aus, nicht eindeutig nach Verzweiflung. *Gesicht spiegelt sich die Verzweiflung eines auf einer Lüge aufgebauten Lebens. (Bild Kuhler).* Liv Ullman, Liv. Vielleicht Livia. *Spielt die Anna.* Klowns mit Ka im ersten Programm, halb zehn. Da kann sie von acht bis ein Uhr vor der Kiste hocken, dachte er und rief «Lisa, ich gehe!» zum Schlafzimmerfenster seiner Frau hinauf.

Dann faltete er die Zeitung zusammen und legte sie auf die Steinschwelle, ging über die Fliesen, dann weiter in der Mitte des gekiesten, noch taufeuchten dunkelgrauen Weges zwischen ebenen Rasenflächen und unter einigen Bäumen hindurch zum oberen Ausgang in der Umfassungsmauer seines Grundstücks. Das schmale, stellenweise rostfleckige Schmiedeisentor quietschte; er zog es zu, war draussen und mit zehn Schritt schon auf einem schütter grasbewachsenen Pfad im Unterholz jenes Waldes, den er schon lange gern gekauft hätte, weil es ein schöner alter Wald war, der gleich hinterm Grundstück begann und sich weit hinzog mit einigen grossen Lichtungen und zwei oder drei kleinen Sümpfen, voll Frösche und Schwertlilien und Libellen im Sommer: ein grosser, ruhiger, wild- und pilzreicher Wald; Holz- und Harzgeruch und der Duft von nasspappigem Laub und Moder zuweilen und Insektengesumm und Vogelpfiffe an warmen Tagen.

Aber der Bauer gab ihn nicht her. Schon der Vater des Bauern hatte ihn nicht verkaufen wollen.

Der Vater kam nicht gut aus mit diesen Leuten, sie hatten noch über jedes seiner Angebote gelacht. «Unseren Wald behalten wir. Da können Sie weiterum suchen, bis Sie so einen schönen Wald finden. Soviel Geld, wie unser Wald kostet, gibt's gar nicht, soviel hat keiner, auch Sie nicht!»

Nachgiebig der dunkle Boden unter Vaters Füssen.

«Mist», sagte er. «Einen besseren Preis bietet ihnen keiner. Sture Holzköpfe!»

Der Pfad führte durch hochstämmigen Föhrenbestand aufwärts; knapp unterhalb der kleinen Kuppe standen die ersten Fichten und Buchen.

Vielleicht sind die Eierschwämme jetzt draussen.

Der Vater ging vom Weg ab, er duckte sich links unter hängenden Buchenzweigen in ein Jungtannendickicht hinein. Die Pilze waren aber nicht aus dem Boden geschossen über Nacht. Er zwängte sich durchs Gedick, gebückt, mit rundem Rücken, den Kopf eingezogen; die Zweige bogen sich und scheuerten über ihn hinweg, schnellten nach hinten. Hinter dem Dickicht, am Rand eines kleinen Stücks abschüssigen Wiesenlands, reckte er sich auf, drückte dabei seine rechte Hand ins Kreuz; da sah er im Gras einen schwärzlichen Fleck. Totentrompeten, dachte er. Die schwarzen Pilze waren eng ineinandergewachsen.

«Schön, schön», sagte der Vater.

Er zog sein Taschentuch hervor und kauerte neben die Pilze und begann sie klumpenweise aus dem Gras zu drehen. Gewürzpilz, putzen, in kleine Schneffel schnippeln, am Schatten dörren, im Winter in die Suppe geben. «Schön», sagte er noch einmal.

In einer Geschichte, die er gelesen hatte, war ein Frühaufsteher vorgekommen, der an der Art des Morgentaues oder auch an der Weise, wie die Sonne aufging, das Wetter für den Tag vorhersagen konnte. Der Vater hatte sich schon darüber gewundert, wie jener Wettervorhersager zu seinem Wissen gekommen war. Was ihn selbst betraf: Er konnte nicht recht dahinterkommen, er dachte, wahrscheinlich ergebe sich solches Wissen einfach mit der Zeit; andererseits hatte er schon darüber nachgedacht, ob es sich lohnen würde, andere Vögel als nur Meise, Amsel, Spatzen, Fink und Star auf den ersten Blick zu erkennen. Auch Pilze kannte er nur wenige mit Sicherheit, aber er hatte ein dickes Pilzbuch mit farbigen Abbildungen und genauen Beschreibungen in seinem Bücherzimmer unterm Dach stehen.

Man müsste vielleicht doch mehr wissen, dachte er und war noch im taufeuchten Gras mit den Totentrompeten beschäftigt, als der Motorlärm eines Traktors etwa siebzig Meter weiter unten plötzlich aus dem Wald über die Wiese schlug. Der Bauer sass im Schleppersattel, links und rechts von ihm auf dem flachen Schutzblech sein Ältester und der alte Knecht. Der Traktor zog einen maschendrahtvergitterten Grasladewagen.

Kauernd, mit gerecktem Hals, schaute der Vater über das hochstehende Gras zum Traktor hinab. «Ausgerechnet jetzt», sagte er und zog seinen Kopf schnell ein, als er sah, dass sie in scharfer Kurve vom Wiesenweg abschwenkten, zu ihm herauf. Er hörte, dass der Motor gedrosselt wurde.

Die mähen zuerst das obere Stück, dachte er, Sauhunde! ich muss weg, bevor sie ... Er nahm die Ecken des Taschentuches zusammen und wollte mit dem kleinen Bündel so schnell wie möglich halb kriechend zurück ins Dickicht.

«Dort ist die Stelle!» — es war der alte Knecht, der Vater kannte seine hohe heisere Stimme und hielt kurz inne und wollte gerade, tief geduckt, auf den Knien und den Kopf dicht am Grasboden, die letzten zwei oder drei Meter bis zum Dickicht hinter sich bringen,

als eine andere Stimme rief: «He! Sie dort!» — es war
der Älteste des Bauern — «He! Was machen Sie dort
im Gras, he!»

Da stand er auf.

«Aha, Sie sind's.»

«Ja. Pilze», sagte der Vater, «Totentrompeten. Ich bin
ganz zufällig . . .»

«Machen Sie, dass Sie fortkommen! Was auf meinem
Land wächst, gehört mir, verstanden!»

Der Bauer war vom Traktor gestiegen und kam quer
über die Wiese herauf; «Mein Land, verstanden! Das
wäre mir noch!»

Bei jedem Schritt hob er den Fuss so hoch, als wate er
ohne Gummistiefel durch Sumpfland; schien sein hoch-
stehendes Gras schonen zu wollen, der wütend krakee-
lende Bauer.

«Zufällig!» rief der alte Knecht. «Das kennen wir!»,
und der Sohn des Bauern rief: «Ja, zufällig kennen wir
diesen Pilzfleck schon lange! Die Ware da gehört uns!»

«Uns! Verstanden!», schrie der Bauer; er war halben
Wegs stehengeblieben, das Gras reichte bis an seine
Hüften hinauf.

«Ha, wegen diesen paar Pilzen! Das wird einen Wert
haben», sagte der Vater, aber da fuhr ihm der Bauer
dazwischen: «Zuerst das Futter verstampfen und Pilze
klauen und dann noch das Maul aufreissen! Sie kommen mir wieder einmal richtig! Das kennen wir!»

Wortlos liess der Vater drei Zipfel des Nastuchs los,
die Pilze kollerten hinaus, fielen vor seinen feuchtfle k-
kigen Schuhen ins Gras.

«Soso, den ganzen Fleck hat er stehlen wollen!» Der
Knecht und der Sohn des Bauern waren dem Waldrand
entlang nähergekommen. «Das nächste Mal stiehlt er
sie sackweise!», rief der Sohn und wandte sich seinem

Vater zu, «Hat Geld wie Heu und stiehlt unsere Pilze! So einer ist das!» Er und der Knecht begannen laut zu lachen.

Der Vater zwängte sich schnell zwischen die jungen Tannen, er hielt seine Mütze fest, drängte sich hindurch, und hinter ihm her grölten die drei Männer auf der Waldwiese.

Verdammte Rüpel, dachte er, ausgerechnet mit Pilzen in der Hand, diese verdammten Rüpel... müssen die mich ausgerechnet mit Pilzen... diese Rüpel, verdammte Sauerei!

Im Wald hinter dem Dickicht richtete er sich auf und ging schnell weiter, zog dabei die Mütze vom Kopf und schlug sie ein paarmal über sein rechtes Knie, strich sich dann mit der Linken übers Gesicht; beim Durchbrechen waren ihm Tannäste in die Quere gekommen, hatten ihm, da er sich halbblind mit zugekniffenen Augen durchgedrückt hatte, ins Gesicht gepfitzt.

Frechheit! Was für einen Ton die sich erlauben! Richtige Rüpel!

Er ging in westlicher Richtung. Nach einer Weile hörte er das Aufheulen des Traktors; linkerhand begannen sie mit Mähen. Er erreichte den breiten Waldweg, der weiter links hinter den Bäumen quer übers Grasland lief, und ging über den Weg, an Klafterbeigen und Rindenhaufen vorbei, wieder in den Wald hinein. Pilze, dachte er, diese verdammten Totentrompeten!

An Bauern und Pilze dachte er noch, als er nach kaum fünf Minuten weiter vorn zwischen den Stämmen drei Waldarbeiter sah. Sie sassen auf zwei frisch geschälten Tannenstämmen, zwei wühlten in kleinen lumpigen Rucksäcken, und der dritte setzte eben eine Flasche an die Lippen. Der Vater blieb stehen; er überlegte, ob er

den drei Männern ausweichen sollte, aber da bemerkte
er, dass ihn der mit der Flasche gesehen haben musste,
denn der Mann sagte etwas zu den beiden andern, und
alle drei drehten die Köpfe in Vaters Richtung, und ein
vierter, kaum zwanzigjähriger und sicher der Jüngste,
den er erst nach fünfzehn oder zwanzig weiteren
Schritten ausmachen konnte, war sogar aufgesprungen.
Der Vater räusperte sich beim Nähergehen; «Guten
Morgen miteinander», sagte er.

«Morgen», machten sie, «Guten Morgen. Tag. So, auch
schon unterwegs.»

«Ja, wie immer», sagte er, «Und Sie höhlen wieder einmal die Rucksäcke, he!»

Sie grinsten.

Der Vater blieb fast eine halbe Stunde bei den vier
Waldarbeitern, und während dieser Zeit hat er mit
ihnen geschwatzt, hat einen Apfel gegessen und auch
ein Stück Käsebrot, das sie ihm anboten; dazu hatte er
eine Flasche Bier getrunken, die er freilich bezahlen
wollte. Seit vier Uhr seien sie an der Arbeit, da könne
man jetzt, wo die Normalarbeiter noch nicht einmal
anfingen aus den Federn zu kriechen, eine kleine
Fresspause brauchen hier draussen im Holz, sagte der
Mann, der ihm das Käsebrot hingestreckt hatte.

«Normalarbeiter.» Der Vater kicherte im Weitergehen
vor sich hin. Er wäre gern länger bei den Waldarbeitern geblieben, aber die hatten ihre Pausenzeit in seiner
Gesellschaft beim morgenfröhlichen Knatschen und
Reden und Bierflaschenleeren ohnehin überzogen, die
mussten wieder an die Motorsägen und Schälmesser —
«Rucksack zu! Ruck! Zuck!»

Angenehme Menschen, anders als diese saudummen
Knüppelbauern.

«Normalarbeiter», grinste der Vater; er spürte das Bier und war doch überrascht, dass ihn eine ganze Flasche so früh am Morgen nicht glatt umlegte.

Ich bin eben gut im Strumpf, kerngesund und ausgeschlafen, besser auf'm Damm als viele Jüngere mit ihren Vierzigerspeckbäuchen, dachte er; er überlegte dann eine Weile, was die Waldarbeiter über ihn reden würden: Die sind so freundlich gewesen, weil sie wissen, wer ich bin, die wissen genau, dass ich nicht irgendeiner bin, drum haben die mir das Bier gegeben.

Auf einem leicht abschüssigen Weg, den er noch nie gegangen war, schritt er leicht, fast unbeschwingt aus; erst als er am Waldrand an eine offene kartoffelbepflanzte Senke kam, sah er, dass flache Wolken aufgezogen waren.

«Hat doch gar nicht nach Wolken ausgesehen», sagte er, war stehengeblieben, sah hinauf.

Etwa hundert Meter weiter vorn, am Rand des grossen Kartoffelackers, stand ein niedriges Holzhaus; nimmt mich wunder, wie weit ich von meinem üblichen Spazierweg abgekommen bin, das nimmt mich wunder, dachte der Vater. Es kam ihm in den Sinn, dass jenes Haus vorn rechts neben dem Acker einem Waldbruder gehören könnte, von dem er irgendwann beiläufig etwas gehört hatte: Da haust einer draussen im Wald, so ein verfilzter alter Knabe, harmlos, wenn man ihn in Ruhe lässt.

Vielleicht wohnt er dort, dachte er und rechnete sich aus, dass er in diesem Fall weiter als vermutet von seiner täglichen Route weggekommen sei; «Ich muss weiter nach rechts halten», sagte er und ging näher und dachte, das Haus sehe eher nach Hütte aus. Flachgeklopftes rostiges Kanisterblech und Dachpappefetzen unter unregelmässig vernagelte Holzleisten geklemmt:

das Dach. Die zwei Fenster: zum grössten Teil mit Jute und Karton vermacht. Und die Fugen in den grau verwitterten Holzwänden mit Zeitungspapier und Holzwolle vollgestopft. Rings um die Hütte, auf der Vorderseite direkt am Bord eines schmalen Wiesenbächleins, das unter überhängenden Riedgrasbüscheln gurgelte, ein schiefer, stellenweise umgelegter Holzhag, von wilden Brombeerstauden und allerlei ineinander verwachsenem, unergiebigem Gestrüpp umwuchert.

Ein grosser schwarzweiss gefleckter Hund schlug an, gab heiser Laut. Der Vater blieb stehen.

Er drehte seinen Stock um, fasste ihn am unteren Ende, damit der Knauf seine Wirkung tue, falls der Hund gefährlich werden sollte und er zuschlagen musste.

Der Hund war aber an straffe kurze Kette gelegt; linksweg von der Hütte, an einem Zaunpfahl, zerrte er und machte mächtiges Gebell zum Vater herüber, den Nackenpelz gesträubt, rotfletschend die Lefzen und die Vorderpfoten breit überm Bachbord ins Gras gestemmt. Wie verhockter Husten bläffte sein Gebelfer.

Alter Köter, dachte der Vater; er ging dem Bächlein entlang weiter auf die Hütte zu, rief: «Hehehehe! Ja, was ist denn! Ja was, ja was!», um den Hund zu beruhigen.

Ein Kalb von Köter, dachte er, stell dir vor, was so ein Riesenvieh jeden Tag zusammenfrisst.

Es kam ihm das Hündchen seiner Frau in den Sinn; warum habe ich den Argo heute morgen nicht gesehen, er liegt doch immer in seinem Korb im Treppenwinkel vor der Küche.

«Ja was, ja wasdennwas!» rief er wieder zum geifernden Hund hinüber.

Ein mordsmässiger Köter, der würde unserem Argo den Schnauf mit einem einzigen Biss abstellen.

«Ruhe, du Riesenbiest! Was ist denn!» rief er und schnalzte ein paarmal mit der Zunge, «Was, was! Na, siehst du. Schöner Hund. Grosser Hund, jajaja!»

Der Hund drehte endlich knurrend ab und stakte zum Kettenpfosten zurück, belferte noch einmal unsicher und drehte sich steifbeinig zweimal im Kreis, bevor er sich legte und mit erhobenem Kopf zum Vater herüberäugte.

«Soso, braver Hund, schöner Hund, ganz brav!»

Der Vater ging die fünf Schritt zu den zwei Brettern, die lose quer über dem Bächlein lagen.

Könnte sein, dass die Hütte tatsächlich diesem Waldbruder gehört, nur: dass er einen Hund hat, hab ich noch nie sagen hören; er blieb stehen und sagte wieder: «Schöner Hund, jaja, schöner Hund!»

Einen Scheitstock konnte er sehen, daneben Reisigbündel, gespaltene Wurzelstöcke und einen Haufen kleingehackter Äste.

Mit drei Schritten war er über den Brettern und am andern Bachbord. Der Hund, nun vom Gestrüpp verdeckt, so dass ihn der Vater nicht mehr sehen konnte, begann wieder wild zu bellen.

«Was, was!» sagte der Vater, «Waswas ist das!» und ging langsam weiter bis unters tief abgesenkte Vordächlein. Rechterhand zwei angebaute Lattenverschläge, daneben ein kleiner Bretterschuppen oder Stall, davor ein mistiger Streuhaufen, schon halb unter den Sträuchern.

Er rief: «Hallo! Ist jemand da? Hallo!», und weil ihm niemand antwortete, selbst nachdem er mehrmals kräftig an die Tür geklopft und noch einige Male «Hallo!»

gerufen hatte, drückte er die abgescheuerte Eisenklinke nieder; die Tür war unverriegelt.

Ein eigenartig säuerlicher Geruch schlug ihm aus der Dunkelheit des Raumes entgegen. Er atmete kürzer und streckte den Kopf vor, sagte nochmals, aber nur noch halblaut: «Hallo!»

Der Hund hinter dem Gestrüpp hatte mittlerweile aufgehört zu bellen; der Vater hörte ihn unablässig knurren. Einfach nicht beachten, am besten nichts mehr sagen, dachte er, sonst fängt er wieder an.

Seine Augen gewöhnten sich langsam an die Dunkelheit, und er sah einen Tisch aus ungehobelten Brettern, klobig zusammengezimmert; es waren auch Töpfe und Kessel auszumachen, einige mit runden Holzdeckeln, und von der Decke hingen knotige Räucherwürste; hinterm Tisch, rechts im Winkel, stand eine mit zerknüllten Decken überhäufte Eisenbettstatt.

Der Vater schob sich langsam am Türpfosten vorbei hinein; sogleich begann der Hund draussen wieder zu bellen.

Nur nichts mehr sagen, der wird schon wieder still; der Vater hielt den Atem an und machte einen langen Hals, sah links vom Tisch einen alten Herd mit Pfannen drauf und allerlei billigem Geschirr.

Ja, das wird sie sein, dachte er, das ist sicher die Hütte von diesem Waldmenschen.

Als er sich umwandte, um frische Luft zu schnappen, hörte er, wie jemand ins Gekläff des Hundes hineinrief: «He! Was hast du bei mir zu suchen! Hier hat niemand nichts verloren!» Und wie darauf ein grossgewachsener graubärtiger Mann aufgebracht durchs Gesträuch brach, wobei er an einem Strick zwei Ziegen hinter sich her zerrte, kam dem Vater der Gedanke an Selbstversorgung so ungelegen wie nie zuvor; denn dass er sich bei dem offenbar wilden Mann irgendwie herausreden musste, um ungeschoren davonzukommen, erfasste er sogleich.

Aber der Mann mit den Ziegen fiel ihm sofort ins Wort: «Du fehlst mir noch! Zuerst den Grind in mein Haus hineinstrecken und mir dann noch befehlen wollen, was ich tun soll! Los, ab der Schiene mit dir, oder ich zeig dir das Beil und lass den Hund los, du verfluchter Vagant!»

«So hab ich's ja gar nicht gemeint, guter Mann!» rief der Vater und war schon am Scheitstock vorbei und bei den Brettern am Bächlein.

Wie der Kerl schielt! So etwas, dachte er, schielt ja für zwei aus seinem Bart heraus. Aber ich muss abhauen, der ist imstand und geht wirklich mit dem Beil auf mich los.

«Jaja, ich weiss schon, wie's gemeint ist, weiss ich schon!»

Der Mann war in Rage und keineswegs so harmlos, wie die Leute dachten.

«Ich brauch keine Säue und keine Enten und Hasen brauche ich! Ab der Schiene, du fremder Fecker! Oder ich knall dir einen Bengel ins Genick!» Und schon hatte er einen Wurzelstrunk vom Haufen gezerrt und warf ihn über Gestrüpp und Bächlein hinweg knapp hinter Vaters Kopf vorbei in die Kartoffelstauden.

«Sie sind ja verrückt!» rief der Vater; er wunderte sich schon nicht mehr darüber, dass er in ungewohntem Trab davoneilte. Keine drei Meter rechts von ihm auf dem Grasbord erhängte sich der besessen herüberbellende Hund schier an der straffen Kette.

«Ich hetz dir die Dogge an, du fremder Fecker!»

«Wildgewordener alter Stromer!» rief der Vater und trabte weiter, «Sie sind ja verrückt, jawohl!» und sah dabei über die rechte Schulter zurück und sah, wie der Mann beim Kettenpfahl aus dem Gestrüpp hervorkam und den Hund an der Kette zu sich heranriss. Da begann er zu rennen wie seit Jahren nicht mehr, denn vielleicht war dieser zottige Köter tatsächlich so etwas wie eine Dogge, eine selbst im Alter überaus gefährliche Doggenart vielleicht, verdammt nochmal. Und der Vater kam schon ins Schnaufen.

Aber der Hund hetzte dann doch nicht hinter ihm her; der alte Knabe hatte sich's offenbar anders überlegt.

Etwa fünfzig Schritt vom unteren Ende des Kartoffelackers und wieder unter hochstämmigen Bäumen im Wald trabte der Vater aus. Mit leicht zitternden Beinen blieb er unter einer Tanne stehen; er schnaufte heftig, stützte sich mit dem rechten Arm gegen den Stamm. Es dauerte eine Weile, bis er sich einigermassen erholt hatte.

Verfilzter alter Waldschrat! Harmlos, wenn man ihn in Ruhe lässt, ha! Sieht ganz so aus! «Ein Verrückter ist das!» sagte er, «Ein Verrückter! So etwas sollte man der Polizei melden. Der ist ja gemeingefährlich!»

Er wischte sich den Schweiss von Stirn und Nacken.

Stell dir vor: Wenn mich dieser Wurzelstock erwischt hätte! Er hätte mich umgebracht, dieser Sauhund!

Ein wenig später dachte er, jetzt müsse er mehr nach rechts halten; ich alter Esel, dachte er, auf einmal weiss ich nicht mehr, wo ich bin. Schöner Morgenspaziergang! Aber viele junge Esel gibt es ja auch.

«Ja, und Verrückte», sagte er. «Schöner Morgen, das stimmt haargenau, aber schon ganz genau stimmt das!» Er grinste und ging langsam und immer noch schnaufend weiter.

Falls die Richtung stimmt, sollte ich bald an die Griesach kommen, kann mich nicht erinnern, je in dieser

Gegend des Waldes gewesen zu sein, richtig verlaufen habe ich mich, aber im Wald gehst du hundert Meter und kennst dich nicht mehr aus und dann hundert Meter in einer anderen Richtung, und schon weisst du wieder, wo du bist.

«Diese Bauernrüpel haben mich vom Weg abgebracht», sagte er, «Und jetzt dieser Halbwilde!»

Eine kleine Weile später dachte er, die Rennerei habe auch ihr Gutes gehabt, das Bier sei wohl meistenteils ausgeschwitzt.

«Die Zwölfwinden», sagte er und dachte, der Bauernhof dieses Namens müsse irgendwo in der Nähe liegen und sagte: «Jetzt einfach gradaus.»

Er wusste, dass er zumindest die Griesach nicht verfehlen konnte, obwohl der Bach, soweit er durch den Wald lief, noch nicht kanalisiert war und in einigen Schlaufen dahinfloss.

«Die Richtung stimmt», sagte er, «Die Richtung stimmt schon ungefähr.»

Weil ihn beim Gehen ein leichtes Seitenstechen zu plagen begann, presste er die Unterarme in seinen Bauch, hielt den Atem an und beugte sich zweimal tief vornüber.

Komischer Tag heute, dieser hundertvierundfünfzigste, dachte er.

Gegen das Seitenstechen, das den Vater manchmal anfiel, wenn er seinen Frühmorgenspaziergang allzu rüstig anging, wusste er kein besseres Mittel als Bauchpressen und Beugen; aber an diesem Tag musste er sich, als der Waldweg an eingezäunten Jungpflanzungen vorbei anstieg, noch elfmal vornüberbeugen, ehe das lästige Stechen nachliess.

Oberhalb der Pflanzungen, hinter einem schmalen Streifen mit breiten Buchen, versperrte ein Kuhweidedraht den Weg; dahinter offenes Weideland, noch leicht ansteigend, darüber die Wolken, grauer noch als zuvor. Hat schön umgeschlagen, das Wetter, jetzt fehlt nur noch der erste Regentropfen, dachte der Vater.

Er sah kein Vieh auf der Weide und nahm deshalb an, der Hüterdraht stehe nicht unter Strom. Aber als er ihn anfasste und hinunterdrücken wollte, um darüberzusteigen, zuckte ihm ein Schlag in die Hand und durch den Arm herauf und gleich noch ein zweiter, bevor er den Draht fahren liess.

«Houu!» machte er und schüttelte den Arm. Er ging dem Draht entlang zu einer Stelle, wo er ihn leicht ohne Berührung übersteigen konnte, den Stock dieses Tages und das rechte Bein voraus.

Noch bevor er den Scheitelpunkt des Weidelandes erreicht hatte, hörte er zwei Kuhglocken bimmeln, dann sah er vier Kuhrücken und dann das Scheunendach des Zwölfwindenhofes und noch einige Kuhschwänze.

«Jetzt weiss ich wenigstens wieder, wo ich bin», sagte er. Zwei schwere Kühe sahen ihn gross an; er hielt direkt auf den Hof zu. Ein laues Windchen war aufgekommen, und der Vater dachte, lange werde es wohl nicht dauern, bis die Wolken weggewischt seien, sofern der Wind anhalte und nicht noch mehr Gewölk herbeischiebe.

Hinter der Scheune, auf dem viereckig aufgeschichteten Miststock, sah er den Bauern mit einer Gabel hantieren. Ein schwarzer Hund kam ihm entgegengelaufen, ein ungefährliches Tier, dem der Vater fast täglich auf seinem Spaziergang begegnete. Der Hund wollte ein wenig getätschelt und gelobt werden, ehe er den Weg freigab.

«Aha! Heute auch unterwegs!» rief der Bauer von seinem hochgetürmten dampfenden Mist herüber.

«Ja. Was macht denn das Wetter?»

Der Hund lief vor dem Vater her, hielt unterwegs und kratzte sich hinterm rechten Ohr; der Vater ging an ihm vorbei zum Miststock, und der Bauer, ein hagerer Mann, kaum vierzig, stützte sich auf die Mistgabel und sah in den Himmel.

«Ich hab schon gestern gedacht, dass es so kommen werde»; er rückte seinen schwarzen Stallhut aus der Stirn, «Alle Mauern haben geschwitzt, sogar die Stallwand, unsicheres Wetter, ich habe das Vieh früh hinausgelassen, aber schon der Sonnenaufgang hat mir nicht recht gefallen. Sind Sie jetzt vom Käferberg her gekommen?»

Aus der offenen Stalltür hinterm Miststock tönte Radiomusik, und auf dem freien Platz zwischen der Scheune und dem Wohnhaus schepperte jemand mit Melkgeschirr und Tansen.

«Ja, ich weiss nicht, ich kenne mich, ehrlich gesagt, dort hinten nicht gut aus, da hat es eine grosse Lichtung voll Kartoffeln», sagte der Vater, «So ein Kartoffelfeld, wissen Sie, wem das gehört?»

Ja, der Bauer wusste es; «Das ist der Langacker», sagte er. «Wenn Sie dort den Weg neben dem Bach genommen haben, sind Sie am Einsiedlerhaus vorbeigekommen.»

«Ja», sagte der Vater, «Aber ein Haus ist das nicht, das ist eine alte Hütte»; er hätte gern von dem Verrückten erzählt, aber da grinste der Bauer und sagte: «Das hat er alles selber zusammengestiefelt. Haben Sie ihn auch gesehen, den Einsiedler? Den sollten Sie einmal sehen. Ein mordsgrosser Klotz, weiss der Teufel wie alt, ganz verwildert, er spinnt ein wenig» — der Vater nickte und wollte etwas sagen — «aber sonst harmlos. Man muss ihn nur in Ruhe lassen. Er lebt von seinen paar Geissen.»

«Ja, die Geissen habe ich gesehen», sagte der Vater. «Also das wäre zwar nicht gerade ein Leben für mich, aber mir gefällt der Einsiedler, irgendwie», sagte der Bauer und sah wieder in den Himmel. Der Vater räusperte sich. «Ja», machte er dann, «es hat schnell umgeschlagen.»

«Der Wind springt ständig um, das ist es. Und das merken wir auch. Im Herbst setze ich neue Fenster ein. Bei uns zieht's im ganzen Haus. Noch vor dem Winter fahre ich ab mit den alten Fenstern. Sie können sich ja an meinen Vater erinnern. Diese ewige Zugluft hat ihn ganz krumm gemacht.»

«Selbstverständlich», sagte der Vater, «Den habe ich gut gekannt, Ihren Vater, aber zehn Jahre ist es sicher schon her.»

Der Bauer auf dem Miststock zog seine Pfeife und den Tabaksbeutel hervor. «Rheuma, seiner Lebtag Rheuma», sagte er, «Genau unter dem Haus liegt lauter Fels. Das Haus steht auf Nagelfluh. Im Keller kommt der blanke Fels hervor. Der Stall ist besser isoliert, da hat schon mein Vater einen neuen Boden eingezogen.»

Der Hund kam wieder heran, schnüffelte und nieste zweimal, dann trottete er am Miststock und an der Scheune vorbei.

«Nagelfluh. Dann haben Sie hier vielleicht auch Wasseradern im Boden», sagte der Vater.

Der Bauer verzog sein Gesicht und hob die Schultern.

«Wo Nagelfluhfels ist, sind meist auch Wasseradern», sagte der Vater.

«Kann schon sein», sagte der Bauer, «Aber meine Frau meint, ihre dauernde Husterei komme von der ewigen Zugluft. Spätestens im November müssen mir die neuen

Fenster hinein. Sie hustet chronisch, das ist chronisch bei ihr. Gehen Sie vornherum, ich gebe Ihnen einen Schluck Milch, wenn Sie wollen.» Er zog die Gabel heraus und trampelte in seinen Holzsohleschuhen über ein schmales, wippendes Brett vom Miststock in den Stall, derweil der Vater um die Scheune herum vor die Stalltüre ging, wo die Zweitälteste des Bauern das Milchgeschirr im Brunnentrog ausschwenkte und laut vor sich hin pfiff. Ein kleines Transistorenradio auf dem Stallfenstersims gab Melodie und Takt an.

Der Bauer kam ohne Hut und Gabel aus dem Stall heraus und sagte: «Schenk mir das da voll» und stellte eine grosse Henkeltasse auf die Holzbank neben der Tür.

Wie das Mädchen den Vater sah, hörte es auf zu pfeifen und lachte ihn an, murmelte «guten Tag», als er sagte: «So, Klara, du pfeifst ja wie ein Kanarienvogel.»

«Aber mach ganz voll», sagte der Bauer.

Der Vater zierte sich. «Das ist nicht nötig», sagte er.

«Doch, doch, Milch tut immer gut», sagte der Bauer; das Mädchen hatte schon einen Melkkessel zur Hand genommen und schüttete die Tasse randvoll, noch ehe der Vater abwehren konnte — «Neinein, nicht so viel, nur halbvoll.»

Die Milch war kuhwarm, er trank sie in kleinen Schlücken und gab dem Bauern recht und auch der Bäuerin, die mit vier kleinen Kindern und ihrem Chronischen aus dem Haus kam und schon unter der Tür «Guten Morgen!» zu ihm herüberrief und «Trinken Sie nur, sonst müssen sich sowieso nur der Hund und die Katze dran übersaufen. Frisch vom Euter tut Milch am besten.»

Ewige Zugluft und die undichten alten und die hoffentlich absolut winddichten neuen Fenster waren hierauf abermals eine Zeitlang zu besprechen, bevor der Vater vorsichtig auf den wildgewordenen Waldbruder zurückkommen und seinen Zorn abladen konnte.

Die Frau des Bauern lachte! «Ja, ich weiss schon, er ist ein richtiger Unflat, wenn man ihn reizt», sagte sie, und nachdem sie es gesagt hatte und wieder lachte, lauter diesmal, konnte der Vater zum ersten Male, seit er die Leute kannte, beobachten, wie sie vom Lachen ins Husten geriet und schliesslich mit rotem Kopf und tränenden Augen in die hohle Hand keuchte. Der Bauer schaute den Vater kurz an, dann wieder seine Frau; die Kinder standen achtlos dabei, sie glotzten den Vater an.

«Jetzt hab ich mich am eigenen Lachen verschluckt», sagte sie und hüstelte noch eine Weile weiter, rieb sich mit dem linken Handrücken die Augen.

«Er ist irgendwie verrückt, ein Verrückter», sagte der Vater, und die Bäuerin nickte, hatte ausgehüstelt.

«Wenn Sie bei dem Spinner vorbeigekommen sind, haben Sie heute einen anderen Weg genommen als sonst», sagte sie, und der Bauer deutete an der Scheunenecke vorbei hügelaufwärts: «Klar, hintenherum über den Langacker, sonst wäre er ja nicht beim Einsiedler vorbeigekommen.»

Der Vater erzählte nichts von den Totentrompeten und den drei Männern, die ihn aufgescheucht und verjagt und von seiner üblichen Route abgebracht hatten, da er nicht wusste, wie gut oder schlecht der Zwölfwindenbauer mit jenem anderen, der sein Nachbar war, auskam.

Das Wetter gab nochmals ein wenig zu reden, und umsonst wartete der Vater auf neues Gehuste. Schliesslich tätschelte er den Hals des schwarzen Hundes, lächelte den glotzenden Kindern zu, dankte für die Milch und sagte, jetzt müsse er weiter.

«Ja, also wenn Sie jetzt», sagte der Bauer und streckte den Arm in östlicher Richtung, «wenn Sie jetzt hier hinabgehen bis dort zur Linde und dort hinter den Weiden nach halbrechts halten, kommen Sie weiter hinten am alten Steinbruch vorbei, den kennen Sie ja, dort hocken jetzt haufenweise Frösche in den Gumpen, das müssen Sie gesehen haben, ich bin gestern zufällig vorbeigekommen, Frösche, sage ich Ihnen, ganze Heerscharen.»

Der Weg führte von den Zwölfwinden abwärts; der Vater ging an der Linde vorbei; sobald er hinter den Weidenbäumen und ausser Sicht war, knöpfte er seine Hose auf und urinierte, vier Schritt neben dem Weg, ins grasige Bord.

Schon viel zuviel getrunken heut, dachte er, wenn der Wald dem Zwölfwindenhöfler gehörte, hätte ich ihn sicher schon lange kaufen können, es ist jetzt schon das zweite Mal in dieser Woche, dass ich bei ihm vorbeikomme und Milch trinken muss, ich will ihm morgen eine Flasche Wein bringen; wenn man das so nachrechnet, dachte er und presste die letzten Tröpfelchen heraus, dann hat er mir sicher schon über siebzig, achtzig Liter aufgedrängt in all den Jahren, seit ich am Morgen spazierengehe. Er wippte in den Knien, knöpfte die Hose wieder zu.

«Eine Flasche Bordeaux, einen guten teuren Tropfen», sagte er und ging weiter und dachte, dass man das allerdings eigentlich nicht einfach so nachrechnen könne und begann zu überlegen, von welchem Jahrgang der Wein sein sollte. Er konnte sich nicht erinnern, je zur Melkzeit am Zwölfwindenhof vorbeigekommen zu sein, ohne zu einer Tasse Milch genötigt worden zu sein. «Freundliche Leute», sagte er und dachte noch eine Weile an Nagelfluh und neue Fenster und Zugluft und an den chronischen Husten der Bäuerin, und dass der Bauer wohl ganz anders über den Einsiedler geredet hätte, wenn ihm ein Wurzelstrunk am Kopf vorbeigesaust wäre.

Er kam zu einer Wegkreuzung und beschloss, nach links abzuschwenken.

Der Steinbruch und die Frösche laufen mir nicht davon, da kann ich auch morgen noch hin, vielleicht trainieren heut die Hürdenläufer.

Das ohnehin schüttere Wäldchen lichtete sich, und gleich nach dem frisch gemähten Streifen Wiesland, der sich etwa sechzig Meter breit am Waldrand hinzog, standen die ersten Arbeiterhäuser, die zur alten Spinnerei gehörten. Irgend jemand, den er nicht sehen konnte, war am Teppichklopfen, die Schläge verbellten den noch ruhigen Morgen, setzten aus, kläfften weiter.

Die alte Spinnerei war ein Gründerzeitfabrikgebäude, vierstöckig, schmal und spitzgiebelig, mit langen Reihen hoher Fenster. Es wurde nicht mehr gesponnen in dieser alten Spinnerei, die oberen Maschinensäle standen seit einigen Jahren leer, und in den unteren hatte die Kunststoffabrik ihre Lehrlingswerkstätten eingerichtet.

Der Vater achtete jeden Morgen darauf, vor dem Einklingeln des Arbeitstages bei der Spinnerei zu sein, denn die Kunststoffwerke hatten dort für ihre Sportleute eine Leichtathletikanlage eingerichtet, und fast jeden Tag konnte man jungen Leuten zuschauen; die rannten, sprangen in die Höhe und Weite oder turnten, spielten Fussball, warfen Speere oder den Diskus oder übten sich im Kugelstossen. Die Sportleute der Kunststoffwerke seien auf dem besten Weg zur Spitze, hatte der Vater vor einiger Zeit sagen hören.

Ob sie's waren oder nicht, kümmerte ihn allerdings wenig; er sah sie gern rennen und springen und wunderte sich selbst bei den Hürdenläufern immer wieder, wie verschieden ein und derselbe Mann aussehen konnte, je nachdem, ob er einem entgegenrannte, wenn man an der Aschenbahn stand, oder ob er schon vorbeigelaufen war und auf die Kurve zu hetzte. Von hinten sahen die meisten entschieden lächerlich aus, fand er.

Seltsam, fast unheimlich, kamen ihm nur die wie geistesabwesend weit rundum Trabenden vor, die so unglaublich schnaubten und mit schweissbedeckten Gesichtern und schweissfleckigen Leibchen unermüdlich liefen und liefen, immer rundum, meist jeder für sich; und hinter allen sekundenlang stets derselbe Geruch: ein warmes Gemisch von Ausdünstung und Massageöl in der Morgenfrische.

Der Vater ging gemächlich am ersten Haus und dann auch an jenem, dem siebten, vorüber, wo eine ältere Frau in geblumter Arbeitsschürze auf den Steinplatten im Rasenvorplätzchen bei der Teppichstange ihren Putztag begonnen hatte und eben dabei war, sich das Kopftuch aus der Stirn zu schieben, während sie mit der andern Hand eine Bürste in einem Plastikbecken schwenkte und hierauf den über die Stange herabschlappenden Teppich mit Wasser besprengte. Vom Sportplatz her tönte, durch die Entfernung gedämpft und doch unüberhörbar, schon von weitem vielstimmiger Lärm; also würde der Vater auch an diesem hundertvierundfünfzigsten Tag jenes Jahres trotz des Umwegs, auf den er geraten war, beizeiten bei den Sportlern sein, um ihnen noch eine Weile zuzuschauen, bevor sie dann ganz hinten in der alten Spinnerei verschwanden. Dort mussten die Duschräume sein, vermutete er.

«Was für einen Krach die wieder einmal machen», sagte die Frau zu ihm herüber. «Schon am frühen Morgen immer Krach und fast jeden Abend auch.» Er nickte und lächelte kaum und ging weiter. Du machst ja auch Krach mit deiner Teppichklopferei, dachte er, du weckst die ganze Arbeiterschaft, je nu, es wird Zeit zum Aufstehen sein.

Nach den herumliegenden schmutziggelblichen und schwarzweissen Bällen zu schliessen, waren weder rundentrabende noch hürdenüberspringende Läufer am Schnaufen und Schwitzen: Die Fuss- oder Handballer trainierten. Der Schiedsrichter oder Trainer hatte das Spiel offenbar gerade unter- oder abgebrochen. Vierzehn oder sechzehn junge Kerle, alle in Turnhose und Leibchen, die meisten erhitzt und ausgepumpt, standen und lagen neben der ziegelroten Aschenbahn auf dem grünen Rasen; bei ihnen einige andere in Trainingsanzügen. Das sind wahrscheinlich die Läufer, dachte er.

Es war schon vorgekommen, dass ein einzelner oder ein ganzes Rudel Läufer den Vater auf seinen weitläufigen Morgenspaziergängen in den Wäldern erschreckt hatte, früher öfter als seit der Eröffnung der Sportanlage. Plötzlich waren diese Trainingsanzüge jeweils von irgendwoher aufgetaucht, quer durch den Wald liefen sie, sprangen über Wege und Gräben, verschwanden stumm schnaufend im Unterholz; nur Getrampel und Ästeknacken noch für eine Weile, dann wieder Stille, falls nicht ein Abgehängter oder das nächste Rudel hinter der nächsten Haselhecke hervorhechelte.

Als der Vater hinzukam, hatten zwei damit begonnen, mit kleinen, kaum faustgrossen Lederbällen aufeinander zu werfen. Scharf und schnell flogen die Bälle in beiden Richtungen quer über die Aschenbahn.

Jener Mann, dem eine Trillerpfeife vor der Brust baumelte, verteilte ein dampfendes Getränk, wahrscheinlich Tee; ein Teller mit Zitronenschnitzen wurde herumgereicht. Die Sportler schlürften aus weissen Plastikbechern und saugten die Zitronenschnitze aus; drei oder vier derjenigen, die Trainingsanzüge trugen und ihr Pensum offenbar vor den Hand- oder Fussballspielern hinter sich gebracht hatten, waren dabei, dicke Streichleberwurstbrote zu verschlingen.

Vielleicht sind's doch keine Läufer, dachte der Vater, nach dem Kugelstossen das Hinabstossen.

«Du Sauhund!» rief einer der beiden, die mit Bällen warfen. «Wart, ich knall dir auch einen an die Birne!» Die Pfeife trillerte, einer rief: «Hört doch auf!», ein anderer: «Immer dieselben Schafsköpfe!»; da sauste schon wieder ein Ball und spritzte an einem Bein ab, einer schrie auf, und der Vater hörte noch, wie dieselbe Stimme ins Gepfeife hineinfluchte, als der Ball plötzlich hart an seine Brust prallte.

«Ach, äh, entschuldigen Sie», sagte der Mann mit der Trillerpfeife und schrie gleich darauf einen der Burschen an: «Verdammt nochmal! Siehst du nicht, dass der Herr da vorbei will! Los, her mit den Bällen, jetzt ist endgültig Schluss!»

Der Vater war stehengeblieben, er presste die linke Hand flach an seine Brust.

Die sind ja saumässig hart, dachte er.

«Entschuldigen Sie!» rief der Bursche, der den Ball geworfen hatte, «Hoffentlich tut's nicht weh!»

«Neinein, überhaupt nicht, aber ich hätte trotzdem nicht gedacht, dass diese Bällchen so hart sind», sagte der Vater im Weitergehen und versuchte ein Lächeln und nahm die Hand von seiner Brust.

Wirklich saumässig hart, dachte er.

Hinter ihm begannen sie zu grinsen. Einer sagte unbekümmert laut, wenn man ihn frage, also er könne nicht verstehen, weshalb so ein alter Krauterer ausgerechnet in die Schusslinie hineinlatschen müsse.

«Verklemm's! Der hört doch jedes Wort!» rief ein anderer, dann ein dritter, aber nur halblaut, damit ihn der Vater nicht verstehen sollte: «Das ist doch dieser stinkreiche Sack. Der macht doch jeden Morgen seine Tour. So ein Millionengreis ist das. Ihr kennt doch dem seine Bonzenvilla beim Wald gegen Buchbach zu.»

Der Vater fasste seinen Stock fester und dachte einen Augenblick lang daran, sich umzuwenden und den Sportlern zu drohen, liess es aber bleiben; den Stock in erhobener Faust über seinem Kopf — es würde lächerlich aussehen. Mach dich nicht lächerlich, dachte er.

Immer noch grinsten sie hinter ihm her, noch aufdringlicher, schien es ihm.

«Ein Vogelfreund oder sonst ein Spinner! So ein Gesundheitswanderer!» — Die Trillerpfeife schrillte viermal, bis das Gelächter und die faulen Sprüche aufhörten.

Saufreche Bande, dachte der Vater; er fühlte sich unsicher, und es kam ihm vor, schon dass die Burschen eben Pause gemacht oder ihr Training beendet hatten, als er zur Sportanlage gekommen war, habe ihn irritiert. Er mochte diese jungen Sportler am besten, wenn sie liefen und sprangen und übten und ihn nicht beachteten.

Typisch Fussballer, die können sich bei den Leichtathleten ein Stück Anstand abschneiden, jawohl, so saufrech ist mir hier noch keiner gekommen!

Dann überlegte er und fand, es sei wohl das beste, wenn er gleich vorn rechts, wo die Asphaltstrasse begann, abbiege und weiter über den Schachen in den mittleren Wald ginge. Er betastete wieder jene Stelle auf seiner rechten Brustseite, wo ihn der Ball so unversehens getroffen hatte.

«Steinhart. Wie eine Holzkugel. Wie eine Strumpfstopfkugel», brummelte er vor sich hin und bog also ab, ging auf dem von der alten Spinnerei wegführenden Natursträsschen weiter, hielt auf den Schachen zu.

Auf der Wiese links neben dem Weg standen Apfelbäume mehrere Reihen tief, in jeder Reihe sechs Bäume. Der Vater griff in die rechte Jackentasche, dann in die linke und wieder in die rechte und stellte fest, dass er den zweiten Apfel verloren hatte.

«Wahrscheinlich herausgefallen», sagte er, «herausgefallen, als ich vor diesem Halbverrückten davonrennen musste», und dabei sah er sich schon um, wollte wissen, ob die Luft rein sei; denn an einem der Bäume hingen, obzwar noch nicht ganz reif, schöne Kläräpfelchen — da stiess seine noch immer apfelsuchende Hand in der linken Innentasche auf etwas Hartes.

«Ach, sieh daher!» sagte er und zog eine kleine, in dunkelrotes Leder gefasste Taschenflasche hervor. «Daran habe ich gar nicht gedacht.»

Er schüttelte das Fläschchen und schraubte den Verschluss auf, roch daran; «Die ist ja noch halb voll!»

Es war Rhum drin, aber der Vater wollte doch lieber eins oder zwei von diesen Äpfelchen haben. Mit dem Stock zog er einen Ast zu sich herunter und drehte zwei grüne Äpfelchen vom Zweig und steckte sie schnell in die rechte Tasche, hatte den Ast schon hinaufschnellen lassen. Wieder sah er sich um; nein, niemand in der Nähe, gut.

«Schön», sagte er und ging weiter. Mit der Hand in seiner Tasche wärmte er die kalten, harten Äpfel.

Nach kaum zwanzig Schritt zog er einen hervor und biss hinein: kalt und säuerlich, stellte er fest und knatschte mit halb offenem Mund an dem Bissen herum und schnitt eine saure Grimasse dazu.

«Viehfutter. Unreif», mümmelte er, und dann, in Gedanken etwa fünfhundert Meter voraus beim weissgekalkten Haus, das nach einer Wegkrümmung zu sehen war, «Sie wird ihre Viecher füttern.»

Er blieb stehen und machte Schlitzaugen, wollte die Hunde und Esel ausmachen.

Hinter dem Haus stieg dünner Rauch, zog ein paar Meter übers Dach hinauf, zerfiel dann, verwehte.

Die Affen sah er zuerst; sie turnten in ihrem hohen Gehege herum, und ein Papagei kreischte dazu. Wahrscheinlich der ältere, dachte er, der grosse, sicher der grosse rote.

Er warf den angebissenen Apfel über die abfallende Böschung ins Gras.

Der Weg stieg leicht an; von der Strasse her, gute zweihundert Meter links von ihm in einer Senke, konnte er anhaltenden Verkehrslärm hören. Die Hetzerei geht los, dachte er, blieb eine Weile stehen, spuckte aus, sammelte schon neuen Speichel, als er von weiter vorn ein Schulkind den Weg herabrennen sah.

«Pressiert's?» rief er dem Kleinen entgegen, auf dessen Rücken ein Schultornister hüpfte. «Na, pressiert's?» sagte er nochmals, als der Bub nähergekommen war, «In welche Klasse gehst du denn?»

Es schien wirklich zu pressieren. »In die zweite», rief der Kleine und rannte vorbei, «Passen Sie auf dort oben, die haben böse Bernhardiner!», und lief den Weg hinab.

«Das sind Leonberger!» rief ihm der Vater nach; er lachte vor sich hin. «Na, lauf nur, s'wird höchste Zeit sein.»

Als er am Anfang der Maschendrahtumzäunung vorbeigekommen und schon nah beim Lattentor war, schrien beide Papageien, und die vier Hunde standen auf und kamen mit Gebell zum Tor gelaufen.

«Ja was denn was denn! Nein, der Argo kommt heut nicht», sagte der Vater; er griff zwischen den Latten hinein, zog den Riegel und stiess das Tor einen Spaltweit auf, schlüpfte hinein, bevor sich die Hunde durchzwängen konnten. Die beiden jüngeren, zwei Rüden, sprangen an ihm hoch, legten ihm die breiten, kralligen Pfoten auf Brust und Schultern, und auch die beiden Alten drängten sich heran, alle wollten gekrault werden; ihre Augen glänzten: bernsteinfarben, aufdringlich.

«Neinein, der Argo kommt heut nicht, nein, nicht so wild, so ... schön, schön», machte der Vater; er hatte Mühe mit den Hunden, musste beidhändig wehren.

Die freilaufenden Esel und Ponies trotteten daher, blieben in einiger Entfernung stehen und schnaubten, und die Schimpansen in ihrem Gehege bleckten ihn an, schrien ihn herbei, auch die Papageien machten wieder lautes Geschrei.

«Ja was, ja was, he! Chicko!» rief der Vater und drückte den grünen Apfel in eine heischend herauslangende dunkle Affenhand und sah eine Weile zu, wie sich die drei Schimpansen zuerst am Boden, dann im rindenlos blanken Geäst ihres Käfigbaumes balgten: schwarzsträhnig ihr Fell, bald träg ihre Rangelei — sie hatten gefuttert, wollten ausruhen, hatten keinen Hunger mehr; der Zank um den Apfel war ein kurzes Affenspiel gewesen.

Der Vater ging, von den beiden jungen Rüden um-
tanzt, hinterm Haus am Schweinestall vorbei zu einem
Wellblechschuppen. Die Tür, ein eingebautes Garagetor, stand offen. Im Schuppen war eine junge Frau mit
Nadel und Faden an einer braunen Wolldecke beschäftigt; sie sass auf einem alten Fass zwischen Eimern und
Futtersäcken hinter einem eisernen Gartentisch und
trällerte vor sich hin — «Che beeella luuuna, o che
beeella luuuna!»

«Good morning! Good morning!» fiel der Vater laut
singend ein.

«Ah, da bist du ja. Ich hab schon gehört, dass du gekommen bist. Gut geschlafen?» Sie lachte und nahm
eine brennende Zigarette vom Aschenbecherrand.

«Jawohl, hab ich!»

Er lächelte.

«Und seit wann bist du . . .»

«Gut geschlafen und schon seit kurz nach fünf Uhr
unterwegs, jawohl! Hast du sie alle gefüttert?»

«Die geben schon keine Ruhe, bis sie ihr Fressen haben.
Setz dich doch, dort steht ein Stuhl, klapp ihn auf.»
Die beiden Hunde legten sich nebeneinander unter den
Tisch und liessen den Vater nicht aus den Augen. Er
fasste die Stuhllehne und stellte den Klappstuhl neben
den Tisch, «Was soll denn das sein, wenn's fertig ist?»

«Ich versuche aus dieser alten Wolldecke eine Satteldecke zu zaubern.» — Sie nahm einen Zug, blies den
Rauch schräg nach oben und drückte die Zigarette aus.
Sie ist schön, dachte er, ich habe eine schöne Nichte;
er sah sie an, von oben nach unten, sah ihre roten
Haare, ihr braunes Gesicht, ihren Hals, ihre Brüste unterm straffen Pullover.

«Schön», sagte er, «die will ich sehen, wenn du sie fer-
tiggenäht hast. Wo ist denn dein Zoowärter?»

Dieser Zoowärter, wie der Vater ihn nannte, war früher Bauernknecht und eine Zeitlang Hilfsarbeiter gewesen; ein unverheirateter Mann, schon ziemlich in den Jahren und selten gesprächig; zusammen mit seinem Neffen wohnte er im Haus der Nichte des Vaters. Der Neffe war im Geist zurückgeblieben; mit diesen Worten entschuldigte der ehemalige Knecht den Jungen, wenn es etwas zu entschuldigen gab. Er war aber eigentlich geistesschwach, konnte oft unverhofft aufbrüllen oder laut auflachen oder bocksteif stillstehen und vor sich hingreinen. Sein Onkel trug Sorge für ihn, schon seit damals, als der Hof seines ehemaligen Meisters noch bewirtschaftet worden war. Die beiden kümmerten sich um die Tiere, die sich Vaters Nichte vielleicht gerade deshalb hielt, weil alle versucht hatten, ihr diesen kleinen Privatzoo auszureden, als sie das erste Mal davon gesprochen hatte.

«Sie holen Futter. Das macht er immer gern beizeiten, damit er tagsüber nicht mehr weg muss», sagte sie.

«Beizeiten. Ja, das kann man wohl sagen»; der Vater, der seine Taschenuhr meist zu Hause liegen liess, ertappte sich dabei, wie er, nach ihr suchend, in die linke Brusttasche hineinfingerte.

«Es ist noch früh», sagte er. «Aber für wen ist die Decke?»

«Für den Stefan. Er muss sich jetzt endlich daran gewöhnen, dass er nicht nur zum Fressen auf der Welt ist.» Sie räusperte sich. «Ich rauche zuviel.»

«Der Esel ist ein Lasttier, man kann ihn aber auch zum Reiten gebrauchen, stimmt's», sagte der Vater.

«Er ist ein bockiges Biest», sagte sie und legte die Decke auf den Tisch und steckte die Nadel in den Stoff. «Ich muss nachschauen, ob die Kartoffeln lind sind.»

Sie stand auf, die beiden Rüden schossen unterm Tisch hervor.

«Hopp! Hopp!» rief sie, «Wo ist die Katze!»

Zuerst standen beide breitbeinig still, dann hetzten sie kläffend den kleinen Hang hinter dem Wellblechschuppen hinab zu einem hohen Nussbaum bei der unteren Umzäunung.

«Ich habe den Argo zu Hause gelassen», sagte der Vater, während er drei Schritt hinter ihr her zum Schweinestall ging und sie wieder ansah.

Schön gewachsen, wundervoll, dachte er, ihre Beine, ihre schlanke Figur, sie ist richtig reif fürs Bett, wunderschön.

«Trinkst du einen Kaffee?» fragte sie, als sie in der kahlen Schweinekostküche vor dem alten Waschofen standen. Im Kochkessel, fast bis zum Rand hinauf, blubberte es bräunlich. Vaters Nichte fuhr mit einer langen Holzkelle in den Kessel und rührte kräftig um, Dampf schwallte auf und vernebelte die Decke, zog in Schwaden durch ein kleines Fenster ab.

Der Vater dachte, das Kartoffelsieden sei eigentlich keine Arbeit für seine schöne Nichte. Warum überlässt sie's nicht dem Jungen, er braucht nur neben dem Ofen zu stehen und im Kessel zu rühren, das kann doch auch ein Halbschlauer.

Aber er sagte nichts; denn seine Nichte hatte damals, als die beiden in ihr Haus gezogen waren und sich alle daran gestossen hatten, zu ihm und seiner Frau gesagt: «Meine Affen brauchen Menschen! Schluss des Zitats!»

Seither glaubte er zu wissen, dass der Knecht und der Junge seiner Nichte wahrscheinlich das gute Gefühl gaben, sie tue ein gutes Werk an zwei Menschen, die anderswo schwerlich unterkommen könnten.

Sie legte die Kelle auf den Kesselrand, kauerte nieder, zog unten das Eisentürchen auf, sagte «Ei! Ist das heiss!» und blies auf ihre Fingerspitzen. Dann schob sie drei dicke Holzscheiter ins Feuerloch.

Er sah einen Streifen nackter Haut zwischen Hosenbund und dem leicht heraufgerutschten Pullover: Ihr Rücken, oh! reif fürs Bett, richtig reif! — und sagte: «Ja, Kaffee nehme ich gern.»

Sie warf das Ofentürchen zu und stand auf; er ging an zwei grossen Kisten voll Kartoffeln und einer hohen Scheiterbeige vorbei und zog die Tür zum Schweinestall auf. Einige Sauen begannen sogleich zu lärmen.

«Heut lässt du sie wohl nicht hinaus», sagte er, «Man weiss nicht recht, was das Wetter will. Heute morgen hat es noch nach Sonnentag ausgesehen, aber jetzt...»

«Macht nichts, die sollen nur hinaus. Aber zuerst gibt's jetzt Kaffee», sagte sie; er hörte sie weggehen — «Che beeella luuuna, o che beeella luuuna!»

Auf dem saubergefegten betonierten Gang ging der Vater den geweisselten Koben entlang. Insgesamt dreiundzwanzig Schweine zählte er, bis er am andern Ende des Stalles angelangt war; so oft er den Stall betrat, ging er jeweils an die Koben und zählte die Schweine; «...zweiundzwanzig, dreiundzwanzig, stimmt», murmelte er und ging zurück.»Sauberer Stall, das muss man den beiden lassen, es stinkt auch fast nicht.»

Er wollte die Stalltür gerade wieder zustossen, als er die Idee hatte, eigentlich könne er die Schweine hinauslassen.

«Das ist eine Idee!» sagte er, «Wird gemacht! Warum nicht!» und ging wieder in den Stall und drückte bei jedem der sieben Koben einen Aluminiumhebel hinab, wodurch jedesmal eine Klappe an der Hinterwand hochging. Mit seinem Stock fuchtelte er in die Koben hinein und scheuchte jene Schweine, die keine Eile hatten hinauszukommen, vom Boden auf, trieb sie hinaus — «Los! Los! Wird's bald! Ja, grunzt nur! Los! Hinaus mit euch!»

Bevor er wieder in den Wellblechschuppen ging und sich an den Tisch setzte, sah er in die Umzäunung hinter dem Schweinestall und begann wieder zu zählen; er wollte sich vergewissern, dass keine der dreiundzwanzig in den Stall zurückgeschloffen war.

«Stell dir vor», sagte er zu seiner Nichte, als sie auf einem Tablett zwei Tassen Kaffee und eine Zuckerdose und ein Rahmkrüglein herbeitrug, «Da greife ich vorhin in die Innentasche, und was finde ich? Das da!»

Er zog das Taschenfläschchen hervor und lachte: «Die trage ich sicher schon seit zwei Wochen mit mir herum, und heute erst merke ich's.»

«Wer hundert Jahre lang Schnaps trinkt, wird alt», sagte sie, und er lachte und rief: «Jawohl, alte Säufer bleiben jung und sterben leichter!»

Er schüttelte das Fläschchen. «Rhum», sagte er, «willst du einen Becher voll?»

Nein, sie wollte nicht. Er schraubte den Verschluss auf. «Aber ich!», sagte er, und nachdem sie die Kaffeetassen leergetrunken und dabei über die Tiere, über den Knecht und seinen Neffen und über die jungen Rüden geplaudert hatten, war Vaters Taschenflasche fast leer.

«Hepp!» zuckte er auf einmal zusammen und fasste mit der linken Hand an seine rechte Schulter.

«Hast du's immer noch?»

«Ja, aber es vergeht schon wieder», sagte er, «Irgend eine Zerrung oder so.»

«Du hast das jetzt schon seit Ende April, stimmt doch, nicht? Wenn du mich fragst, ist das Rheuma und nicht irgendeine Zerrung. Zerrungen heilen schneller.»

«Ach was!» sagte er.

«Auch in deinem Alter», sagte sie.

«Was, in meinem Alter!»

Sie sah kurz weg, sagte dann schnell, sie könnte seine Schulter massieren. «Massagen helfen immer», sagte sie.

«Nicht bei Rheuma», sagte er. «Aber es ist eine kleine Zerrung.»

Sie lachte. «Weisst du was, ich ziehe dich aus bis aufs Hemd, und dann massiere ich dich windelweich.»

Das verwirrte ihn. Er nahm noch einen Schluck Rhum; — will mich, will ihren Onkel verführen, will sie doch, dachte er, massieren, will sie wirklich?

«Aber Tante Lisa wäre vielleicht nicht einverstanden, oder?» sagte sie.

«Tante Lisa ... ach so, ja, kann sein, aber es ist nur eine Zerrung, ich muss es doch wissen, schliesslich zuckt es bei mir und nicht bei dir.»

«Klar», sagte sie.

Der Vater dachte plötzlich an Nanette, die Haushalthilfe seiner Frau; sie ist verheiratet, dachte er, sie ist ein wenig älter als Renée, vielleicht würde sie für Geld, vielleicht ... Zustupf, dachte er.

Vor dem Haus machte der Esel namens Stefan seinen Eselslärm, worauf auch die Affen und Papageien und ein zweiter Esel zu lärmen begannen.

«Er will deine Satteldecke nicht, hörst du», sagte der Vater zu seiner Nichte.

Sie zog eine Zigarette hervor und lachte und sagte: «Dann mache ich ein Schlafsackfutter draus.»

Der Lärm der Tiere hatte aufgehört, nur der ältere Rüde, Vater der beiden jungen, bellte noch ein paarmal.

«Geh doch auf dem Heimweg an der grossen Pappel beim Hinterschachen vorbei, dort hat vorgestern jemand sechs Bienenhäuschen hingestellt», sagte sie, als er aufstand und das Fläschchen wieder einsteckte. «Was meinst du, soll ich nicht auch Bienen züchten?»

«Und was noch!» rief er aus, «Elefanten, Salamander!»

«Einhörner», sagte sie und lachte, und er dachte wieder, wie schön sie sei, unglaublich jung und schön und frisch und lebendig, und er fuhr ihr mit der rechten Hand unters Haar und fasste sie am Nacken. «Alsdann», sagte er. «Mach's gut.»

Unter seinem Griff zog sie ihren Hals ein und lachte; er liess los und ging mit ihr, die rechte Hand auf ihrer linken Schulter, auf der andern Seite ums Haus herum zum Lattentor. Die Hunde trotteten wieder heran.

«Platz!» sagte sie laut; dann küsste sie den Vater auf die rechte Wange. Er stand stramm, salutierte militärisch, lachte mit ihr, rief: «Kompanie, marrrrsch!», zog das Tor auf und marschierte, den Stock wie ein Gewehr geschultert, im Stechschritt hinaus.

«Einen Gruss zu Hause!» rief sie ihm vom Schuppen her nach; er war schon beim oberen Ende der Umzäunung angelangt, hatte den vier Hunden, die ihn, miteinander balgend, hinterm Maschendraht begleitet hatten, zum letzten Mal an diesem Morgen gesagt, wie schön sie seien, wie stark und wie brav, so brav.

Er winkte ihr und rief: «Wird gemacht! Bis morgen, honey!» und dachte dabei: Mädchen, dich möchte ich haben, nur eine halbe Stunde lang möcht ich dich nackt und ganz aufgelöst haben, stell dir das vor, du und ich. Du gehst wahrscheinlich mit deinen Malern ins Bett, oder mit diesen Bildhauern. Komisch, ihr Jungen hüpft doch kreuz und quer, aber du sagst nie etwas davon, du bist richtig schamhaft, du kleines tolles Biest. Dich möchte ich erleben, du bist sicher ein As im Bett. Oder ein Aas, ein wildes hurtiges Hürchen.

«Hm, im Schlafsack», murmelte er vor sich hin.

Unter der grossen Pappel beim Hinterschachen stand ein Brückenwagen, das Deichselende lag nah beim Stamm auf dem Grasboden auf, eine schwere Eisenkette mit Vorhängeschloss war durch die Deichselöse gezogen und um den Pappelstamm gelegt. Auf dem Wagen standen sechs Holzkisten dicht nebeneinander, über alle sechs hatte der Imker ein Plastiktuch gelegt und mit Steinen beschwert. Vor den engen Fluglöchern unten an den Kisten krabbelten wenige Bienen wie halblahm umher.

Kein Honigwetter, dachte der Vater. Er hätte, wäre er Imker und Eigentümer der Bienenstöcke gewesen, seine Völker anderswo hingestellt, an einen Waldrand zum Beispiel, aber nicht hierhin, mitten im Freien unter diese Pappel.

Er zog das Taschenfläschchen hervor und trank den Rest, machte «Aah!» und schüttelte sich dabei; während er den Becherverschluss zuschraubte, entschied er, bei der nächsten Abzweigung den Waldweg zur Griesach einzuschlagen.

Dieser Weg war eine kaum bekannte Abkürzung; der Vater vermutete, ursprünglich sei es wohl ein Wildwechsel gewesen, den die Forstleute entdeckt und mit ihrem schweren Nagelschuhwerk ausgestampft hätten. Wer diesen schmalen, meist feuchterdigen Weg kannte, konnte in knapp zwei Minuten vom Hinterschachen an die Griesach gelangen.

Der Vater hatte aber keine Eile. Es waren vier Minuten vergangen, als er zwischen Erlenstauden hervor auf einen Sandsteinfels heraustrat, der gute fünf Meter über jene Uferstelle herausragte, wo der Unterlauf der Griesach am breitesten war und eine Kuhle bildete. Das Wasser strömte lautlos träg im Kreis, stand keine zwei Meter tief überm grüngräulich gesprenkelten Geröllgrund; es hatte die flach verlaufenden Sandsteinschichten am Ufer ausgewaschen, der Felskopf war stark unterspült.

Zu seinem Erstaunen sah der Vater, der an dieser Stelle wie von einer Kanzel herab die Forellen zu beobachten pflegte, ein kleines schwarzes Gummiboot mitten im Bach, und im Bötchen sass knielings auf seinen Hakken ein Mann von etwa fünfunddreissig, vierzig Jahren und fischte.

Der Vater duckte sich, ging schnell drei Schritt zurück, ging in die Knie und stützte sich auf die Hände, krabbelte wieder nach vorn, beugte sich mit langem Hals auf dem Fels vornüber.

Der Mann im Bötchen trug einen dunkelfarbenen Rollkragenpullover und Manchesterstoffhosen, auf dem Kopf eine helle Schirmmütze, wie sie bisweilen von Velorennfahrern getragen wird. Vom Gummiboot lief ein dünnes Seil etwa zwanzig Meter weit straff bachaufwärts zu einem weit überhängenden Buchenast, der den an jener Stelle wieder schmalen Bach beinah überspannte.

Der Vater wusste nicht genau, wer die Fischereirechte für diesen Teil der Griesach gepachtet hatte; aber alle Pächter in diesem Gebiet seien Einheimische, erinnerte er sich, gehört oder in der Zeitung gelesen zu haben: Polizisten und Gemeindebeamte, einige kleinere Geschäftsinhaber. Diesem Mann im Gummiboot jedenfalls gehörten die Rechte nicht, denn diesen Kerl — keine fünfzehn Meter vor ihm — hatte er nie gesehen, der war nicht aus der Gegend, den kannte der Vater nicht.

Das Bötchen am langen Tau glitt auf dem Wasser hin und her, manchmal berührte es fast das gegenüberliegende Ufer, und der Vater konnte dann das Gesicht des Mannes ziemlich gut sehen, dann wieder glitt es heran und verschwand halbwegs unter dem überhängenden Sandstein. Hinten auf dem Gummiboden lagen in einer Art schwarzem Einkaufsnetz einige tote Fische, sechs oder acht zählte der Vater.

Der frevelt, dachte er, aber er versteht etwas vom Forellenfischen.

Während der ganzen Zeit jedoch, die er lauernd auf dem Fels verharrte, fing der Mann im Bötchen keine Forelle mehr, und der Vater, der eine Weile daran gedacht hatte, den Fischer mit herabgeworfenen Ästen oder einem plumpsenden Stein aus seiner hin und her treibenden Ruhe zu bringen, zog schliesslich ab; auf allen vieren kroch er die ersten paar Meter zurück, bevor er sich erhob.

Der Kerl fischt da, als sei er allein auf der Welt, vielleicht weiss er nicht einmal, dass man da gar nicht fischen darf ohne Pachtpatent.

Während den ersten Schritten zurück in den Wald durchs dichte Grünzeug am feuchtweichen Boden achtete der Vater darauf, auf kein Ästchen zu treten, wenig Geräusch zu machen.

Vielleicht darf er doch fischen, vielleicht ausnahmsweise. Vielleicht hat er eine Spezialerlaubnis oder so, dachte er. In seinem Mund war noch immer der Geschmack von Rhum. Rundum schwere feuchte Stille, schwer vom harzig moderigen Geruch des Waldes; diese Stille fiel ihm plötzlich wieder auf. Auch von der Griesach her kein Geräusch, so ruhig und unbewegt fast glitt das Wasser bachab.

Auf dem Weg, der in einem Abstand von manchmal zwanzig, aber kaum je über dreissig Meter dem auf jener Strecke ziemlich geraden Bachlauf entlangführte, ging er weiter, und zum ersten Mal an jenem Morgen brauchte er den Stock dieses hundertvierundfünfzigsten Tages in der Weise, wie Spazierstöcke beim Wandern gehandhabt werden; der Weg dort an der Griesach war ein ziemlich breiter Wanderweg. Zweimal waren beidseits gelbe Blechschildchen an die Stämme genagelt, und da stand es drauf, schwarz auf gelb:

WANDERWEG

Der Vater war noch etwa zwei Wegminuten vor der nächsten Abzweigung, als er von linkerhand das dünne, hohe Geplätscher eines kleinen Wasserfalles hörte; ein Wiesenbächlein hatte dort die ein Stück weit fast parallel zum Weg verlaufende Sandsteinrippe durchbrochen und triefte unter einer dick bemoosten Naturbrücke knappe drei Meter über die nassdunkle Felsbank. Von der anderen Seite der Griesach rauschte der Lärm eines Zuges durch den Wald; flach und grau, schien dem Vater, höre sich das Zugsgeräusch an, flach und grau, er wusste nicht weshalb. Er stand still, blieb stehen, bis es vorbei und abgeklungen und das kleine Wasserfallgeplätscher wieder zu hören war; dann ging er weiter. Und als er sich der Naturbrücke näherte und das Plätschern des fadigen Getriefs ein wenig lauter wurde, sah er den alten Mann, den alle den «Büscheler» nannten.

Unterhalb des Wasserfalles, rechts vom abfliessenden Bächlein, nah bei der Betonröhre, durch die das Wasser unterm Wanderweg durch und weiterrieselte, war der Büscheler an Scheitstock und Holzbock damit beschäftigt, im Wald zusammengesuchte Äste aufs richtige

Mass zu hacken und mit Eisendraht zu festen Brenn-
holzbüscheln zu binden.

Schon ein Zeitchen her, seit ich ihn zum letzten Mal
gesehen habe, dachte der Vater, und laut sagte er: «So,
wieder heftig an der Arbeit. Sie sind doch nicht etwa
krank gewesen?»

Der Büscheler hob den Kopf. Sein Gesicht war klein
und altersfleckig und voll weisser Bartstoppeln.

«Aha, Sie sind's», sagte er so laut, wie Harthörige oft
reden, «Wie meinen Sie? Krank?»

Er grinste mit fast zahnlosem Mund, zeigte gelblich-
braune Stummel; nein, das komme bei ihm nicht in
Frage. Er sei bei seiner Tochter gewesen, im unteren
Bachland. «Sie hat dort so einen Lochkartenspezialis-
ten geheiratet», sagte er und fragte: «Und Sie sind
also immer rüstig unterwegs?»

«Sicher, sicher», sagte der Vater.

Er erzählte dem Büscheler von dem Mann im Gummiboot. «Unterhalb des Felsens», sagte er, «fischt Forellen, wahrscheinlich ohne Patent. Oder was meinen Sie,
hat der vielleicht eine Spezialbewilligung?»

Der Alte kratzte sich am Kopf; seine grossen knotigen
Hände fielen dem Vater wieder auf; er dachte fast bei
jeder Begegnung, diese Hände seien viel zu gross für
den kleinen mageren Mann.

Soviel er wisse, gehe der Strich beim grossen Gumpen
in die Pacht eines gewissen Eugen Wolf, sagte der Büscheler. «Kennen Sie den Wolf? Er ist früher bei der
Bahn gewesen, er hat dann aber einen schweren Ran-
gierunfall gehabt. Es wird ja alles immer komplizier-
ter. Ich sehe die Sauerei schon kommen.» Es dauere
nicht mehr lange, bis alles so durcheinandergebracht
sei, dass überhaupt niemand mehr drauskomme, sagte
er. «Alles verreckt, sage ich Ihnen. Was ich jetzt nur

bei meiner Tochter wieder erlebt habe, oioioi! keine Ruh und keine Rast, alles voll Lärm und Gestank. Manchmal habe ich die ganze Nacht lang kein Aug zugetan. Da bin ich lieber hier im Wald an der frischen Luft. Aber im Herbst soll ich wieder für ein paar Tage zu ihr. Ja, ich weiss nicht, die sind alle so nervös, die machen sich alle kaputt, das sehe ich schon kommen. Früher hat man immer gemeint, so, jetzt sind wir soweit, jetzt haben wir alles, was man so braucht. Aber die wollen ja immer noch mehr, das hört ja nie auf. Wenn das so weitergeht, sehe ich schwarz. O je, die haben ja keine Ahnung!»

Ich würde ihm einen Schnaps anbieten, dachte der Vater, wenn ich das Fläschchen nicht leergetrunken hätte, würde ich ihm jetzt einen Schluck Rhum . . .

«Keine Ahnung, sage ich Ihnen!», rief der Büscheler und wandte sich wieder seiner Arbeit zu. Er rollte verzinkten Draht von einer Rolle, nahm Mass, zwackte das wippende Drahtstück mit einer Zwickzange ab.

«Ja, ich weiss schon», sagte der Vater. «Aber ich muss weiter.»

Es war nicht das erste Mal und würde nicht das letzte Mal sein, dass er sich die laute Lamentiererei des Alten anhören musste.

«Unsereins sieht's kommen, aber davon wollen die nichts wissen!»

«Auf Wiedersehen!» sagte der Vater. Er hob den Stock, begann weiterzugehen.

«Ja, in Ordnung!» rief ihm der Büscheler nach.

Er hat vielleicht zum Teil schon recht, aber einen Vogel hat er auch, dachte der Vater, na ja, egal.

Das Plätschergeräusch hinter ihm wurde dünner und verlor sich bald zwischen den hohen Tannenstämmen beidseits des Wegs; wieder diese feuchtschwere Stille, nur seine Schritte und das dünne Aufschlagen des Stokkes, sonst kaum ein Laut im Wald, und das Tageslicht grau gedämpft.

Weiter vorn, links nach einer Abzweigung, stand leicht erhöht direkt über der dort in den Boden absinkenden Felsrippe auf einem Rost von alten Bahnschwellen eine graubraun verwitterte Holzerhütte; sie stand seit Jahren, wurde selten benutzt. Der Vater überlegte, ob er den Hohlweg zur Hütte hinauf nehmen oder geradeaus gehen solle; knapp unterhalb der Hütte wusste er im kleinwüchsig tannigen Unterholz ein Plätzchen, wo hin und wieder rote Reizker standen.

«Warum nicht nachschauen», sagte er und schwenkte nach links hinauf ein, hatte aber noch keine zwanzig Schritt getan auf dem vom Regen ausgewaschenen und von Kies und Steinen durchsetzten Weg, als ihn ein lautes Gelächter aufschauen liess.

Hinter zwei Fichten schauten drei Mädchen hervor und gickelten.

Der Vater blieb stehen und lachte zurück, er wollte gerade etwas Freundliches oder Lustiges sagen, als eines der Mädchen «Jetzt!» rief und hinter dem Stamm hervorkam und am Rand der Böschung blitzschnell sein Röcklein hob und zwischen vorgespreizten bleichen Beinen scharfstrahlig sein Wässerchen herausschiessen liess. Der Vater trat rasch an die andere Wegseite zurück; und da waren sie schon zu dritt oben am Bord, und das zweite Mädchen zeigte seine blanken Hinterbacken und lachte, den Kopf zwischen seine Beine herabgebeugt, dass die langen Haare den Boden berührten, derweil das dritte und wahrscheinlich älteste, schon dunkel schamflaumig, ebenfalls laut lachend sein Wasser herauspresste, plätschernd in den Hohlweg hinab.

Dem Vater verschlug es die Sprache; er hätte aber, dachte er später, als er überlegte, was da von unten hinauf zu sagen gewesen wäre, ohnehin nicht die richtigen Worte gefunden.

Nach kaum zehn Sekunden sprangen die Mädchen davon; er hörte noch ihr Schulmädchengelächter, dann waren sie verschwunden. Er starrte an die Böschung hinauf — «So etwas!» — und stand eine ganze Weile. Höchstens elf, zwölf Jahre alt, dachte er. «Ha, so etwas!»

Verstört setzte er sich schliesslich in Trab, rannte den stotzigen Hohlweg hinauf zur Holzerhütte, blieb oben schnaufend stehen, sah sich um, sah die zwei verschlossenen Fensterläden der Hütte und die Tür und unten die schwarzen Bohlen und sonst nichts.

Er setzte sich auf ein längslang gespaltenes, als Sitzbank hergerichtetes Stück von einem Fichtenstamm.

Diese saufrechen Biester! Das sollte man dem Lehrer melden. Wenn die so anfangen, landen sie auf dem Strich. Richtige kleine Saumädchen, schon fast reif zum Anbeissen.

Er sass auf der Bank vor der Hütte, bis sein Atem wieder ruhiger ging; dabei versuchte er vergeblich, sich an die Gesichter der Mädchen zu erinnern. Alles, was er herbeizerren konnte, waren weisshäutige, leicht gebogene Mädchenschenkel und zwei schmale Unterleiber, aus denen es hervorspritzte, und ein auf den Kopf gestelltes Gelächter und ein hängender Haarwust zwischen dünnen nackten Waden.

«Ich geh zurück!» sagte er und stand auf, und wieder lauschte er dem Geräusch eines Zuges; von fernher fuhr es in den Wald, schwoll an, weitab hinter den Bäumen, und verzog sich. «Flach und grau, ich weiss nicht . . .», sagte der Vater leise.

Und dann ging er doch nicht zurück. Er stand noch eine Weile vor der Holzerhütte und ging schliesslich weiter.

Hinter der Hütte hörte der Wald auf. Der Vater ging zwischen Waldrand und Wiesland die knappen hundert Meter zum Sagerweiher, der so hiess, weil er zu einer längst aufgegebenen und abgebrochenen Sägerei gehört hatte. Ein ziemlich grosser Weiher war's. Manchmal konnte man Fische springen sehen. Der Vater hatte bisweilen schon daran gedacht, einige grosse alte Karpfen in diesen Teich zu setzen, zu seinem heimlichen Vergnügen sozusagen.

Das Wasser lag still, nur stellenweise wurde es von dem leichten Windchen gekräuselt, das oben mit den Wipfeln heftiger umzuspringen anfing.

Vielleicht wird das Wetter doch wieder besser, der Wind ist gut, es sieht hier nicht mehr so grau aus, dachte der Vater, diese Mädchen, ha, diese drei kleinen Saumädchen ...

Der Sprung über den schmalen Kanal, durch den das Wasser, unerwartet lebendig werdend, in weiss schäumenden Strudeln hinabgischtete, gab ihm jedesmal Gelegenheit, sich zu beweisen, wie elastisch, wie gut in Form er sei.

An diesem Morgen sprang er fast ohne Anlauf und ging rüstig weiter. Über die drei Mädchen wollte er am Nachmittag in aller Ruhe nachdenken, über einiges andere auch, vor allem aber über die Mädchen; er versuchte sie vorläufig aus seinem Sinn zu drängen, denn es verwirrte ihn, immer wieder diese hochgehobenen Röckchen oben am Rand der Böschung vor sich zu sehen. Seine Schritte wurden dabei mählich kürzer. Beim Zufluss zum Sagerweiher blieb er in Gedanken am Ufer stehen.

Nach einer Weile begann er, mit dem Stock nach einem einzelnen Schilfrohr zu schlagen; da er mit den ersten Streichen schlecht getroffen und den Stengel kaum angeknickt hatte, war er gerade dabei, wieder auszuholen, als plötzlich ein Schwan über die Distanz von knappen zehn Meter dem Ufer entlang übers Wasser fauchte und zu ihm her schoss.

Der Vater erschrak; er hatte den Schwan nicht bemerkt, und dabei wusste er doch, dass es im Sagerweiher zwei Schwäne mit Jungen gab; fast täglich hatte er sie beobachtet und manchmal auch mit altbackenem Brot gefüttert.

«Was, was, was denn! Ich bin's doch! Nur keine Angst!» rief er dem heranfauchenden Schwan entgegen. Ein zweiter, das Weibchen, kam hinterm ersten dahergerauscht; beide hatten die Flügel aufgestellt und fauchten ihn mit langgestreckten Hälsen aus halb offenen Schnäbeln an. Er konnte ihre gespannten Zungen sehen, als er noch einmal «Was denn, was!» rief und vom Ufer zurücktrat.

Blöde Viecher, dachte er im Weitergehen und stellte gleich darauf fest, dass das Nachdenken über die drei Mädchen wahrscheinlich doch keinen Aufschub litt. Er hatte noch etwa vierhundert Meter zu gehen, dann konnte er beim alten Schlachthaus, das selten mehr benutzt wurde und demnächst abgebrochen werden sollte, nach rechts auf die Landstrasse einbiegen und hatte dann noch ungefähr eine halbe Stunde zu gehen, bis er wieder zu Hause war. Zeit genug, sich in Gedanken mit den drei Mädchen ... aber da hörte er schon von weitem, dass im Schlachthaus, anders als sonst, etwas los war, und als er nähergekommen war, sah er an der entfernteren Hausecke eine Kuh stehen.

Er erinnerte sich an eine Geschichte, die das alte Schlachthaus überleben würde:

Vor Jahren hatte ein Metzger seinen beiden Burschen gesagt, sie sollten beim Güterschuppen am Bahnhof eine Kuh abholen, die Kuh werde jetzt gerade ausgeladen, diesen Bescheid habe er soeben erhalten. Die Burschen hatten aber keine Kuh, sondern einen Stier vorgefunden, und da der Mann im Güterschuppen eilige Fracht abzufertigen und keine Zeit hatte und von nichts wusste, hatten sie den Stier ins alte Schlachthaus geführt und schon abgemurkst und an den Hinterbeinen aufgehängt, als der Metzger angehastet kam und schon von weitem «Verwechslung, Verwechslung, ihr Hornochsen!» schrie, «Ihr Schafsköpfe! Das ist ja ein Zuchtstier! Kuh, hab ich gesagt, Kuh! Wisst ihr Hornochsen nicht, was eine Kuh ist!» Die Kuh war beim Güterschuppen keine fünf Schritt vom Stier, freilich um die Ecke bei der Verladerampe, angebunden gewesen.

Vor dem alten Schlachthaus, an der gegenüberliegenden Strassenseite, stand ein kleiner geschlossener Lastwagen; vor den links und rechts neben der Schlachthaustür in die Wand eingemauerten Eisenringen zum Anbinden des Viehs lag zertretener frischer Kuhmist.

«So, wird hier wieder einmal gemetzget», sagte der Vater unter der offenen Tür. Die Metzger sahen kurz zu ihm hin. Einer sagte: «Ja, ein paar Rinder, ausnahmsweise.»

Aha, das sind Rinder, dachte der Vater.

An den Wänden auf beiden Seiten des von Blut verschlierten wasserüberschwemmten Betonbodens hingen an leicht aufwärts gekrümmten Eisenhaken — vor Zeiten verchromt gewesen, dachte der Vater — ausgeweidet und schon ohne Kopf die geschlachteten Tiere.

In der Mitte des Raumes weitere zwei an Spannhaken, die an Ketten von der Decke hingen. Vier Mann waren ohne viele Worte mit Abhäuten beschäftigt.

«Aber sonst wird doch hier nicht mehr gemetzget, höchstens hin und wieder ein paar Schweine oder so, nicht?»

«Bei uns im neuen Schlachthof ist die Hydraulik kaputtgegangen», sagte der Metzger, «Wir können sie nicht aufhängen. Hier macht man das von Hand mit der Kurbel.»

«Ach so!» Dem Vater schien, die Metzger hätten keine Lust, mit ihm zu schwatzen. Auch dünkte ihn, etwas an dieser Auskunft sei faul. Notschlachtung, dachte er, es fällt doch niemandem ein, am Freitag einen ganzen Stall voll Rinder zu metzgen, die haben vielleicht die Maul- und Klauenseuche, und das will man vertuschen, darum bringt man sie hier heraus, statt ins neue Schlachthaus.

Er sah zum angebundenen Tier hinüber; ja, das war wohl ein Rind, und soweit es der Vater beurteilen konnte, sah es nicht krank aus. Aber er dachte, man könne nie wissen. Vielleicht doch Notschlachtung, ich kenne mich ja nicht aus mit Kühen, dachte er.

«Das sind ja sicher an die zwölf Stück, nicht? Viel Arbeit, was?», sagte er, «Sie metzgen ja für die ganze Gegend.» Aber die Metzger sahen nicht mehr zu ihm hin und gaben auch keine Antwort.

Er stand noch eine Weile unter der Tür und sah auf die Blutwasserschwemme hinter der Schwelle und sah hinter den aufgehängten Rindern, die sie abhäuteten, alle auf einen breiten Haufen geworfenen Innereien: weisslichbläulich, dunkelblau geädert, schillernd, prall.

«Also dann», sagte er und erwartete keine Antwort; aber jener Metzger, der ihm vorhin erklärt hatte, warum und wieso, machte: «Schönen Tag», und der Vater sagte freundlich: «Gleichfalls. Auf Wiedersehen!»

Er ging aber nicht weiter zur Landstrasse, er ging zurück, ging gegen den leichten Wind. Mit schnellen Schritten hielt er auf den Weiher zu, sah die Schwäne diesmal schon von weitem: zweimal langhalsig weiss und sechsmal flaumigbräunlich auf dem nun grossflächig gekräuselten Wasser.

Er sprang über den rauschenden Ablaufkanal und ging dem Waldrand entlang und dann an der Hütte vorbei. Hoch in den Bäumen rauschte es.

Der Wind räumt auf, dachte der Vater, und da er nicht recht wusste, ob der Wind aus Süd oder Ost stand, sagte er: «Vielleicht ist es der Föhn, vielleicht doch.»

Er ging dann nicht den Hohlweg hinab, vielmehr hielt er von der Holzerhütte aus nach rechts unter die Bäume; zu jener Stelle oben an der Böschung, wo die drei Mädchen hinter den Tannen hervorgehuscht waren und ihre Röckchen hochgehoben hatten, wollte er. Und als er dort stand, auf einmal ein wenig aufgeregt und mit kurzem Atem, und in den Weg hinuntersah, fragte er sich, was er da eigentlich wollte; es waren schon keine Spuren mehr zu sehen, weder im feuchten Waldboden noch im wurzeldurchsetzten Bord oder drunten im abschüssigen Weg.

Er wusste, dass der Vorfall mit den Mädchen keine Geschichte zum Erzählen war. Das glaubt mir keiner, dachte er, über so etwas lacht man höchstens, die einen laut, die andern leiser, die meisten wahrscheinlich gar nicht oder verlegen oder nur heimlich, und sie denken sich wahrscheinlich etwas ganz anderes dabei. Man denkt, so etwas könne einem nur in Tagträumen und ausserdem vielleicht erst in einem gewissen Alter passieren, ich weiss schon, was die Leute denken, am besten sage ich niemandem etwas davon, dachte er.

«Aber genau hier ist die mit dem Fläumchen gestanden», sagte er laut und stand zwischen den beiden Tannenstämmen und knöpfte seine Hose auf und urinierte so gut es gehen wollte in kleinem hellgelbem Bogen über die Böschung in den Hohlweg hinab. Aber er lachte nicht dabei, und als er riechen konnte, dass er Kaffee getrunken hatte, hielt er den Atem an.

Stell dir vor, wie du da oben stehst und hinunterschiffst! Lächerlich. Wenn dich jetzt jemand sieht, hält er dich für weiss ich was.

«Für senil», sagte er, «Hör auf!»

Er ging zur Abzweigung hinab und von dort quer durch hüfthohes Farnkraut in gerader Richtung auf die Griesach zu, in der Absicht, dem Ufer entlang bachaufwärts zu gehen und die Griesach beim Fallenstock zu überqueren. Auch dies war eine Abkürzung; diesen Übergang kannte ausser den Forstleuten nur, wer sich oft im Wald aufhielt, Pilzsucher etwa, oder Leute, die ihre eigenen Spazierwege suchten.

Da der Fallenstock ausser Gebrauch und am Zerfallen war, hatte man die Zugänge beiduferig mit einem Stacheldrahtgewirr vermacht. Der Stacheldraht war längst dunkelbraun rostig, und es gab auf jeder Seite seit langem Schlupflöcher. Niemandem, nicht einmal dem Förster, war je eingefallen, diese Löcher mit neuem Draht zu verspannen. Vom Fallenstock aus konnte der Vater sein Haus in einer guten Viertelstunde erreichen. Er brauchte nur noch das Bahnbord hinter der Griesach zu übersteigen und durch eine Staudenlichtung zu jenem breiten Waldweg zu gehen, der aus dem Wald hinaus direkt auf die Landstrasse zulief.

Wie am frühen Morgen sein Nachbar, jener Bauer, der ihm den Wald nicht verkaufen wollte, durchs hohe Gras gewatet war, stakte der Vater durchs Farnkraut. Die Wipfel hoch über ihm wiegten sich im stärker gewordenen Wind.

Bei diesem Wetter verkriechen sich die Schlangen, dachte der Vater und sah zu, so schnell wie möglich aus den Farnwedeln hinauszukommen; erst kürzlich, am hundertneunundvierzigsten oder hundertfünfzigsten Tag war er auf seinem Morgenspaziergang am Rand eines Farnfeldes erschauernd auf eine unglaublich lange Ringelnatter getreten. Schon zum zweiten Mal in diesem Jahr war ihm das passiert; freilich waren jene Morgen sehr sonnig gewesen, der eine gegen Mitte Mai, und der andere hatte einen der bisher heissesten Tage des Jahres gebracht.

Der Vater war schon beinah aus dem Farnkraut hinaus, als er rechterhand ein Auto stehen sah, dunkelgrau und nicht auf den ersten Blick auszumachen zwischen den schwärzlichen Baumstämmen.

Er blieb stehen; ha, wenn die sich da drin nicht haben, dachte er und duckte sich und ging langsam auf den Wagen zu.

Sie machen die Liegesitze flach, und dann hopphopp am hellichten Tag, darauf hab ich gewartet!

Langsam, noch immer durchs Farnkraut, näher zum Auto hin schlich er, ganz langsam die letzten paar Meter hinter den Farnwedeln, dann über nadelbedeckten Boden. Deutlich konnte er Radspuren sehen, rund und quer in der weichen Erde: hier war der Wagen gewendet worden.

Schlau, dachte er, so können sie schnell ab auf den breiten Weg und aus dem Wald hinaus, falls jemand kommt und sie aus dem Busch klopft.

In einem Bogen, ein wenig links haltend, kam er hinters Auto. Später musste er sich eingestehen, dass er die Wagennummer zwar abgelesen, aber nicht im Kopf behalten hatte in seiner wachsenden lippenkauenden Aufregung, von der er plötzlich befallen worden war. — Stell dir vor: Beide blutt und ganz wild aufeinander! Zuerst diese Schulmädchen, und jetzt das da!

Stieläugig pirschte er aufs Heckfenster zu.

Die sind nicht erst vor einer halben Stunde hierher gekommen, da liegen ja Tannennadeln auf dem Dach, dachte er noch; dann war er so nah herangekommen, dass er hineinsehen konnte.

Der Wagen war leer. Durchgesessene, abgeschabte Polsterung. Auf dem Rücksitz eine hingeknäuelte grünschwarz karierte Wolldecke. Vorn ein Paar hellbraune Autofahrer-Handschuhe auf dem Vorsatzbrett hinter der Frontscheibe. Sonst nichts.

«Komisch», sagte der Vater.

Er richtete sich auf, ging ums Auto herum, sah von allen Seiten hinein, besah den Wagen, versuchte die Türen zu öffnen.

«Komisch», sagte er wieder.

Dann stellte er fest: «Alte Mühle. Untendurch ganz verrostet.»

Und dann dachte er auch, vielleicht gehöre der Wagen einem Waldarbeiter. Aber er überlegte sich's und sagte nach einer Weile: «Oder man hat ihn einfach hier abgestellt. Wenn die Nummernschilder weg wären, würde ich sagen, da hat einer seine alte Kiste einfach in den Wald gefahren und stehenlassen.»

Nach weiteren möglichen Erklärungen suchend und einigermassen enttäuscht ging er zurück.

Er brachte das Farnkraut hinter sich; der Boden vor ihm war anfänglich wieder mit Tannennadeln und kleinen, dürren Zweigen bedeckt, dann auf einmal voll Immergrün. Weiter vorn eine kleine Lichtung, von Haselgebüsch und jungen Eschen umsäumt.

Er blieb stehen, sah zurück. Dieser Wagen zwischen den Bäumen, das war doch seltsam. «Hm», machte er und nahm sich vor, am Morgen des kommenden hundertfünfundfünfzigsten Tages des Jahres nachzuschauen, ob das Auto noch immer dort stehe.

Da kam schon wieder ein Zug in den Wald hereingebraust; stärker diesmal das Geräusch, denn der Vater stand nur noch etwa hundertfünfzig Meter vor der hinter Bäumen und Sträuchern versteckten Bahnlinie. Er konnte das Holpern der Räder hören, aber auch aus der Nähe kam ihm das schnell an- und wieder abschwellende Zugsgeräusch grau und flach vor.

Wie Bodennebel, dachte er, es tönt irgendwie nach Herbst, sogar im Sommer, immer irgendwie nach Herbst.

Der letzte Wagen ratterte vorbei; «Eine Fuge im Gleis, die haben diese Strecke noch nicht durchgehend verschweisst», sagte der Vater vor sich hin, ging weiter, ging am Haselgesträuch vorbei, wollte geradeaus über die Lichtung, als von rechts hinter dem Gebüsch hervor jemand rief: «He, da bist du ja! Wieviele hast du?»

Plötzlich aus einem Dickicht brechende Rehe oder schrillpfeifend aus Gras oder Stauden am Wegrand aufstiebende Vögel hatten dem Vater schon oft einen ähnlichen Schreck eingejagt. Er zuckte zusammen, blieb starr stehen, sah nach rechts. Dort, direkt hinter dem Haselbusch und keine fünf Schritt vor ihm, kroch auf allen vieren eine strohblonde Frau aus einem niedrigen grauen Zelt.

«Ach, entschuldigen Sie. Ich habe Sie mit meinem

Mann verwechselt», sagte sie, noch halb auf den Knien und noch nicht ganz aus dem Zelt heraus.

Der Vater atmete auf. «Jetzt haben Sie mir einen schönen Schrecken...», sagte er, «einen ganz schönen Schrecken...»

«Ich hab Sie wirklich mit meinem Mann verwechselt. Bitte entschuldigen Sie», sagte die Frau.

Das Zelt war mit straff gespannten Schnüren im Boden verankert. Dicht neben einer mit Steinen eingefassten runden Feuerstelle standen zwei rotblau gestreifte Tuchstühle, daneben lag eine blaue, prall aufgeblasene Luftmatratze.

Der Vater sah über der schräg von der vorderen Zeltspitze zum Boden laufenden Schnur ein gelbes Handtuch hängen, und er sah auch, dass es der Frau peinlich war, einen älteren Herrn auf Waldspaziergang erschreckt zu haben.

«Es tut mir wirklich leid, dass ich Sie... ich campiere hier, mein Mann und ich, seit gestern abend. Bitte entschuldigen Sie vielmals.»

«Ach, das macht doch nichts», sagte der Vater und versuchte ein Lächeln, «Aber sagen Sie, ist es hier nicht ziemlich feucht, oder?»

Er zeigte mit dem Stock auf die Büsche hinter dem Zelt und ringsum, dem Rand der Lichtung entlang, und dabei dachte er, er sei ein Trottel, und dass der abgestellte Wagen unter den Bäumen neben dem Farnkrautfleck dem fremden Forellenfischer gehören könne, hätte ihm eigentlich gleich in den Sinn kommen sollen, dachte er auch.

«Ja, ein bisschen schon», sagte die Frau. «Wir fahren am Nachmittag weiter. Mein Mann kennt diese Stelle von früher her, wir machen ein paar blaue Tage und bummeln ein bisschen in der Geographie herum. Wir

campieren gern ein bisschen abseits, auf den Camping-
plätzen ist immer so viel Betrieb.»
Sie lächelte.
Schöne Zähne, dachte er, schönes Gesicht, schön braun
und jung.
Die Frau war grossgewachsen. Sie mochte etwa dreissig
Jahre alt sein und hatte das, was der Vater zuweilen
eine vollschlanke Figur hatte nennen hören.
Sofern ihrem Trainingsanzug zu trauen ist, dachte er,
und dann sagte er: «Sie sind sicher eine Sportlerin, hab
ich recht?»
Sie lachte, hielt sich dabei die Hand vor den Mund,
lachte laut. «Nein, Sportlerin ganz und gar nicht. Den
Trainingsanzug ziehe ich nur zum Schlafen an.»
«Entschuldigen Sie», sagte er, «Ich dachte nur so.»
«Ja, wenn campieren ein Sport ist, dann schon!» Sie
lachte wieder. «Wir sind richtige Campingnarren. Mein
Mann fischt so gern, wissen Sie. Jetzt fischt er in dem
Bach dort vorn. Wahrscheinlich schon seit aller Herr-
gottsfrühe. Er steht immer früh auf. Er kann tagelang
fischen.»
«Etwa von einem Gummiboot aus?»
«Ja, wir haben ein schwarzes Gummibötchen. Haben
Sie ihn gesehen?»
Er nickte. «Ja, ein wenig weiter unten», und wies ihr
mit dem Stock die Richtung, «Dort geht der Bach ein
Stück weit in die Breite, dort kann man schon ein paar
Fischchen erwischen, wenn man's versteht.»
Der Reissverschluss an der grünen Trainingsjacke der
Frau war nur halb über die Brust hinauf zugezogen, er
konnte hellbraune Haut sehen und dass sie einen knall-
roten Bikini-Büstenhalter trug.
«Es geht ihm eigentlich gar nicht um die Fische, er
fischt einfach gern, verstehen Sie.»

«Ja, sicher, ich weiss schon, wie das ist. Ich hab auch schon gefischt, früher, aber nicht im Bach. Ich fische lieber im See», sagte er und sah schräg hinauf über die Wipfel am gegenüberliegenden Rand der Lichtung, «Das Wetter ist wieder einmal anders als man's gern hätte. Das macht dieser Wind. Früh am Morgen hat es ganz anders ausgesehen. Man weiss nicht recht, ob's der Föhn ist oder die Bise.»

«Ja, das Wetter!» sagte sie.

Er merkte, dass es der Frau recht sein würde, wenn er weiterginge. Sie war offensichtlich noch nicht lange wach, und falls er nur eine oder zwei Minuten später zum Zelt gekommen wäre, hätte er sie wahrscheinlich bei der Morgentoilette überrascht. Er suchte nach irgendeiner Floskel, um sich zu verabschieden. Da sagte sie: «Ich muss heisses Wasser machen.»

Sie bückte sich ins Zelt hinein und langte eine Streichholzschachtel und einen blitzblanken Spirituskocher heraus — Aluminium und Messing.

«Aha, mit Sprit. Das ist praktisch. Ich habe gedacht, Sie machen das wie wir seinerzeit beim Militär.»

Der Vater zeigte auf das grauschwarze Aschenhäufchen in der Feuerstelle, als er sah, wie sie fragend aufschaute; «Ja, oder wie die Zigeuner, einfach ein paar Handvoll Laub und ein paar Äste darüber und dann den Kessel übers Feuer hängen. Ein richtiges Lagerfeuer.»

«Ach so, nein, mit dem Kocher geht's schneller. Das ist von gestern abend. Wir haben Würste gebraten», sagte sie und stellte den Kocher neben der Feuerstelle auf den Boden und hob die oberen Teile, zwei aufeinander stehende runde Pfännchen, ab und begann Druck in den kleinen Spiritusbehälter hineinzumachen, indem sie den Pumpknopf rasch und kräftig hin und her bewegte, ein und aus.

Sie sieht gut aus, dachte er, wenn das Wetter besser wäre, würde sie jetzt im Bikini in der Sonne liegen, auf der Luftmatratze in der Sonne, sicher, vielleicht ohne Büstenhalter, vielleicht ganz nackt.

Dann sagte er: «Aber sie nehmen doch nicht etwa Wasser aus der Griesach.»

Er beugte sich zu ihr hinab.

Sie könnte nackt auf der Luftmatratze liegen und schlafen, es wäre schönes Wetter, es könnte schönes Wetter sein, und sie würde nackt auf der Luftmatratze liegen, ganz nackt, und ich würde geräuschlos zwischen den Stauden hindurchkommen, und da läge sie nackt auf dieser Luftmatratze, und ich würde plötzlich vor ihr stehen, ganz ruhig, und dann . . .

«Nein, wir haben immer Mineralwasser bei uns, immer mindestens drei oder vier Literflaschen.» Sie strich ein Streichholz an und hielt es an die Düsen.

Der Vater nahm seinen Stock dieses hundertvierundfünfzigsten Tages in die linke Hand und hob mit der rechten einen knapp kopfgrossen Brocken aus dem Steinkranz der Feuerstelle und zog aus und schlug den Stein mit Wucht auf den zum Spirituskocher hinabgebeugten Kopf der Frau.

Es klang fast, als würde ein Ast geknackt. Und eigenartig weit weg und doch so nah war dieses Geräusch, dieses helle hohe Geräusch, so seltsam, noch nie gehört.

Ich habe zugeschlagen, dachte er, jetzt hab ich zugeschlagen.

Sie fiel fast lautlos vornüber; er hörte nur kurzes Röcheln.

Sorgfältig setzte er den Stein zurück und stand auf und

murmelte: «Ich hab einfach zugeschlagen, einfach zugeschlagen.»

Er wälzte die Frau auf den Rücken. Mit seinem Stock
stocherte er die Pfännchen und den Kocher beiseite
und riss den Reissverschluss der Trainerjacke auf und
riss den roten Bikini-Büstenhalter weg und riss die
grüne Trainerhose und das weisse Höschen darunter bis
zu den Knien der Frau herab und sprang wieder auf.

Sie ist ja gar nicht so braun, wie ich dachte, ihre
Haut ... sie ist so ... nein, nicht den Stock, sie sieht ja
ganz anders ... gar nicht so braun ... sie ist ja gar
nicht so ...

Der Vater ging zum Haselbusch. Er wunderte sich darüber, wie schnell er ein über drei Meter hoch stehendes,
etwa zweieinhalb Zentimeter dickes Stämmchen abbre-
chen konnte. Grüne Haselstecken hatte er schon oft
minutenlang gebogen und gedreht, bis er sie endlich aus
dem Busch hatte herauswürgen können.

Er machte den Stecken zurecht, brach das dünne Ende
und alle Nebenzweige ab, wandte sich dann wieder der
Frau zu und riss das gelbe Handtuch von der Zelt-
schnur, breitete es behutsam über das schlaffe, blutleere
Gesicht der Frau; erst dann begann er zu schlagen.

Schrei doch, dachte er, los! Warum schreist du nicht!

Auf ihre flachen hellhäutigen Brüste schlug er und
schlug und schlug auf ihren eingefallenen Bauch und
auf ihre runden Oberschenkel.

Schrei doch endlich! Wirf dich herum! Winsle, verdammt nochmal! Was ist denn mit dir los! Fang doch
an zu brüllen! Warum brüllst du nicht!

Schnaufend schlug er mit aller Kraft und dachte:
Nicht ins Gesicht! Nur nicht ins Gesicht! Ja nicht in
ihr Gesicht! Warum schreit sie denn nicht! Brüll doch!

Die grüne Rinde faserte vom Haselstock, und aus platzenden Striemen, an den Brüsten zuerst und dann auch an den hervorstehenden Beckenknochen und aus Hautrissen an den Oberschenkeln begann das Blut hervorzuquellen.

So schrei doch endlich! Brülle! Wälz dich, los, los! Ach du . . .

«Ekelhaft!» sagte er laut und schlug und schnaufte und schlug noch ein paarmal zu. Dann warf er den Haselstock über das graue Zelt hinweg ins Gebüsch, griff sein Stöcklein und ging schnell über die Lichtung. Er drückte Gebüsch beiseite, und als er wieder zwischen hohen Fichtenstämmen war, begann er zu laufen, lief hastig bachaufwärts; erst beim Fallenstock blieb er stehen und hielt sich eine Weile an einer dicken Buche fest.

Flachfleckig vor seinem Gesicht die graudunkle Borke, rauh unter seinen Händen.

Er setzte sich mit dem Rücken zum Baum, lehnte an den Stamm, schnaufte mit weit offenem Mund, sass und schnaufte.

Es hatte zu regnen begonnen. Auf einmal sah er die Tropfen; sie fielen vier oder fünf Meter vor ihm. Er sah unterm Baum hervor in den stetig dichter fallenden Regen hinaus.

Es regnet, dachte er, ha! es regnet, es regnet, ich hab's ja gewusst, jetzt regnet's.

Nach etwa sieben Minuten stand er auf und schlüpfte vorsichtig durch das Loch in der Stacheldrahtvergitterung.

Jetzt aufpassen, dass ich nicht ausrutsche, nasse Bretter. Er überquerte langsam, Schritt für Schritt, die Griesach und hielt sich dabei rechterhand an den von verrosteten Eisenbändern zusammengehaltenen Eichenbohlen fest.

Nachdem er am anderen Ufer durch die Öffnung im Stacheldraht geschlüpft war, schlug er den Kragen seiner Jacke hoch und ging mit eingezogenem Kopf geradeaus auf den Bahndamm zu.

Im Verhältnis zu ihrer Figur hat sie zu kleine Brüste, viel zu kleine Brüste, aber sie hätte schreien sollen, so richtig laut schreien, sie hätte brüllen sollen, dachte er.

Auf den rost- und regendunklen Schottersteinen oben am Damm vor dem Geleise blieb er kurz stehen und sah nach links und sah auch nach rechts den Schienen entlang, bevor er hinaufstieg und darüber hinwegsprang und auf der anderen Seite wieder über das ziemlich steil abfallende Bord hinab; unten eine flache Staudenlichtung, eine Art Schneise, voll von Him- und Brombeerstauden, wild überwuchert, dann wieder Gebüsch und dahinter Bäume und dann der breite Weg, der aus dem Wald hinaus zur Landstrasse führte.

«Ich könnte natürlich auch über die Grünau», sagte er, während er im mittlerweile strömenden Regen durch die Stauden stakte. Der Gedanke, auf offener Landstrasse ohne den Schutz der Bäume durch den Regen gehen zu müssen, war ihm zuwider. Auch hätte er sich über die Autos ärgern müssen, die vorbeischneuzten und ihn bespritzten. Er kannte das. Bei Regenwetter kam man sich als Fussgänger auf der Landstrasse vor wie der letzte wehrlose Trottel.

Also entschloss sich der Vater, bei der nächsten Abzweigung nach rechts einzuschwenken.

Nicht schlecht der Regen für die Pilze, dachte er.

Regenwasser troff von den Bäumen und Sträuchern, die Löcher im Weg begannen sich schon zu füllen. Der Wind stand ihm grad ins Gesicht. Er wich den Pfützen aus, er umging oder übersprang sie, kam nach etwas über fünf Minuten am Schützenstand vorbei; weiter vorn an hochgetürmten Holzbeigen: Tausende von einmeterlangen Scheitern.

Mindestens zehntausend, wenn nicht mehr, dachte er.

Sie lagen am Waldrand neben dem Weg aufgestapelt, auf Meterlänge zurechtgesägt, die hohen Beigen von Drahtseilen zusammengehalten.

Brennholz, sicher Brennholz, oder vielleicht Papierholz, dachte er, aber jetzt regnet's ganz schön auf das Brennholz herab, ja, und auf sie herab auch, das Tuch über ihrem Gesicht ist sicher schon ganz nass. Es regnet ihr in den Bauchnabel hinein, ha! in den Bauchnabel! Ihr Mann wird Augen machen, stell dir vor, was für Augen der macht!

Vor der Wildau ging er zuerst über die kleine Brücke, unter der die nunmehr kanalisierte Griesach schon leicht bräunlich schmutzig getrübt über eine Schwelle rauschte.

Sieht so aus, als hätt's im Oberland früher als hier zu regnen begonnen, dachte der Vater, blieb aber nur kurz stehen, um hinabzuschauen.

Zweihundert Schritt weiter vorn stand er eine Weile unter der Bahnbrücke. Es war ein etwa fünf Meter breites Loch im Bahndamm, mit Sandsteinquadern abgestützt; hier war der von tragendem Beton überdachte Weg auf einer Länge von wenigen Schritten noch hellstaubig trocken, erst eine einzige Fahrradspur lag, von der Wildau her kommend, nassdunkel am Anfang, dann sogleich abgeschwächt, bis halb unter die Brücke über den anderen, älteren Pneuspuren im Wegstaub.

In Abständen von durchschnittlich kaum mehr als fünfzehn Minuten fuhren die Züge in beiden Richtungen über jene Bahnbrücke. Es war schon oft vorgekommen, dass der Vater, auf seinen Spaziergängen fast bei der Brücke angekommen, einen Zug hatte heranbrausen hören. Sofern er nah genug beim Bahndamm war und nicht wie ein Schuljunge zu rennen brauchte, versuchte er dann immer, unter die Brücke zu gelangen. Er fand es lustig, die dicke Betondecke über seinem Kopf dröhnen zu hören, derweil der Zug darüberdonnerte und den Boden erschütterte. Aber weshalb er's lustig fand, hätte er nicht sagen können; es fiel ihm kein anderes Wort ein als eben dies: lustig.

Er stand und spürte, wie das Regenwasser durch seine Stoffjacke drang; auf seinen Schultern spürte er die Nässe, und auch seine Mütze war nicht mehr so wasserdicht wie früher. Er zog das Taschentuch hervor, schüttelte die Mütze aus und fuhr mit dem Nastuch über seinen Nacken.

Ein richtiges Sauwetter sei dieses plötzliche Regenwetter, dachte er; wenn's sich nur nicht einlässt!

«Sonst können wir uns den schönen Juni an den Hut stecken», murmelte er.

Kurz bevor ein Zug dahergebraust kam, war der Vater weitergegangen. Zu weit schon von der Wildau-Brücke war er gewesen, als er den Zug gehört hatte; die Leute hinter den Scheiben der Eisenbahnwagen hätten sich wahrscheinlich gewundert über den alten Herrn, der da durch den Regen unter die Brücke lief. Deshalb liess er es bleiben, ging weiter, ging um so schneller, je mehr er nun auch die Nässe in seinen Wanderschuhen spürte.

Kurz vor der Grünau, einer Ansammlung von mehreren Dutzend Ein- und Zweifamilienhäusern im sogenannten Grünen, war die Strasse wieder asphaltiert. Links eine Baumgärtnerei, dahinter die neuen Wohnblocks, rechts ein Stück eingehagtes Wiesland, flach und wie geschaffen zum Überbauen, geradeaus die Reihen der weisslichgrauen Grünau-Häuser, dazwischen Birken und allerlei Ziergesträuch.

Er begegnete einem jungen Briefträger mit dunkler Pelerine und wasserperlendem Südwester, dann auch einigen eiligen Frauen mit Einkaufstaschen, über den Köpfen triefende Schirme. Schon ganz durchnässt war der Vater, als er nach der Grünau rechts in einen schmalen stachelheckengesäumten Kiesweg einbog und zum vorderen Eingang seines Grundstücks hinaufging.

Ich werd mich noch erkälten, so eine verdammte Schütterei, dachte er, ekelhaft diese Nässe.

Er stiess den rechten Flügel des breiten Eisentores einen Spaltweit auf, trat über die Schwelle und schlug das Tor wieder zu, ging schnell weiter; mittlerweile spürte er die Nässe auch an seinem Rücken: kühle, ungesunde Feuchtigkeit vom Kragen bis zum Hosenbund hinab.

Ich brauche neue Wanderschuhe und eine neue Jacke und eine neue Mütze, ich bin ja tropfnass. «Sauerei!» sagte er.

Das Wegstück von der Bahnbrücke bis nach Hause hatte er ohne Pause in schnellem Schritt hinter sich gebracht. Er fühlte sich unbehaglich in seinen nasssteif gewordenen Kleidern. Anfangs Mai war es ihm zum letzten Mal passiert, dass ihn Regenwetter auf dem Morgenspaziergang überrascht hatte. Allerdings war es ein weniger heftiger Regen gewesen, und ausserdem hätte er das Schlechtwetter angesichts grauer Wolkensäcke schon am frühen Morgen damals voraussehen müssen. Aber jetzt dieses plötzliche Gesträz an diesem hundertvierundfünfzigsten Tag!

Die letzten Meter, vom Weg ab und über ein Stück Rasen und den Vorplatz zur Tür, trabte er, dann drückte er sich rasch ins Haus. Aus der Küche rief eine Frauenstimme etwas, das er nicht verstand.

Ah, die Nanette, dachte er und rief: «Ist meine Frau nicht da?»

Aus dem Winkel unter der Treppe war der Hund des Hauses, ein wollfelliger, dicker brauner Spitz, hervorgekommen. Aufmerksam blieb er stehen, setzte sich auf die Hinterläufe, sah unverwandt zu.

«Na, Argo», sagte der Vater, als er den Spitz bemerkte. «Du bist wieder schlauer gewesen, du hast den Regen gerochen, was!»

Nanette kam aus der Küche in den Korridor und stutzte, schlug die Hände zusammen — «Jesses! Sie sind ja ganz nass! Haben Sie denn keinen Schirm mitgenommen?»

«Wer nimmt schon einen Schirm mit, wenn's am Morgen überhaupt nicht nach Regen aussieht.»

Nicht in den Stockrechen, sondern in den Schirmständer stellte er das Stöcklein dieses hundertvierundfünfzigsten Tages, dann zog er die Jacke aus, hängte die Mütze an einen Haken, begann an seinen aufgeschwemmten Wanderschuhen zu nesteln.

«Ein richtiges Sauwetter. Beim Schützenstand hat's angefangen. Ich nehme jetzt ein heisses Bad. Schon um halb sechs oder noch früher bin ich aus dem Haus gegangen.»

«Kommen Sie», sagte Nanette. «Geben Sie mir die Sachen, zum Trocknen muss man das anderswo aufhängen. Soll ich Ihnen einen Tee oder einen Grog . . .»

«Ja, vielleicht nach dem Bad. Den schönen Juni können wir abschreiben», sagte er und zog den rechten Fuss aus dem nassen Schuh. «Es sieht nach Landregen aus.»

Nanette hatte die Jacke und die Mütze von den Haken genommen. «Ihre Frau ist vor ungefähr zehn Minuten in die Stadt gefahren», sagte sie.

Der Vater schlüpfte aus dem linken Schuh. «Sehen Sie», sagte er, «auch die Socken ganz nass. Dieses Sauwetter hat mich schön erwischt.»

An diesem regennassen Vormittag hatte er keinen bedächtigen, wohlgefälligen Blick für die Haushalthilfe seiner Frau.

«Ich muss sofort ins Bad, sonst erkälte ich mich», sagte er und ging in den durchnässten Socken auf den Fussspitzen an Nanette vorbei in sein Schlafzimmer, ging gleich weiter ins Badezimmer und drehte beide Hähne auf, begann sich hastig auszuziehen, derweil das Wasser in die Wanne rauschte.

Hemd und Hosenstösse, alles pflotschnass, dachte er und sagte: «Schön verseichter Juni!»

Etwa während einer Viertelstunde lag er in der Badewanne, wohlig bis zum Nacken von warmem Wasser umspült. Die Wärme tat ihm gut, er fühlte sich bald besser, grunzte, bewegte Beine und Arme, planschte ein wenig.

«Wind und Regen ausgesperrt», sagte er, dann drehte er den Heisswasserhahn nochmals kurz auf und atmete aus und liess sich hinabsinken; das Wasser stand ihm bis knapp unter die Nase. Er atmete langsam ein und prustend wieder aus durch den Mund.

Dann, die quadratischen hellblauen Kacheln des Badezimmers betrachtend, dachte er, beim Chupp könnte man eine zusätzliche Regel aufstellen, falls die Partie vor dem vierzigsten Zug noch nicht zu Ende gespielt sei.

Der einundvierzigste Zug, dachte er, könnte darin bestehen, den Chupp zu entfernen, das würde die Sache schlagartig verändern.

Weil er diese Idee sehr gut fand, hatte es der Vater auf einmal eilig, aus der Badewanne zu kommen. Im Spiegel sah er schnell in sein gerötetes Gesicht und sagte: «Chupp! Chupp!» Er nahm frische Wäsche aus dem Schrank, und dabei fiel ihm noch etwas ein, das freilich nichts mit dem verbesserten Schachspiel zu tun hatte. «So einen Trainingsanzug hab ich doch auch einmal gehabt», sagte er. «Irgendwo muss er doch noch herumliegen.»

Tatsächlich fand er ihn, Jacke und Hose, feldgrau, unter dem hinteren Pulloverstapel.

Wann hab ich den zum letzten Mal gebraucht? Ha! vor zehn oder fünfzehn Jahren oder so.

Er schlüpfte hinein, zog den Reissverschluss der Jacke bis zum Hals hinauf zu, blieb eine Weile vor dem Spiegel stehen, grinste, suchte dann noch frische Wollsocken hervor; im Korridor schlüpfte er in seine Pantoffeln.

«Ich bin oben im Zimmer!» rief er so laut, dass er annehmen konnte, Nanette müsse ihn hören, selbst wenn sie noch immer im Trockenraum neben der Waschküche beschäftigt sein sollte, «die anderen nassen Kleider liegen in meinem Badezimmer!»

Oben, im Zimmerchen auf dem Estrich, legte er sich aufs Sofa, nachdem er den kleinen elektrischen Ofen hervorgezogen und eingeschaltet hatte. Er knipste die Leselampe an und nahm das offen liegengebliebene Buch zur Hand.

«Das mit dem einundvierzigsten Zug ist die Idee dieses hundertvierundfünfzigsten Tages», murmelte er nach einem Blick aufs Schachbrett. Dann sah er eine kleine Weile durchs schräge, von Regenbächen überströmte Fenster in die graue Höhe hinaus. Er dachte, wenn jetzt kein Wasser durch irgendwelche Ritzen eindringe, könne man wohl sagen, die Fenster seien absolut dicht eingepasst; ein Gedanke, der immer wiederkam, wenn sich der Vater bei Regenwetter in seinem Estrichzimmer aufhielt und durch die Fenster schaute.

Gedankenlos dann, langgestreckt auf dem Sofa, das offene Buch auf der Brust, das Ventilatorgeräusch des kleinen Ofens halb im Ohr, sah er eine Weile an die Holzdecke hinauf, bevor er, nach einem kleinen Seufzer, das Buch zur Hand nahm und zu lesen begann.

wässerige Augen; ich solle den Buchser fortschicken, wenn nötig, verjagen, sagte sie, solche Sorgen, ach, solche Sorgen, mit dem Gold habe es angefangen, das könne nicht gut gehen, das habe sie immer gedacht, sagte sie, und jetzt diese Schande. «Jaja, schau mich nur an, Hannes, eine Schande, eine Schande!» Sie begann zu weinen und zettelte ein Nastüchlein hervor und schneuzte sich langwierig. Er fühlte sich sehr unbehaglich.

Meine gute Tante Frieda wischte ihre Augen und sah zu Boden. Ob ich auf meine alten Tage betteln gehen wolle? Der grösste Haufen Geld sei einmal zu Ende. Da meine man es gut mit mir — «Und wie benimmst du dich? Himmeltraurig, Hans, ganz himmeltraurig!» Sie schluchzte über mein himmeltrauriges Benehmen, und ich wäre am liebsten abgeschlichen, so weinerlich war mir zumute. Sie sagte, ihr Xaver könne schon nicht mehr schlafen vor Kummer.

Als die in der Nachbarschaft wohnende, knapp dreissigjährige, seit über drei Jahren stundenweise Küchen- und Haushalthilfe der Frau des Hauses, Nanette, Mutter zweier Kinder, deren ältestes bereits zur Schule ging — als sie mit einer Tasse Tee leise ins Estrichzimmer trat, sah sie den Vater auf dem Sofa liegen; er war eingeschlafen. Sie dachte, diese täglichen langen Morgenspaziergänge und jetzt dieses Regenwetter seien wohl etwas zuviel für ihn, schliesslich sei er nicht mehr der Jüngste.

Ein wenig verwundert über seinen Trainingsanzug stellte sie die Tasse sorgsam aufs Tischchen, und leise ging sie wieder hinaus, zog die Tür gerade in dem Augenblick zu, als die Automatik den elektrischen Ofen wieder einschaltete.

Obwohl sie nicht wusste, warum, fürchtete sich Nanette vor dem einsamen, bücherbeladenen Dachzimmer des Vaters, seit sie es zum ersten Mal betreten hatte. Sie ging schnell wieder hinab in den Korridor und dann in die Küche, ohne einen Blick in den Treppenwinkel, wo der Spitz Argo eingerollt in seinem gut gepolsterten Korb lag.

Die Räder blockieren

Die Räder blockieren, es knirscht, die Reifen schrammen Spuren in den Weg, der Wagen wippt vorn ein, steht, federt hoch.

Der alte Mann mit der Säge in der Hand hat sich einen Jutesack um die Schultern getan; es hat zu regnen begonnen, unerwartet heftig, es tropft schon durchs Gezweig herab.

Der Automotor läuft.

«Wo ist das nächste Telefon!» brüllt der Fahrer; er hat das Fenster herabgekurbelt, streckt seinen Kopf halb in den Regen hinaus. Sein Gesicht ist blass. Über seine rechte Wange eine blutende Schramme, als sei er gegen einen abgebrochenen Ast gerannt, eine dreckbeschmutzte Schramme, vielleicht doch eher, als sei er mitten im Lauf gestolpert und heftig zu Fall gekommen und habe dabei sein Gesicht am Boden oder an einer Wurzel aufgerissen.

«Wo ist das nächste Telefon, verdammt nochmal!» brüllt er.

«Ja, warten Sie, das nächste Telefon, im Moment weiss ich tatsächlich nicht, vielleicht . . .»

«Ich muss auf den Polizeiposten! Meine Frau ist ermordet worden! Dort hinten!»

«Was!» ruft der Alte. Er ist bestürzt. «Was! Ermordet!» Er lehnt die Säge an den Holzbock und nimmt sein kleines Beil in die Hand. «Stimmt das?»

«Ich muss sofort zur Polizei! Wo ist der nächste Polizeiposten!»

«Stimmt das wirklich?»

«Ja! Ja!» brüllt der Mann im Wagen zum Fenster hinaus. Blut schliert über seine Wange, rinnt rechts über
die Kinnbacke und halsabwärts unter den offenen
Hemdkragen.

«Sie bluten ja», ruft der Alte und geht langsam rückwärts.

«Meine Frau ist ermordet worden!» brüllt der andere.

«Wann ist denn das passiert?»

Der bleiche blutende Mann im Wagen glotzt plötzlich.
Das Auto schnellt einen knappen Meter nach vorn,
dann ist der Motor abgewürgt, steht.

«Wie heissen Sie!» brüllt der Mann.

Der Alte ist schon mehr als sieben Schritt von seinem
Holzbock weg zurückgewichen.

«Vielleicht bist du es gewesen!» brüllt der Mann im
Wagen und drückt den Schlag auf und stürzt heraus.
«Du verdammter alter Sauhund!»

Der alte Mann mit dem Beil in der Hand und dem
Jutesack über den Schultern rennt in seinen engen
Holzverschlag; schon vor Jahren hat er ihn dort, einige
Meter neben dem kleinen Wasserfall, unter den leicht
überhängenden Fels hingebaut. Hastig, erschreckt zieht
er die Tür zu, schiebt den Eisenriegel.

«Ich nicht! Ich nicht!» ruft er. «Ich bin nur der Büscheler!»

«Du verdammter Sauhund! Du gottverdammter geiler
Sauhund!»

Der Mann der ermordeten Frau hat einen dicken Ast
aufgelesen und schlägt damit auf die Holztür ein, bis
der Prügel splittert und bricht.

«Wart nur, du Sauhund!» brüllt er und schmettert den
abgebrochenen Prügel an die Tür und bemerkt das
Vorhängeschloss und schiebt den Bügel durch den Riegel am linken Türpfosten und brüllt «Wart nur! Wart

nur!» und lässt das Schloss einschnappen und schluchzt auf einmal.

«Ich hab doch gar nichts getan!» zetert der Alte im Holzverschlag.

Der Mann schluchzt und schwankt zu seinem Wagen zurück.

«Ich schwöre es Ihnen! Ich komme mit Ihnen auf den Posten! Ich komme mit, wenn Sie wollen! Ich bin's sicher nicht gewesen!»

Der Schlag schletzt zu, der Motor springt an; zuerst drehen sie durch, dann greifen die Reifen, der Wagen schiesst vorwärts; zwischen den Wipfeln fällt dichter Regen auf den Waldweg herab.

«Ich gebe Ihnen mein Beil, wenn Sie wollen! Sie können mich mitnehmen auf den Polizeiposten! Ich bin doch nur der Büscheler! He, Sie . . .»

DIE MUTTER

Und dann die weibliche Stimme: gelandet
auf dem Grund der Vulkane, Eiskorallen und
arktischen Grotten ...
Das blutende Zelt.

Jean Arthur Rimbaud

Es schneite seit Tagen, der Boden war so stark abge-
kühlt, dass er den Schnee nicht mehr schmelzen, das
alte Schneewasser nicht länger schlucken konnte; es
war zu Eis geworden, und darüber ballten sich die dikken Flocken. Hin und wieder kam wie ein weisser
Bombenteppich dickklumpiger Hagelschlag jaulend
von oben herab und rumste aufs Blechdach — aber das
Dach der Hütte hielt stand. Vornübergelehnt kniete
die Mutter auf dem festgestampften erdigen Boden vor
dem kleinen Blechofen in der Mitte des einzigen Raumes der Hütte. Sie hockte auf ihren Fersen, war nackt,
war dreckverschmiert, das aufgelöste Haar hing in fil-
zigen Strähnen über ihre Schultern bis zu den Oberschenkeln hinab. Von der Beige neben dem Ofen nahm
sie Scheit um Scheit und stopfte sie ins Ofenloch. Das
Feuer flammte unglaublich heiss und grellrot und ver-
sengte ihr den Bauch, die Brüste, den Hals, das glü-
hende Gesicht. Aber sie wich nicht zurück. Unermüdlich stopfte die Mutter dem Ofen das flammenrasende
Feuermaul. Schweiss triefte über ihre hitzegedunsene
Haut, rann über ihren Leib hinab; sie atmete mit geschlossenem Mund, ihre Lippen waren dürr, ihre Nasenflügel flatterten. Das Ofenrohr, unten rotglühend,
stieg grad zur schrägen Blechdecke hinauf und lief
knapp darunter in einem rechten Winkel zur hinteren
Hüttenwand; es hing in Drahtschlaufen, die an der
Decke befestigt waren, und am Rohr hing, ebenfalls in
Eisendrahtschlaufen, die Nichte der Mutter, so nackt
wie sie selbst. Mit dem Kopf nach unten, an den Füssen
aufgehängt, baumelte sie leicht hin und her und lachte
und rief immer wieder «Heizen! Heizen! Ich will
schwarz werden wie Christus im Kongo! Mir wachsen
schon Flügel! Heizen! Heizen!» Ihre hinabhängenden
Hände schleiften über den schwarzen Erdboden. «Ka-

minengel!» rief die Mutter. Neben ihrer schwengelnden Nichte stand schnaufend eine speckwulstige Frau; dunkelhäutig, darüber russbeschmiert war sie, und von Schweiss bedeckt glänzte ihre pralle Haut. Sie trug ein schwarz schillerndes Badetrikot und holte mit einer Schöpfkelle immer wieder eine gräulichbraune Brühe aus einem Blecheimer; mit der Sosse übergoss sie die Nichte, so wie am Spiess bratende Spanferkel mit eigenem Saft begossen werden, auf dass es schön brutzle und der Duft bratenden Fleisches die Esslust stachle. «Ein schönes altes Negermensch!» rief die lachende Nichte. Die Mutter watete durch kniehohen Schnee- und Hagelmatsch hinter die Hütte und stopfte Schneeklumpen in das herausragende, funkenstiebende Ofenrohr. Dann lief sie vor die Hütte und riss die Tür zu, drehte den Schlüssel, zog ihn ab. «Kaminengel! Ich lass euch ersticken! Ho! Ho! Jetzt müsst ihr ersticken!» rief sie heiser. Die beiden Frauen in der Hütte husteten und lachten und husteten. »Kaminengel! Kaminengel!» Die Mutter warf sich hin, wälzte sich im Schnee und verbrannte vor Hitze. «Lisa, ich geh jetzt!» hörte sie ihren Mann hinter dem wellblechüberdachten Schimpansenkäfig links vom Haus der Nichte hervor rufen. Sie fand es komisch, dass ihre Nichte im Affenkäfig sass; mit übergeschlagenen Beinen hockte sie in der untersten Astgabel des Kletterbaumes und rauchte spitzlippig eine Zigarre. «Renée», sagte die Mutter. «Was tust du? Warum kommst du nicht heraus?» Vorn im Käfig, nah bei den Gitterstäben, stand ein kahlbrüstiger Affe, riesig, weder Schimpanse noch Gorilla; er stand vor einer Staffelei und schletzte ein Ölfarbenmus an eine Leinwand. «Heute porträtiert mich ein anderer Kollege», sagte die Nichte auf dem Baum. «Hast du immer noch heiss? Hier oben ist es kühl. Komm doch herauf.»

Warum lässt sie sich von diesem Affen malen, dachte die Mutter, er ist doch nicht ihr Kollege, wie heisst er denn? Die Nichte lachte; «Sibylle!» rief sie. «Aber so heisst doch du, Renée», sagte die Mutter. Die Nichte zog einen Fächer unter ihrer linken Brust hervor und fächelte Kühlung vom Baum herab, dann sprang sie, wälzte sich auf einmal am Boden und schlug dabei ihre rechte Hand an etwas Hartes. O, sie hat sich am Käfigrahmen weh getan, dachte die Mutter und sagte: «Sibylle, Renée, tut es weh?» und dachte: Nein, das ist die Zimmerwand, nein, das Nachttischchen, die Nachttischkante, ich bin ja ... es ist schon Zeit zum, Zeit zum ...

Und die Mutter erwachte und wusste, dass sie eine Wallung gehabt hatte im Schlaf.
Draussen kläffte Argo.
Benommen, schläfrig setzte sie sich auf den Bettrand. Mit der linken massierte sie ihren schmerzenden rechten Handrücken. Sie riss den Mund auf und gähnte anhaltend, machte ihren Mund — kurz ausatmend — wieder zu und fuhr mit beiden Händen langsam über ihr heisses Gesicht.
Schon wieder eine Wallung, immer diese Wallungen gegen den Morgen zu. Warum nimmt er den Argo nicht mit, dachte sie. Argo, hör auf, still Argo!
Sie stand langsam auf, ging zum halb offenen Fenster, sah hinaus.
Der Spitz sass vor der Haustür, winselte und bellte, wollte hineingelassen werden.
«Argo! Still!» rief die Mutter halblaut und räusperte sich, rief lauter: «Sei still, Argo! Hör auf!»
Dann sah sie schräg nach rechts oben zu den Dachfenstern des Estrichzimmers ihres Mannes hinauf und be-

merkte, obwohl die Fensterscheiben grau spiegelten, ihren Mann hinter dem linken Fenster; er stand dort, unbewegt, und schaute zu ihr herab.

«Ach so, du bist noch da!» rief sie zu ihm hinauf.

Er öffnete das Fenster und sagte: «Du wirst dich noch erkälten, so blutt an der frischen Morgenluft. Was kostet's denn bei dir?»

Er muss sich seinen Kitzel mit pubertären Sprüchen machen, er wird sicher noch kindisch mit der Zeit, dachte sie und sagte: «Lass doch den Argo wieder herein. Gehst du heute nicht? Wie spät ist es denn?»

«Meinst du, ich will einem Mörder in die Hände laufen!» rief er und schloss das Fenster, und die Mutter rief schnell: «Vergiss den Argo nicht!»

Dann ging sie zu ihrem Bett, legte sich hinein, zog die hinabgestrampelten Decken hoch und drehte sich auf die rechte Seite.

Mir war doch, er habe heraufgerufen, er gehe jetzt, dachte sie, er steht jeden Tag noch früher auf, geht immer noch früher zu Bett, nur gestern abend, Werbefernsehen ...

Der Spitz kläffte wieder.

«Still, Argo», murmelte sie und kuschelte sich zusammen; sie zog die Beine an, streckte ihre Arme hinab, legte die Hände verschränkt vor ihre Knie.

Weckt mich, so früh am Morgen, weckt mich mit seinem Gewinsel. Das ist eine starke Wallung gewesen. Schluss. Aus. Wechseljahre. Matronenalter. Grosser Brockhaus, Band zwanzig. Anfang vom End. Man kann Krebs bekommen und wahnsinnig werden. Schweissausbrüche. WAN bis ZZ, Seite siebenundachtzig. Ausgabe neunzehnhundertfünfunddreissig. Leipzig. Hautausschläge habe ich zum Glück bis jetzt keine. Jetzt holt er den Argo herein. Schon wieder so früh aufgestanden. Von mir aus könnte er bis zehn im Nest bleiben. Er meint, wenn er früh aufsteht, bleibe er jung. Ich möchte wissen, an welcher Krankheit ich sterben werde. Man muss aufpassen in den Wechseljahren. Klimakterium. Frauen müssen alles durchmachen. Er hat es besser. Bei ihm hat's einfach aufgehört. Viel ist ja nie los gewesen. Geschäft, Geschäft, immer Geschäft, alles ins Geschäft hineingegangen. Jetzt sieht man ihm an, dass er alt wird. Er ist alt geworden in den letzten Jahren. Mich schätzen sie noch jünger als ich bin. Meine Figur ist gut. Unten ein bisschen mehr, das schon. Aber gerade das reizt sie ja. Mehr Polster, mehr Fleisch, das wollen sie doch. Auch er. Aber bei ihm ist nichts mehr los. Auch mehr Brust, und Hals und Gesicht noch frisch. Die neuen Produkte sind ja wirklich gut. Renée ist nicht so schön, wie ich in ihrem Alter gewesen bin. Sie wird Augen machen, wenn sie in mein Alter kommt. Ja, pass nur auf, du mit deinen geilen Beinen!

Jetzt kann ich nicht mehr einschlafen.

Warum hat er den Argo hinausgesperrt? Sein Gedächtnis lässt nach, ich merke es, er wird dumm. Lauter Kleinigkeiten, aber ich merk's. Das letzte Mal hat er's vor vier Wochen probiert, nein, fast vor fünf sogar. Ihm macht es vielleicht gar nichts aus. Vielleicht hat er früher viel gekleckert, wie man so sagt. Selbstbeschäftigung. Ich möchte wissen, wie so ein Lustmörder auf einen loskommt. Hätt' sie ihn doch machen lassen. Ich würde mich nicht wehren. Also, ich bin allein im Wald, und da stürmt so ein stierstarker Gewaltmensch wie wild aus einem Gebüsch hervor wie eine Lawine und pfählt dich mit aller Wucht ins Moos hinein ganz besessen und zappelt sich aus, dass es nur so spritzt und spritzt ganz verrückt wie wild wie . . .

Die Mutter wälzt sich auf den Rücken und straffte, spreizte die Beine und legte ihre Hände auf die Brüste und sah an die weisse Zimmerdecke hinauf.

Bedeckt, ein Tief, haben sie gesagt, in den Bergen sogar leichter Schneefall, dachte sie. Und nach einer Weile: Selber schuld. Ich würde mich überhaupt nicht wehren. Er dürfte mich sogar schlagen, ja, fest zuschlagen. Los, schlag zu. Fest! Schlag fest zu, ja, los! Du musst mich umarmen. Umarme mich, dass mir der Schnauf ausgeht. Los, erdrück mich! Ja, ja, los, komm!

Sie schloss die Augen und lag mit lang auseinandergestreckten Beinen und hielt ihre Brüste krallig umkrampft.

Nach einer Weile schnaufte sie aus und atmete tief. Dann machte sie die Augen auf und sogleich wieder zu und liess den Kopf nach links ins Kissen sinken, sank schlaff.

Wahrscheinlich immer unterwegs auf den Geschäftsreisen, dachte sie noch, allein in den Hotelzimmern, für Huren ist er ja zu geizig, viel zu geizig, ich weiss doch, wie knauserig er ist . . .

Und schlief ein.

Das Geräusch des Staubsaugers, von weither zuerst. Die Mutter wusste, dass dieses Geräusch sie wecken würde; es kam immer näher.

Immer lauter, immer näher, den ganzen tiefen weissen Schacht herauf kommt es und ist auf einmal ganz nah und plötzlich da und weckt mich auf: Jetzt!

Sie war sofort hellwach.

Was, schon neun, dachte sie, nachdem sie ihre Armbanduhr vom Nachttisch gelangt und die Zeit abgelesen hatte.

Das Staubsaugergeräusch war weg.

Die Mutter warf die Decken zurück und stand auf, ging schnell in ihr Badezimmer.

Immer noch dasselbe Wetter, dachte sie, ich muss der Nanette sagen, dass ich seit gestern abend eine Spinne im Badzimmer habe. Dieses Landleben! Daran gewöhn ich mich nie.

Mit den Fingerspitzen holte sie eine sämige weisse Creme aus einem weissen Töpfchen, und vor dem Toilettenspiegel begann sie weisse Tupfen in ihr Gesicht zu setzen.

Die Mutter war gerade zwanzigjährig geworden, damals, als sie ihren Mann kennengelernt hatte: Er war ihr Chef gewesen, sie seine Sekretärin — hochbusig, jugendfrisch und plötzlich mit dem heissen Gespür, in dieses Geschäft könne sie einsteigen, richtig einsteigen, der alten Chefin den Rang ablaufen, selber Chefin werden, zu gutem Haus und klingendem Geld kommen von einem Tag auf den andern beinah, wenn sie es nur ohne Hast und ohne Scham einfädle und geschickt betreibe, unschuldig wie ein Blümlein vorerst.

Sie massierte die weisse Creme in ihr gebräuntes Gesicht; ihre Gesichtshaut war regelmässiges Bestrahlen durch die Höhensonne und tägliche sorgsame Pflege gewohnt.

Die Mutter hatte schon über ein Jahr lang genau gewusst, wie ihr inzwischen fünfundvierzigjähriger Chef aussah, wenn er nackt war. Und nicht ohne Freude hatte sie ihn damals immer wieder klönen hören, seine Frau sei nicht mehr viel wert, wortwörtlich: «Was willst du, sie ist schon sechsundfünfzig, sie ist nicht mehr viel, sie ist nichts mehr wert.» Und nachdem er die Scheidung hinter sich gebracht hatte, war die Hochzeit fällig gewesen; sie war gerade zweiundzwanzig Jahre alt und — weiss Gott — bald schwanger ge-

worden und hatte dann einen Sohn geboren. «Jetzt
wird sie einsehen, dass die Scheidung das einzig Richtige gewesen ist», hatte ihr Mann gesagt; denn seine
erste Frau, mittlerweile demnächst achtundfünfzig,
war nie schwanger gegangen, hatte nie geboren, soll
überhaupt nur seine Frau geworden sein, weil sie aus
einer Familie stammte, der gute Beziehungen nachge-
rühmt worden waren; besonders der Vater ihres Mannes — die Mutter hatte ihn nicht mehr gekannt — soll
sich in dieser Hinsicht allerhand versprochen haben,
diese Beziehungen hätten sich günstig aufs Geschäft
auswirken sollen — aber zu der Zeit, als der Stamm-
halter mit Säuglingsgeschrei ins Haus eingezogen war,
hatten es die Spatzen schon durch alle Gassen gepfiffen: Die Familie seiner ersten Frau ist pleite, sie haben
sich verspekuliert, hoho, haha! Es war von Vorteil
gewesen damals, mit dieser Familie nicht allzu nah
oder besser überhaupt nicht mehr bekannt zu sein.
Ausserdem war das Geschäft ihres Mannes nach dem
Tode seines Vaters rapid gewachsen, und zwar in einer
Richtung, die viele bisherige Beziehungen unnötig gemacht und andere, weitaus wichtigere ergeben hatte.
Das wichtigste aber: Sie hatte es erreicht! Fast über
Nacht sozusagen war in Erfüllung gegangen, was sich
die Mutter in ihren Jungmädchenjahren erträumt
hatte: Reicher, schon ziemlich gut dressierter Mann,
grosses Haus, viel Geld!
Aus einem Fläschchen träufelte sie eine wässerige, jung
und spritzig riechende Flüssigkeit auf einen Wattebausch und holte nun — porentief — ihr gepflegtes
Gesicht dieses nach ihres Mannes Rechnung hundertfünfundfünfzigsten Tags jenes Jahres ans spiegelnde
Licht. Und damit ihr dieses Gesicht erhalten bleibe bis
zum Abend, fixierte sie es mit einer Creme aus einem

rosa Tübchen. Hernach zupfte sie mit einer Pinzette vier Härchen vom Kinn und zwei aus der Oberlippe, bürstete einen Hauch von Bläulich auf ihre Augenlider und Dunkelgraues in Wimpern und Brauen und schraubte dann den Lippenstift hoch.

Phallus; seit die Illustrierten voll davon waren, dachte sie es fast jedesmal, wenn sie ihre Lippen zum Schminken spannte: Penissymbol, Lingam. Darüber hatte sie auch einiges in Zeitschriften für die Dame gelesen. Dort war auch gesagt worden, die Grösse des Frauenmundes stehe in direktem Zusammenhang mit der Grösse der Vagina, hierin gebe es nämlich, übrigens durchaus entsprechend der Penis-Situation beim Mann, zum Teil erhebliche Unterschiede.

Die Mutter war, als sie dies erfahren hatte, eine Zeitlang unschlüssig gewesen, ob sie ihren Mund gross oder klein machen sollte. Das Problem war ungelöst geblieben, aber es war ihr unfair und beschämend vorgekommen, dass sie als Frau wissenschaftlich erwiesenermassen das Duplikat ihrer Scham im Gesicht und also zur Schau tragen musste. Bei den Männern sei es eben doch anders; Grossmaul kann totale Pleite sein, am höchsten singen die Kastraten, hatte sie gedacht, und dass sich die Orientalen also wahrscheinlich mehr gedacht hatten als man so obenhin angenommen hatte, wenn sie ihren Weibern Schleier vors Gesicht hängten.

Eigentlich nicht vors Gesicht, eigentlich vor die Lippen, vor die Gesichtsvagina, dachte die Mutter.

Sie bewegte Ober- und Unterlippen gegeneinander, um das Rouge Red Secret gleichmässig zu verteilen. Rouge Red Secret war ihr von ihrem Coiffeur empfohlen worden. «Dieses lasierende, intensive Rot gibt Ihrem Mund etwas Samtenes, Madame», hatte er gesagt.

Madame öffnete den Toilettenschrank und nahm eine grosse Flasche voll Kölnisch Wasser und einen Schwamm hervor, schraubte die Flasche auf, presste den Schwamm auf die Öffnung und schüttelte die Flasche, drehte sie auf den Hals, damit der Schwamm sich vollsauge. Sie wusch zuerst die Arme, die Achselhöhlen, dann die Schultern, den Rücken, Brust, Beine, Bauch.

Morgen nehme ich ein Bad, dachte sie und atmete den Duft des Kölnisch Wasser, atmete tief, musste sich räuspern, da die Schärfe des Duftes in ihre Kehle stach. Sie war gerade dabei, ihre zerdrückte Frisur zum ersten Mal an diesem Tag leicht auszubürsten, sie hatte den Lackbelag ihrer Fingernägel kontrolliert und noch intakt gefunden und ausserdem erwogen, anstelle des Puders vielleicht doch lieber wieder Sprays für den fraulichen Intimbereich zu gebrauchen, wiewohl sie diese Sprays eigentlich schlecht vertrug, welche Marke sie auch ausprobiert hatte; sie bürstete also ihr Haar und dachte auch, sich bei der Toilette zuerst mit dem Gesicht und dann erst mit dem Rest zu beschäftigen, sei eigentlich doch nicht so praktisch, wie es ihr Coiffeur wahrhaben wollte; und bürstete und sah in den Spiegel und sah wieder die grosse Spinne im Winkel links über dem Toilettenkasten — da klopfte die Haushalthilfe Nanette an die Schlafzimmertür und rief: «Hallo! Darf ich?»

«Ja, Nanette, kommen Sie nur!»

Die Mutter ging, immer noch ihr Haar ausbürstend, unter die etwas mehr als halb offenstehende Badezimmertür, und Nanette kam herein, sah kurz hin, machte «Ach, entschuldigen Sie, ich habe gedacht, Sie seien . . .» und wollte schnell wieder hinaus; aber «Was denn, Nanette!» sagte die Mutter. «Wir beide sind doch

Frauen. Kommen Sie nur. Ich muss Sie nämlich etwas fragen.»

Schamrot unterm Kopftuch war Nanettes Gesicht, sie blieb stehen, unsicher, die rechte Hand am Türgriff.

«Ja, kommen Sie nur!» — Die Mutter stand wieder vor dem Spiegel. Sie legte die Bürste auf den Rand des Lavabos. — «Ich hätte Sie schon gestern oder vorgestern fragen sollen.» — Sie ging ins Schlafzimmer zurück. — «Machen Sie die Tür zu, Nanette.» — Sie ging zum Bett. — «Es ist nämlich so. Ich habe kürzlich einen medizinischen Artikel gelesen. Wir Frauen sind besonders in einem gewissen Alter sehr anfällig für Krebs. In dem Artikel ist genau erklärt worden, wie man sich selber auf Brustkrebs untersuchen kann.» — Sie setzte sich auf den Bettrand. — «Ich möchte, dass Sie mir dabei helfen, Nanette. Man kann ja nie wissen, verstehen Sie. Es beginnt mit kleinen Klümpchen in den Achselhöhlen. Das weiss die Medizin heute genau. Kommen Sie. Das geht ganz schnell.» — Sie legte sich hin, und in den folgenden Minuten hatte Nanette die Achselhöhlen und Brüste der Frau des Hauses peinlich genau nach Krebsknötchen abzutasten.

Die Mutter hatte ihre Hände über dem Scheitel verschränkt.

«Millimeter um Millimeter», hatte in der Zeitschrift gestanden, «Millimeter um Millimeter mit sanftem Fingerdruck».

Nach einer Weile dachte sie, weshalb wohl die Nanette auf einmal so heftig drücke. Sanfter Fingerspitzendruck, dachte sie, wie die jetzt drückt, das tut ja weh!

Aber sie sagte nichts, sie lag ruhig, hielt den Atem an, sah an Nanettes Gesicht vorbei an die weisse Zimmerdecke.

Sie merkt vielleicht gar nicht, dass sie so kräftig drückt, das tut sie sicher nur aus Verlegenheit. Da ist sicher jeder Fingernagel abgezeichnet, hou! das tut weh, Nanette, Nanette, was ist denn los!

Die Mutter atmete kurz ein und aus.

Nicht so fest, Nanette, viel sanfter, mit mehr Gefühl, Nanette, hou! nicht so ... nicht so, Nanette!

«Nichts?» fragte sie hastig.

Nanette schüttelte den Kopf, fingerte stumm, gehorsam und offensichtlich verwirrt und nun noch kräftiger weiter.

«Noch immer nichts?» — Die Mutter versuchte, nicht zu stöhnen. Nanette schüttelte wieder den Kopf. Die Mutter atmete stossweise.

Ich bin doch keine Masochistin! Nicht so ... Nanette! — Nein, ich darf sie jetzt nicht kopfscheu machen, ich lasse mir nichts anmerken. An etwas anderes denken. Zwei mal fünf sind zehn. Zehn mal zehn sind hundert. Hou, Nanette!

«Fertig. Nichts.» Nanette richtete sich auf.

«Nichts! Hou!» stöhnte die Mutter. «Bin ich froh!»

Nanette stand mit hochrotem Kopf neben dem Bett und sah zu Boden.

«Man sollte diese Untersuchungen immer wieder machen, am besten mindestens einmal in der Woche, steht in dem Artikel», sagte die Mutter. «Gott sei Dank nichts. Sehen Sie, das ist ganz einfach. Das sollten Sie auch machen. Man kann ja wirklich nie wissen, sogar in Ihrem Alter weiss man nie ...»

Nanette stand und nickte und brachte es kaum fertig, hin und wieder aufzuschauen, der Mutter schnell ins Gesicht zu sehen.

«Ich bin Ihnen wirklich dankbar, Nanette. Ist mein Mann noch im Haus?»

«Ja», sagte Nanette, «Der Mord im Wald, Sie wissen ja . . .»

Die Mutter setzte sich wieder auf den Bettrand.

«Ah ja, ich weiss. Sie können mir jetzt das Frühstück bereitmachen. Nachher machen Sie hier ein bisschen Ordnung. Ich komme gleich.»

«Jawohl», sagte Nanette und ging flink hinaus.

Unglaublich, dachte die Mutter, und ich habe gemeint, sie habe eine weiche Hand. Ich hätte schon früher mit ihr anfangen können. Es hat richtig weh getan. Aber eigentlich klappt es wunderbar. Sie ist lieb. Sie tut's. Ich gebe ihr Ende des Monats zwanzig extra. Susanne wird Augen machen!

«Du wirst staunen, Mädchen», sagte die Mutter und nahm vom lehnenlosen Gobelin-Polsterstuhl neben dem Nachttisch ihren Morgenrock — hellgelbe Blumenstickerei auf Schwarzseide.

Vielleicht ist sie eine Art Sadistin und weiss es nicht.

Die Mutter schlüpfte in den Morgenrock.

Sie ist eine Sadistin und weiss es nicht. Das ist ja höllisch ist das. Du meine Güte!

Plötzlich hielt sie inne.

«Oder ich habe Brustkrebs, darum hat es so weh getan», flüsterte sie und riss den kaum zugeknöpften Morgenrock wieder auf und rannte vor den Spiegel im Badezimmer und begann hastig Brüste und Achselhöhlen zu untersuchen.

Hier hat es am meisten weh getan, hier, man sieht noch, wie sie hier gedrückt hat . . .

Die Mutter betastete die Stelle unterhalb ihrer linken Achselhöhle; sie spürte keinen Schmerz, drückte ein wenig, drückte stärker. Aber um den Schmerz wieder zu verspüren, musste sie ihre Fingerspitzen hart hineindrücken.

«Hier! Ja, genau hier! Und hier auch! Ach!»
Aber vielleicht spürt das jede Frau. Wenn man so fest
draufpresst, spürt das sicher jede Frau. Ich hab doch
keinen Krebs. Krebs kann man ja heutzutage früh erkennen und ein für allemal ... ich hab sicher keinen
Krebs! dachte sie, nein, ich bin doch nicht krebskrank!
Sie sah in den Spiegel. Eine ganze Weile stand sie starr
und schaute und sah nichts. Und auf einmal sagte sie
laut: «Diese Gans! Dieses Ross! Diese Nanette!» und
hielt ein, flüsterte: «Mein Gott, wenn ich tatsächlich
Krebs hätte!»
Die Mutter liess die Hände fallen und starrte in ihr
Spiegelgesicht. Feine kleine Schweisströpfchen brachen
hervor, stossweise, schien ihr; sie standen plötzlich auf
ihrer Nase. Sie spürte, wie die Haut ihres Gesichts
straff geworden war, zu eng fast, und sie sah, dass sie
blass wurde.
Angstschweiss, Krebs, dachte sie, wirklich Krebs.
Sie begann sich vor dem Gesicht zu fürchten, das sie
plötzlich so blass aus dem Spiegel heraus anstarrte.
Krebs kann man bestrahlen. Man muss gar nicht immer
operieren, dachte sie, und beim Zuknöpfen des Mor-
genrocks achtete sie darauf, die Haut ihrer Brüste nicht
zu berühren, mit keinem Finger.
Die Mutter sah an sich herab, sah die gelben Blümchen
auf der schwarzen glänzenden Seide: Blümchen. Seide.
Gelbe Blumen ... Plötzlich packte sie ihre Brüste mit
beiden Händen, krallig; sie verzerrte ihr Gesicht, sie
presste die Lippen zusammen, riss auf einmal den
Mund auf, bleckte die Zähne.
«Ihr verdammten Milchwarzen! Warum müssen wir
Frauen ... warum bin ich kein Mann!»
Und öffnete ihre Hände, liess los, sah wieder in den
Spiegel, lachte überlaut.

«Stimmt doch gar nicht! Das hat immer weh getan. Wenn man so drückt, tut es weh, auch hier und hier und hier!» — sie kniff in ihre Wangen, kniff ihr rechtes Ohrläppchen — «So ein Blödsinn, diese Amateurmethoden!»

Sie wandte sich ab, knipste das Licht aus, zog die Badezimmertür zu.

«Ich muss mich genau untersuchen lassen», sagte sie, «Genau! Ganz genau! Alles!»

Sie ging aus dem Schlafzimmer und rief: «Nanette, Sie haben hoffentlich frischen Kaffee gemacht, oder?» und dachte, ihre Stimme sei zu laut; nicht so laut, dachte sie, ruhig bleiben, es ist doch nichts, in meiner Familie hat es noch nie Krebs gegeben, es ist noch nie jemand von uns an Krebs gestorben, nur der Onkel . . .

«Ja, frischen Kaffee. Alles bereit», sagte Nanette. Sie kam aus der Küche, trug ein Tablett, auf dem Untertasse, Tasse, Krug, ein mit Brotscheiben gefülltes Körbchen, die Butter und eine Zuckerdose standen.

«Gut», sagte die Mutter.

Nur Onkel Bert!

Es fuhr ihr heiss in die Kehle.

Onkel Bert. Verkrebste Bauchspeicheldrüse.

Nanette stellte die Sachen vom Tablett auf den Tisch und ging wieder hinaus.

Aber er hat getrunken. Er ist ein Trinker gewesen, dachte die Mutter, niemand hat es zugeben wollen, aber er hat getrunken, er hat immer getrunken. Privatklinik am See. Onkel Bert hat sich's leisten können. Ich bin sicher, dass er's gewusst hat, schon lange. Schon als er im Frühling mit Tante Sally nach Spanien gereist ist. Tante Sally . . . Ich weiss gar nicht, woher Sally sich ableitet. Eigentlich hätten wir Onkel Bert in unsere Firma aufnehmen können. Ob Direktor bei uns oder bei seinen Kautschukhändlern ... Er hätte uns nützen können. Man wird nicht ohne weiteres Mitglied der obersten Direktion eines internationalen Grosshandelshauses. Wir sind ihm wahrscheinlich zu klein gewesen, damals, zu wenig international. Tante Sally hat ihn ja immer aufgeputscht. Vier Sprachen perfekt und noch eine und noch und noch und Dänisch oder Schwedisch auch noch dazu. Perfekt in neun oder zehn Sprachen, hat es geheissen. Verhandlungsgenie, was weiss ich. In zehn, zwölf Jahren vom Hilfsarbeitersohn zum Auslanddirektor. London. Kommt verheiratet heim. Besucht uns. Wie alt bin ich damals gewesen? Sicher noch nicht einmal zwanzig. Sally mit Decolleté und Stöckelschuhen aus Schlangenleder. How do you do? How do you do? So eine Ziege! Jetzt hat sie's. Geld wie Heu und den Mann ins Grab gehetzt.

Die Mutter hörte auf, mit dem Löffel in der Kaffeetasse zu klingeln. Sie nahm eine Brotscheibe aus dem Körbchen und griff zum Messer und holte ein Stücklein Butter aufs Brot herüber.

Ich habe es weiter gebracht als Sally. Er ist trotz allem nur ein Angestellter gewesen. Hou, dieses Gestöhn nach der Spanienreise! Er soll ja geglaubt haben, es sei Gelbsucht gewesen. Sie sagte immer, er habe nicht gewusst, wie es mit ihm stehe. He did not know! We did not tell him! Uns hat sie ja auch nichts gesagt. Sie habe gedacht, jetzt müsse er sterben, als er in Sevilla diesen plötzlichen Rückfall hatte. Da weiss die elegante Sally auf einmal nicht mehr weiter. Er hat einen geblähten Bauch und stöhnt, und sie telefoniert in der halben Welt herum. Krebs, Krebs, aber er glaubt, es sei nur schon wieder die Gelbsucht! Da sind wir auf einmal wieder verwandt, da sind wir ihr auf einmal international genug gewesen!

Die Mutter nahm einen Schluck Kaffee; sie liess das butterbestrichene Stück Brot im Teller liegen und stand langsam auf. Im Korridor rief sie: «Nanette, Sie können abräumen, ich habe keinen Appetit, ich weiss nicht, heute morgen . . .»

Nanette hatte das Badezimmer aufgeräumt und war eben dabei, den Staubsauger aufbrausen zu lassen, als die Mutter ins Schlafzimmer kam.

«Ach so, Sie sind hier. Ich habe keinen Appetit heute.» Nanette schaltete den Staubsauger ab. «Soll ich später . . .»

«Ja, machen Sie's später. Aber lassen Sie nur alles hier.» Nanette lehnte den Staubsauger an die Wand neben dem offenen Fenster und ging hinaus.

Mir ist schlecht, richtig schlecht, dachte die Mutter, aber er hockt wohl wieder in seiner Bude und glotzt in einen Schmöker, ihm ist es egal, was mit mir los ist.

Sie legte sich aufs Bett und schloss die Augen und begann tief zu atmen: ein, aus, ein, aus; frische Luft hilft, dachte sie. Tief ein und aus und ein, aus. Nachher fahre ich in die Stadt. Hier wird man krank. — Ach, Sie haben es aber schön dort draussen, so ruhig, so still, und doch so nah bei der Stadt. — «Die wissen nicht, dass man hier verrecken kann wie ein Hund», flüsterte die Mutter und öffnete die Augen, «Ihn würde es nicht im geringsten kümmern. Dazu ist er schon viel zu blöd.»

Eigentlich ist er schon für alles zu blöd, dachte sie nach einer Weile.

Sie schloss die Augen wieder und sah Onkel Robert auf dem Totenbett liegen. Man hatte ihn mit einem feinen grauen Anzug bekleidet.

Alles genau nach dem Leitfaden für besonders feine Leute und ganz besondere Anlässe, o ja, Sally, dachte die Mutter, du hast Stil, Sally hat Geschmack, meine feine Tante Sally. Rote Nelken auf dem Kopfkissen. Sie weiss schon, was sich gehört. Er ist von ihr zu Tode gehetzt worden, jetzt gibt's Blumen. Er hat überhaupt nichts vom Leben gehabt. Sie hat ihm jedes Gläschen vergönnt. Jetzt ist es geschafft, Tante Sally, jetzt trinkt er keinen einzigen Tropfen mehr.

«No, Sally», sagte sie leise und langsam.

Hat sie eigentlich nie jemand gefragt, woher ihr Name kommt? Sally, geborene Bennett. Sally Bennett aus London. Wenigstens Onkel Bert muss doch gewusst haben, was Sally eigentlich heisst. Vielleicht hat er's nicht gewusst. Er ist ja gleich von Anfang an unter die Knute gekommen. Sie ist schön gewesen, das muss man ihr lassen. Sie ist heute noch schön für ihr Alter. Wie alt ist sie denn eigentlich? Nicht einmal das weiss ich . . .

Und er. Sein Gesicht. Ganz knochig. Schon totengelblich. Man kennt ihn fast nicht mehr. Eine Speichelblase zwischen den verspannten Lippen . . .

Die Mutter riss die Augen auf.

«Er ist verhungert, richtiggehend verhungert!»

Mit einem Ruck stand sie auf und sprang ans Fenster und lehnte weit hinaus und atmete heftig.

Mein Gott, hoffentlich ist es nicht Krebs! Hoffentlich ist es nichts!

Als sie ihren Mann mit dem Spitz vom oberen Ende des Parks in seinen blauen Gummistiefeln über den nassen Rasen zum Haus her kommen sah, schnellte sie zurück und schloss das Fenster, zog den Vorhang.

Ich könnte sterben, und er würde spazierengehen, aber ich fahre jetzt in die Stadt, schnell in die Stadt, wie sehe ich denn aus, wo habe ich die Zigaretten . . .

Sie fand Feuerzeug und Zigaretten unter einer Illustrierten auf dem Nachttisch. Aber sie hatte sich's schon anders überlegt, wollte nicht rauchen; sie streifte den Morgenrock ab, nahm Höschen und Schlüpfer und Strumpfhose und Büstenhalter vom Hocker am unteren Bettende und kleidete sich hastig an, schlüpfte in ein glockig geschnittenes dunkelgelbes Kleid mit engen langen Ärmeln, zog den Reissverschluss über den Rükken bis unters Nackenhaar hoch und zupfte am Kleid herum, streifte es glatt. Dann hantierte sie vor dem Spiegel im Badezimmer mit Haarbürste und Lippenstift und Puderquaste, war rasch fertig, hatte es eilig; schnell in die Schuhe, die lackschwarzen heute, den leichten Regenmantel aus dem Schrank, keinen Hut, aber den Schirm, es regnet immer noch ein wenig, nein, Schirm habe ich ja im Wagen, weg jetzt, sonst beginnt er mir wenn möglich wieder einen langatmigen Quatsch zu erzählen, er will mich ja immer aufhalten mit seinem Altmännergequassel . . .

Die Mutter ging zur Tür und lauschte. Sie konnte nichts hören, schlüpfte hinaus.

Er ist sicher schon wieder oben, dachte sie, oder vielleicht ist er noch zum Teich hinunter.

Sie vermutete richtig: Der Vater stand an diesem hundertfünfundfünfzigsten Tag jenes Jahres lange Zeit im halben Dämmer hinter den dunklen Büschen am Ufer des runden Teichs und rührte sich nicht, sah immerzu in den Teich. Die Regentropfen zeichneten ein feines Gewirr leicht wellender Kreise, tausendfach, unablässig übers Wasser, solange er dort stand und hineingaffte, reglos die ganze Zeit und ohne zu merken, dass der Spitz zum Haus zurückgeschlichen war und auf der Veranda im Trockenen auf ihn wartete und manchmal laut winselte, fast jaulte.

Im Korridor nahm die Mutter ihre Handtasche von einer Konsole, streckte dann schnell den Kopf in die

Küche — «Ich gehe jetzt in die Stadt, Nanette, sagen Sie's ihm, ich komme erst gegen Abend zurück, gegen sechs oder so. Sie gehen einfach, wie üblich, gut?»

«Jawohl», sagte Nanette, «Ich sag's Ihrem Mann.»

«Wo ist er denn? Wissen Sie, wo er jetzt . . .»

«Vielleicht oben, ich weiss nicht», sagte Nanette.

«Gut, auf Wiedersehen bis morgen.»

«Ich habe Sauerkraut und Speck für Ihren Mann, zum Mittagessen», sagte Nanette.

«Gut, das isst er sicher gern bei diesem Wetter. Auf Wiedersehen, Nanette.»

Die Mutter zog die Küchentür zu und ging schnell ausser Haus. Ohne aufzublicken ging sie nah der Hauswand entlang zur Garage, sperrte auf, schob die Tür hoch und ging hinein und setzte sich in ihren Wagen und liess den Motor anspringen, fuhr rückwärts aus der kahlwandigen kühlen Garage hinaus, schaltete und gab Gas.

Sogleich auf der Frontscheibe die ersten feinen Regentropfen, noch nicht der Mühe wert, die Scheibenwischer wedeln zu lassen.

Beim Tor bremste die Mutter und stieg aus; sie drückte die Klinke, zerrte den Eisenriegel hoch und zog die beiden Flügel auf: sie schwangen so weit auseinander, bis sie im Kies aufschrammten und, kaum federnd, stehen blieben.

Die Mutter war schon wieder eingestiegen. Sie gab Gas und fuhr über die Schwelle, fuhr den Weg hinab. Als sie die ersten fünfzig oder siebzig Meter auf asphaltierter Strasse gefahren war, schaltete sie das Radio ein; die Heizung hatte sie noch in der Garage auf «high» gestellt.

«. . . auch Ihnen den Wunsch nach blitzblank sauberem Geschirr und Besteck erfüllen. Aqua Vidal. Alles blitzsauber. Alles schonend spiegelblank. Mit der fettlösenden Naturkraft sonnengereifter Zitronen. Herb, doch absolut geruchfrei. Aqua Vidal. Unerlässlich für . . .»

Die Mutter schaltete das Radio aus und tastete mit der rechten Hand nach dem Zigarettenanzünder im Armaturenbrett. Sie dachte, das Fernsehprogramm von gestern abend sei nicht viel wert gewesen, überhaupt diese Programme im Sommer, alte Filme und amerikanischer Klamauk . . .

Der Knopf des Zigarettenanzünders war schon wieder herausgesprungen, als sie endlich in ihrer Handtasche eine Zigarette aus dem Päckchen herausgefingert hatte, kurz vor der Stoppstelle bei der Einfahrt von der alten Landstrasse auf die breite neue Schnellstrasse.

Dort sprang der zum zweiten Mal hineingedrückte Anzünder wieder heraus; als der Wagen vor dem breiten weissen Stoppstrich stand, steckte die Mutter die Zigarette an und tat den ersten Zug. Sie schaltete die Scheibenwischer ein und beugte sich ein wenig vor. Durch das glatt gefächerte Glas der Windschutzscheibe und links durch das leicht beschlagene Seitenfenster beobachtete sie die vorbeirasenden Autos; es waren wenige, die stoben vorbei, zogen eine Sprühfahne hinter sich her.

Die Mutter fuhr an, schwenkte ein, schaltete, nahm die Zigarette von ihren Lippen, blies den Rauch des dritten oder vierten Zuges aus dem rechten Mundwinkel.

«Aqua Vidal», sagte sie.

Dann schaltete sie wieder und beschleunigte, sah in den Rückspiegel, schaltete nach einer Weile in den vierten Gang. Nach zwei weiteren Zügen tupfte sie die Zigarette in den Aschenbecher, drückte die Glut aus, drehte die Fensterscheibe zu ihrer Linken einen Spaltweit hinab, schob dann den Aschenbecher in sein Fach zurück. Frische Zugluft streifte ihre Schläfe.

Krebs, dachte sie, Brustkrebs, nein, nicht ich, diesmal gehe ich zu einem Spezialisten, der Doktor ist ja gut und recht, halt so ein praktischer Arzt, Grippe und Ohrenweh, schlecht und recht, vielleicht kennt Susanne einen Krebsspezialisten.

Sie schaltete das Radio ein und sogleich wieder aus, weil sie nicht anhören mochte, wie eine Hausvaterstimme — «Oh, wie dieser Kuchen schmeckt! Sicher hast du Webers neues ...» — die Backkunst seiner Frau rühmte. Und dann, eben hatten zwei schnelle wasserstiebende Wagen dicht hintereinander ihr Auto überholt, schaltete die Mutter das Radio doch wieder ein und suchte einen anderen Sender; keine Stimmen, kein Reklamegerede, irgendwelche Musik wollte sie hören.

Die Scheibenwischer wedelten im Takt hin und her. Ein Akkordeon spielte auf dem Sender gleich neben der Hausvaterwelle. Die Mutter drosselte das Tempo, sah in den Rückspiegel, fuhr langsamer und langsamer, schaltete in den dritten, dann in den zweiten Gang hinab.

Gar kein Samstagmorgenverkehr, Schlechtwetter, dachte sie, sonst würde es jetzt eine Huperei absetzen, das ist sicher ein französischer Handorgelspieler ...

Sie hielt nach etwa vierhundert Meter, wo eine Nebenstrasse abzweigte, am Strassenrand an und stellte den Motor ab, liess das Lenkrad los.

Der Akkordeonspieler fand vom Refrain zum Schlussgriff. Das Radio rauschte. Fünf, sechs Wagen flitzten vorbei, der dritte mit Scheinwerferlicht, das im Rückspiegel kurz aufblitzte. Die Scheibenwischer arbeiteten mit stetem Geräusch. Im Radio begann eine Mädchenstimme, von Gitarren begleitet, zu seufzen.

Die Mutter lehnte den Kopf zurück und sah starr geradeaus: Die Strasse. Wässerig verwischende Radspuren auf dem dunklen Asphalt. Rechts die Nebenstrasse. Stoppsignal. Wiese. Obstbäume. Weit voraus bei der Kurve weisse Häuser. Links ein Streifen Wiesland. Dann eine Grossbaustelle mit hohen Erdhaufen. Zwei Baukrane. Eine Holzbaracke. Die Strasse. Regenwetter. Scheibenwischer. Wieder Autos, die ersten im Gegenverkehr.

Sie schaltete das Radio aus. Der Wagen schwankte jedesmal leicht, wenn Autos vorbeifuhren mit Sprühwirbeln im Hecksog.

Warum habe ich eigentlich angehalten, warum fahr ich nicht weiter, dachte sie und mochte doch nicht den Zündschlüssel drehen, sie wollte still im stehenden Wagen sitzen bleiben.

Von einer grossen Tafel bei der Baustelle schnappte sie Wörter auf.

HIER ENTSTEHT IHR NEUER

— es interessierte sie nicht, was da grossbuchstabig weithin sichtbar von den Dreckhaufen her als in Entstehung begriffen in den öden Regen hinaus prangte; sie vergass sogleich, was sie nicht einmal zu Ende gelesen hatte.

Keine Zigarette, dachte sie, fertig, ich fahre jetzt in einem Strich durch bis ins Parkhaus.

Sie zögerte, die Scheibenwischer wieder einzuschalten, sie zögerte eine Weile, ehe sie den Motor anspringen liess.

«Was für ein Tag!»

Die Mutter seufzte und wartete, und erst als wieder Autos links vorbeigerast waren, bemerkte sie's: Geseufzt, richtig geseufzt, das ist ein Seufzer gewesen, dachte sie.

Mit leer laufendem Motor stand das Auto der Mutter dann über fünf Minuten am Strassenrand. Auf den Scheiben begann ein feiner Belag hochzukriechen. Mählich überkam eine laue Schwere den Wagen, nebelte die Mutter und das Auto ein. Es schien ihr, der Motor brummle weit weg, brumme irgendwo draussen auf einem vernebelten Feld zwecklos vor sich hin.

Ich sehe nichts, niemand sieht mich, dachte sie wie im Halbschlaf.

Dann, endlich und doch plötzlich, setzte sie sich gerade auf und drückte das Kupplungspedal hinunter und schob den Ganghebel nach vorn und löste die Handbremse und gab Gas, fuhr langsam an, nachdem sie hastig ein breites Guckloch in den Dunst auf der Frontscheibe gewischt hatte, und fuhr vom Rand nach links auf die Strasse und erschrak über einen höllisch laut hupenden grossen Wagen, den sie übersehen, dem sie von rechts die Fahrbahn angeschnitten hatte.

Sie war zusammengezuckt ob dem anhaltend starken Gehupe; knapp hinter und sehr nah links an ihr vorbei jaulte es. «He-eee!» entfuhr es ihr; sie sah in den Rückspiegel, sah nur Dunst und drückte das Gaspedal trotzdem durch, dass die Reifen pfiffen, und drückte den Hebel gleich in den zweiten und schon in den dritten und bald in den vierten Gang. Mutters Wagen war schnell.

Sie schaltete den Ventilator der Heizung ein und die Heckscheibenheizung dazu und kurbelte das linke Seitenfenster ein wenig weiter hinunter. Der Dunst auf den Scheiben schmolz rasch.

Das hätte einen Unfall absetzen können. Stell dir vor, so etwas ist blitzschnell passiert. Einen Augenblick lang nicht aufgepasst, schon kracht's.

Die Mutter atmete tief.

«Hou! Stell dir vor!» sagte sie.

Durch die aufgeklarte Heckscheibe sah sie im Rückspiegel einen Sportwagen mit aufgeblendeten Schein-
werfern näherkommen. Sie hielt das Steuerrad fest um-
klammert und wich ein wenig nach rechts aus, und als
der Wagen links vorbeigestoben war, schaltete sie
schnell die Scheibenwischer ein; eine trübe Gischt
sprühte hinter dem Auto her von der mittleren Spur zu
ihr herüber und verschlierte ihre Sicht, jagte ihr neuen
Schreck ein. Nimm dich doch zusammen! — Sie biss
auf ihre Unterlippe.

Und sie nahm sich zusammen: Die Mutter fuhr langsam, fuhr nicht so schnell wie sonst, aber so sicher wie
meist, und in der Stadt fuhr sie auf dem kürzesten Weg
zum Parkhaus: über die Einfahrtsrampe und an der
kartenspuckenden Zeitstempelsäule, an der sogleich
hochschnappenden Barriere vorbei durch einen leicht
gekurvten Betontunnel und aus dem Tunnel hinaus,
hinein in die niedrige, von Neonröhren halbschattig
ausgeleuchtete, weitflächige Garage. Die Parkplätze
zwischen den kurzen Säulen waren fast leer; kaum
vierzig Wagen, zehn bis fünfzehn nah beisammen; die
andern in kleinen Gruppen oder einzeln, weit verstreut
im riesigen flachen Raum: hier einer, dort ganz hinten
zwei. Unglaublich öd kam ihr die flache dämmergraue
Garage vor.

Der zugeschletzte Wagenschlag knallte und hallte.
Auch Mutters Schritte hallten.

Hier könnte man mir nichts dir nichts überfallen und
zusammengeschlagen und in einen Kofferraum ge-
pfercht werden, dachte sie und wagte doch nicht, sich
umzusehen.

Es roch nach Benzin, nicht wie es auf viel befahrenen
Strassen nach Abgasen riecht, und nach kühlem Keller

roch es auch, nach erkalteten Motoren, nach Pneu und Blech. Die leeren Autos schienen vor langer Zeit abgestellt, es schien, sie seien vergessen worden.

Die Mutter bemühte sich, die dreissig oder vierzig Schritt zum heller beleuchteten Korridor zielstrebig, aber ohne ängstliche Hast hinter sich zu bringen. RAUCHEN VERBOTEN — weiss und grell angeleuchtet standen die zwei Wörter auf hellem Betongrau überm Eingang zum Korridor. Links drei Lifttüren: zweite, dritte, vierte Etage. Rechts zwei Schaufenster: Bademode. Bürobedarf.

Jetzt weiss ich, was ich tun werde, dachte die Mutter. Ich gehe ins erstbeste Restaurant und trinke ein Glas Wein, einfach so. Ich kann jetzt nicht zu Susanne. Ein kleiner Schluck schadet nicht, jetzt sicher nicht.

Wein oder Kognak, dachte sie, irgend etwas, das man eigentlich nicht schon am Vormittag trinken sollte.

Als sie auf die Strasse hinauskam, raffte sie den Kragen ihres Mantels enger. Das nächstbeste Restaurant.

Sie blieb stehen, überlegte. Hier, gleich links unten, kam es ihr in den Sinn, da ist doch, da gibt's doch . . . oder ist es vielleicht nur eine Coca Cola Bar . . .

Sie ging nach links. Rechts neben dem Trottoir fuhren einige wenige Autos in der Gegenrichtung an ihr vorbei, und als sie näher zu dem Restaurant kam, an dessen knallig quer über die Front hingepinselten Namen sie sich nicht hatte erinnern können, las sie

CHEZ AUGUST

und

BAR

und

SNACKS

und

QUICK LUNCH

Das Chez August machte einen verriegelten Eindruck; hinter dem Glas der Eingangstür hing an einem Vakuumhaken — wie es die Mutter erwartet hatte — eine Kartontafel:

Heute ab 15.00 Uhr geöffnet!

Sie überquerte die Strasse und stand unversehens vor dem Eingang zu einem Café. Ah ja, dachte sie, das hätte mir gleich in den Sinn kommen müssen.

Sie erinnerte sich: Vor Jahren war sie hier, an dieser Strasse, in einem Café gesessen, vielleicht in diesem Café. Die Mutter fuhr zwar oft in die Stadt, aber noch nie war sie diese Strasse hinuntergegangen, wenn sie den Wagen im Parkhaus abgestellt hatte.

Das ist jetzt sicher schon zehn oder fünfzehn Jahre her, dachte sie, ja, sicher fünfzehn.

Sie hatte auf ihren Mann gewartet, damals.

Zuerst drückte sie die äussere Dickglastür auf, dann die innere: in polierte Holzrahmen gefasste bräunliche Scheiben, unregelmässig gerillt. Hinter der Tür ein weicher roter Spannteppich.

«... halt wieder so ein Leerlauf!» machte eine laute Serviertochterstimme von der Theke hinter einer hochglänzend kesselreichen Kaffeemaschine hervor.

Die Mutter sah sich um; Edelholztischchen, gepolsterte Stühle, die Polsterung rot wie der Teppich, wenig Licht — ein ziemlich gepflegtes kaffeeduftendes Café; aber nur die Serviertochter und ein Mann an dem Tischchen bei der Theke und vier oder fünf Frauen, wohl keine unter vierzig, an den Tischen in Fensternähe; bräunliche Tüllvorhänge.

Nicht viel los, wenig Betrieb, stiller Laden, Regenwetter. Vielleicht ist es damals doch ein anderes Café gewesen, oder dieses hier ist renoviert worden, oder man hat es ganz umgebaut ...

141

«Was willst du, bei diesem Wetter, ha!», sagte der Mann. Die Serviertochter hantierte mit einem nassen Lappen an den Hochglanzkesseln herum.

Ich habe auf ihn gewartet, und dabei ist mir diese komische Sache passiert, ich weiss noch genau: Es war Herbst. Der Kerl hat gar nicht ausgesehen wie einer von den Kerlen. Auch das Café, denke ich, wie es dann passiert ist, passt eigentlich nicht recht: Ich hab mir diese Cafés anders vorgestellt.

Die Mutter knöpfte den Mantel auf, während sie auf ein Ecktischchen zuging. Die Frauen sahen sie kurz an, drehten dann ihre Köpfe wieder in die Tüllfalten, glotzten durch die Fenster hinaus.

«Guten Abend. Wie wollen Sie's?» sagt der Kerl, der anders aussieht, eleganter als ich's von solchen Typen erwartet habe. «Madame oder Mädchen?» Er ist schon von seinem Tischchen auf den freien Stuhl herübergerutscht, ohne dabei geradeaufzustehen: nur so halb gebückt von Stuhl zu Stuhl gerutscht — «Wie wollen Sie's? Ich hab dich schnell im Geschäft. Auf so was wie du fliegen vor allem die älteren Säcke. Brauchst du einen Vorschuss?»

Die Mutter setzte sich, ohne den Mantel auszuziehen. Sie nahm ein Zigarettenpäckchen und das Feuerzeug aus ihrer Handtasche.

«Also, ein Glas Wein oder einen Schnaps oder vielleicht . . .»

Die Serviertochter kam schlarpend herbei; sie versuchte nicht zu lächeln mit ihrem fleischigen, dick rotgeschminkten Mund, sie sagte nur: «Was, bitte?»

Ja, was? Wirklich Wein, jetzt ein Glas Wein?

«Ich glaub», sagte die Mutter, «Ich nehme, glaub ich, einen Tee.»

«Glas oder Portion?»

«Eine Tasse Tee.»

«Tasse gibt's nur, wenn Sie eine Portion nehmen. Sonst servieren wir im Glas.»

«Ah, ja dann . . .», sagte die Mutter.

«Schwarztee oder Hagebutten oder Kamillentee?»

«Ja, ich glaub, ich . . .»

«Nein», sagte die Serviertochter, «Kamillen haben wir nicht mehr, nur noch Hagebutten oder Schwarz.»

«Dann eine Tasse Schwarztee», sagte die Mutter.

«Also ein Glas Schwarz» — die Serviertochter schlarpte schon zur Theke zurück.

Die Mutter sass in ihrem aufgeschlagenen Mantel und zog eine Zigarette aus dem Päckchen. Damals hätte ich drauf kommen sollen, die Bedienung war fast wie jetzt, schlampig und unfreundlich; Hagebutten oder Schwarz, dachte sie, die können nicht einmal mehr reden, die sind zu faul dazu.

Eine Frau, drei Tische nebenan am Fenster, drehte sich halbwegs zur Theke und sagte: «Fräulein. Zahlen, bitte», und das Fräulein hinter der Kaffeemaschinebastion sagte laut: «Ja! Komm schon!» Die Frau drehte wieder ab. Der Mann am Tisch vor der Theke sagte: «Mir nochmals einen.»

Er sieht ähnlich aus, er gleicht ihm. Vielleicht, dachte die Mutter, ist es doch dieses Café gewesen . . .

«Ich seh's dir doch an, du hast jetzt die besten Fahnen aus dem Kasten geholt», sagte er, «die Idee ist ja nicht schlecht. Vielen kommt's schon, wenn sie so was wie dich erst halb ausgepackt haben.» — Endlich hab ich da begriffen, dass er einer von diesen . . . «Aber ich bin doch keine von denen, die . . .» — Er lässt mich nicht ausreden. «Weiss ich doch, das ist alles längst bekannt. Keine ist eine von denen.» — «Entschuldigen Sie! Ich warte auf meinen Mann!» — «Das hast du schön ge-

*sagt. Komm, ich zahl das, wir gehen. Ich weiss was für
dich, wenn du schön brav bist.»*

«Sagen Sie, wollen Sie den Tee mit Milch?» — die Serviertochter rief es von der Theke her.

«Ja, bitte ein wenig», sagte die Mutter.

*Mir ist unheimlich geworden. Ich habe an Mädchen-
handel gedacht, an Kriminelles wie im Film, an Mord,
ich habe auf einmal Angst gehabt.*

*«Lassen Sie mich in Ruhe!» — «Ich lass dich ja», sagte
er leise und beugte sich noch weiter vor, «hast du
Feuer?» Er hat schon eine Zigarette zwischen den Lippen und sieht mich an mit seinen kleinen braunen
Augen — «Ich warte auf meinen Mann. Sie belästigen ... bitte belästigen Sie mich nicht!» — «Nur mit
der Ruhe. Hier warten alle auf ihren Mann, meine
Liebe. Ich weiss genau, wie man das macht. Man muss
es von Anfang an richtig machen. Es muss schon beim
ersten Mal klappen, sonst geht's schief.»*

«Da, bitte», sagte die Serviertochter; sie stellte Untertasse und Teeglas auf den Tisch und schlarpte wieder
weg.

«Kann ich jetzt zahlen, Fräulein?» sagte die Frau, die
vorhin schon ...

«Ach so, ja!» — die Serviertochter ging zu der Frau
hin. «Was haben wir denn gehabt?»

Die Mutter legte die Zigaretten neben das Feuerzeug
und stiess den obenauf schwimmenden Teebeutel mit
dem Löffelchen auf Grund.

*Richtig verschreckt sitz ich da und möchte aufstehen
und weglaufen oder schreien. Wo bleibt er nur, warum
kommt er nicht und haut dem Kerl ein paar herunter!
— «Du hast mehr davon als du denkst», sagt er leise.
«Nicht nur Geld. Komm!» — Er legte Geld auf den
Tisch, fasst mich schon beim Aufstehen hart am Hand-*

gelenk, und ich kann nicht schreien, ich bin wie be-
täubt auf einmal, wie abgesägt, und er hilft mir in den
Mantel und führt mich hinaus, hat plötzlich einen
breitrandigen Hut auf — wie im Film: Ein Filmgang-
ster!

«Wohin?» Es kommt mir brüchig über die Lippen, er
hat mich, ich komm nicht mehr los von ihm, mir wird
ganz flau, und da sitz ich schon in seinem Wagen, er
sagt nichts, es ist schon dunkel, er fährt, und ich weiss
nicht wohin.

«Da», sagt er und steckt mir eine angerauchte Zigarette
in den Mund und fährt und fährt und hält plötzlich an
im Dunkeln und stellt den Motor ab und macht die
Scheinwerfer aus und hebelt unten am Sitz, und ich
klappe rücklings hin und denke: Was ist das? Was will
er?, und das Herz steht mir still. Er findet die Knöpfe
und Reissverschlüsse, er sagt, bei soviel Kleidern könne
der eine oder andere tatsächlich schon beim Ausziehen
in den Saft kommen, das da unten brauche es nicht,
und beginnt mich auszuziehen, Mantel weg, Bluse weg,
und er sagt: «Setz dich! Leg dich wieder hin. Siehst du,
so geht das, so gefällst du mir», seine Hände wischen
über mich hin, er hat kalte Hände, er hantiert schnell,
ich weiss nicht wie lang . . .

Die Frau hatte bezahlt. Sie stand auf, und bevor ihre
Hände in die Armlöcher ihres Mantels hineinfanden,
drückte sie an ihrem Hut herum, dann knöpfte sie den
Mantel zu und verschlaufte den Gürtel und nahm ihre
Handtasche und sah nochmals schnell durch den Vor-
hang zum Fenster hinaus; dann die paar Schritte zur
Innentür.

«Wiedersehen!» rief die Serviertochter.

Der Mann am Tisch bei der Theke las eine Zeitung.

Die Frau zog die Tür hinter sich zu.

«Ich möchte nochmals einen Kaffee», sagte eine Frau; auch sie sass an einem Fensterplatz.

«Kaffee! Ja!» rief die Serviertochter.

«Ich tu dir nichts, keine Angst», sagt der Mann, «Ich sicher nicht.» Er befühlt meine Schenkel und meine Brüste und streichelt sie, und dann sagt er: «Du bist gut bist du. Zieh das Zeugs da wieder an. Du bist wirklich gut. Aber nur das da, Rock und Mantel und Büsten-halter, und lass dir nicht zuviel gefallen. Ich bring dich schon an den richtigen Ort. Du sagst: ‚Im Auto normal zwanzig, Brust frei dreissig.' Ich zeig dir jetzt den Weg.» Und er hilft mir beim Ankleiden, er schiebt die Strümpfe, schiebt Unterrock, Bluse, schiebt alles unter seinen Sitz und steckt mir wieder eine Zigarette an, holt die Lehne in meinen Rücken zurück, schaltet die Scheinwerfer ein. Da quillt es endlich hoch und würgt hinaus: Aber ich bin ja schwanger! sage ich.

«Um so besser», sagt er, und «Man sieht ja noch nichts», und fährt ab durch eine waldige Gegend, die ich nicht kenne; Baumstämme links und rechts. Stadt-randgebiet, denke ich, von Schwangerschaft keine Spur, ich hätte ihm etwas anderes sagen sollen, ich ren-ne davon, sobald er anhält, ich will ihn nicht mehr sehen, nicht mehr anschauen, so ein geschniegelter Sau-hund mit seinen kalten Pfoten ... ach, mein Gott, wie bin ich nur in so etwas ...

«Das sagst du, und kein Wort mehr, verstanden», sagt er und hält an, «Probier nur keine Krummheiten, ich müsste es sonst melden, verstehst du, solche Meldungen hört man gern oder gar nicht gern, das kommt immer ein bisschen draufan.»

Er stösst die Wagentür auf. Ich sitze, rühre mich nicht.

«Das mit den Krummheiten fängt schon jetzt an, ver-standen. Du steigst jetzt nämlich aus und gehst langsam

bis zu jener Strassenlampe, dort bleibst du ein Weilchen stehen, dann kommst du zurück, dann wieder zur Lampe. Wenn du mit dem ersten einig wirst, steigst du ein, ich fahre dann vor. Du sagst ihm, er soll hinter mir herfahren. Sonst nichts. Klar? Wenn einer Fragen hat, sagst du: In dem Wagen ist meine Freundin, die will mich nachher wieder hinführen. Das sagst du, verstanden!»

«Die verlieren sicher, die stellen doch sage und schreibe schon wieder den Weber auf, diese Eichel! Wieviele hat er gegen Schweden in den Kasten gelassen?»

Der Mann mit der Zeitung am Tischchen vor der Theke reckte Hals und Kopf.

«Vier!», sagte er. «Diese Flasche! Die gehen ein wie nichts, sag ich dir, wie nichts!»

Die Serviertochter liess Dampf aus der Kaffeemaschine zischen.

«Die gehen hundertprozentig ein!» sagte der Mann. «Und im Sturm Manieri und Beck, ausgerechnet Manieri und Beck! Der hat noch nie etwas von Fritz Kull gehört und schimpft sich Trainer, Nationalmannschaftstrainer!»

«Oder Bruhin!» sagte die Serviertochter.

«Ja, warum nicht den Bruhin. Aber verloren haben sie so oder so.» Er nahm sein Glas und trank, eine rote Flüssigkeit war's; zwei kleine Schlücke trank er und stellte das Glas wieder hin und las weiter. Die Serviertochter schepperte mit dem Kaffeegeschirr.

Und ich stehe draussen und gehe wie betäubt dem Strassenrand entlang, ganz langsam, ich glaube ich schwanke, keine Krummheiten, hat er gesagt, Krummheiten, ich friere, seine Stimme ist auf einmal so ruhig gewesen, «Keine Aufregung, nur keine Aufregung», hat er gesagt, ganz ruhig, und ich habe mir einfach alles gefallen lassen in seinem Wagen, ich hab geschlottert und nichts getan, nur dagelegen, als seine Eishände auf und ab und wieder über mich hinaufwischten, ich schlottere, ich schlottere noch immer, er hockt hinter mir in seinem Wagen, und ich starre geradeaus auf den Mast der Strassenlaterne und fühle die Kälte von unten über die Beine heraufsteigen und unter den Rock hochkriechen, und er hinter mir im Auto, und ich geradeaus auf die Laterne zu und an der Laterne vorbei, ich kann nicht stillstehen, ich gehe einfach langsam weiter, weiter.

Da hupt er kurz.

Ich gehe weiter.

Da springt der Motor hinter mir an, er fährt links heran und bremst und steigt aus und reisst mich am Arm und zerrt mich zurück unter die Strassenlampe und sieht mich nur an und sagt nichts, geht weg, steigt wieder ein, und ich bleibe stehen, und alles dreht sich und wogt auf einmal.

»Ich hab dich jetzt im Rückspiegel!« ruft es wie von weit her. Seine Stimme ist nicht mehr so ruhig, er hat mich wirklich, ich weiss es, er hat mich im Rückspiegel, und da kommt plötzlich ein helles Auto dahergerollt, und das Fenster auf meiner Seite wird hinabgekurbelt, ein junger Mann sieht schräg von unten herauf, ich rühre mich nicht, «Wieviel?», sagt er, ich wate zu ihm hin und sage «Dreissig Brust frei» und muss mich mit einer Hand aufstützen, «Und sonst?» sagt er, «Zwanzig», sage ich, mir ist übel, er sagt «Gut, steig ein. Wo wohnst du?», ich falle auf den Sitz und sehe nichts, alles verschwimmt, «He, wohin denn jetzt!» sagt er, und es schwimmt auf und ab ringsum, und ich schaukle mit, vorn die beiden tanzenden Schlusslichter, «Hinter diesem Auto her», sage ich, «Nur immer hin-

ter diesem . . .», *und ich weiss, dass er mich ansieht,* «Was! Du spinnst ja!», *sagt er laut, und mir schwindelt,* «Meine Schwester», *sage ich,* «Sie fährt mich nachher wieder hierher», *er lacht leise, nur so: Hahaa! und sagt:* «Hahaa! Schwester heisst das jetzt! Ja, weisst du, dann eigentlich lieber nicht» *und sieht geradeaus,* «Normal im Auto zwanzig», *sage ich, und er sieht immer noch geradeaus und sagt:* «Ist das wirklich deine Schwester?» *und lehnt leicht zu mir herüber, und seine linke Hand fährt unter den Rock und zwischen meinen Schenkeln herauf, und ich lege den Kopf zurück und schnaufe und schliesse die Augen und schnaufe tief und kann nicht schreien und schnaufe wie wild, und seine Fingerspitzen zwängen herein, und ich schwimme auf und ab und stemme die Beine an, und auf einmal liegt er auf mir und umarmt mich und drückt mir die Brust ein, und ich spüre es, ich weiss es genau, es ist hineingesprungen, plötzlich, ganz schliefig, und er schnauft schnell, er hechelt an meinen Hals und drückt mich zusammen, ich fliege, ich spüre sein Gewicht, ich versuche nichts mehr zu tun, ich weiss nicht, ob ich sitze oder liege, ich bin ganz schlaff und kann nicht schreien und sollte doch, müsste doch, muss doch . . . und werfe mich herum und stosse die Tür auf und schreie und laufe und normal zwanzig und schreie zwanzig und laufe Brust frei dreissig und stolpere und falle und stehe auf und laufe . . .*

«He, Sie! Sie haben noch nicht bezahlt!»

Die Mutter blieb verwirrt stehen.

Café. Roter Teppich. Serviertochter, das Gesicht der Serviertochter mit dem dicklippigen roten Mund.

«Ein Tee macht eins fünfzig!»

«Entschuldigen Sie. Ich habe an etwas ganz anderes . . . Wissen Sie, Fräulein, ich habe Krebs, Brustkrebs.» Die

Mutter wühlte in ihrem Portemonnaie, liess dann zwei Münzen in die hingestreckte hohle Hand fallen. «Ich habe gedacht . . . entschuldigen Sie.»

«Was! Krebs!» — die Serviertochter wusste nicht, was sie sagen sollte.

«Ach, nur so, verstehen Sie, ich weiss nicht genau», sagte die Mutter. Die Serviertochter sah ihr forschend ins Gesicht.

Sie denkt, ich sei verrückt, dachte die Mutter, jetzt denkt sie, ich sei eine Verrückte, so eine Überspannte, ich seh es ihr an.

«Wiedersehn», sagte die Serviertochter.

Die Mutter ging schnell aus dem Café hinaus; aber sie hatte noch keine zehn Schritt getan, als die Serviertochter von der Tür her rief, sie habe das Feuerzeug liegenlassen — «Ihr Feuerzeug! Und die Zigaretten auch!»

«Ach . . .»; die Mutter lachte nervös. «Danke. Ich, äh . . . vielen Dank, Fräulein.»

Die Serviertochter starrte sie an; halb verlegen schien sie zu sein.

«Auf Wiedersehen», sagte die Mutter.

Es ist dieses Café gewesen. Vor genau vierunddreissigeinhalb Jahren: Dieses Café. Ich mach mir jetzt gar nichts mehr vor. Vierunddreissigeinhalb, nicht zehn oder zwölf. Ich brauche mir nichts vorzumachen. Überhaupt keine komische Sache. Ein Albtraum. Der Kerl hat mich ohne ein Wort in seinen Wagen zurückgeholt, und ich merke es sofort: Er hat Angst. Ich kann das sagen, ohne mir etwas vorzumachen. Was soll ich meinem Mann sagen, was soll ich ihm . . . Ich sage, mir sei übel, einfach übel geworden. Mir ist auf dem Spaziergang im neuen Park schlecht geworden, sage ich, mir ist plötzlich schlecht geworden. Er hat mehr als

eine Stunde lang auf mich gewartet. Mir ist plötzlich
so hundsmiserabel schlecht geworden, sage ich, und er
bringt mich nach Hause und bringt mir eine Tasse Tee
ans Bett und lächelt und streichelt meine Stirn und
streichelt und fragt, ob es mir wieder ein bisschen bes-
ser gehe, und ich sage: «Ja, schon besser, viel besser»
und fühle mich hundeelend und drücke meinen sausen-
den Kopf in seine Hand, und er lächelt immerzu und
hat geflüstert, flüstert in mein Ohr, «Vielleicht», flü-
stert er, «bist du . . . du weisst schon, was» und lächelt,
und ich beginne wieder zu schlottern, und er zieht
langsam sein Hemd aus der Hose und schiebt sich auf
einmal langsam zu mir, und ich schlottere und beginne
zu heulen und schlucke es hinab, würge, schlucke, er
darf doch nichts merken, nicht begreifen, er darf nicht
einmal etwas ahnen, ich kann mich jetzt nicht tot stel-
len, ich muss, ich muss, ich . . .

Die Mutter dachte, sie hätte besser getan, einen Kognak
zu trinken.

Ich hätte einen grossen Kognak bestellen und das ganze
Glas voll in einem Zug hinabstürzen sollen. Was mache
ich jetzt? Soll ich wirklich zu Susanne?

Sie blieb vor einem Schaufenster stehen und sah dunkle
Holzmasken, sah Speere und Dolche und Harpunen,
Trommeln, ein Zebra- und ein Leopardenfell und klei-
ne geschnitzte Figuren mit kurzen Beinen und dicken
Bäuchen und hohen Köpfen.

Vielleicht ist in den Zigaretten etwas drin gewesen,
dachte sie, ich brauche mir wirklich nichts mehr vorzumachen, mein Sohn ist vielleicht wirklich der Sohn
eines Fremden, aber wahrscheinlich ist eine Droge in
den Zigaretten gewesen, sicher ist etwas drin gewesen,
darum hat sie mir der Kerl angesteckt, sicher irgend

ein betäubendes Gift, wie hätte ich sonst . . . wie sonst wäre ich so schnell so . . .

Autos fuhren vorbei, Leute gingen vorüber; die Mutter hörte plötzlich den Strassenlärm, sie bemerkte ein Mädchen, das neben ihr stehengeblieben war und ins Schaufenster sah.

Vierunddreissigeinhalb Jahr ist es her, dachte sie und schnaufte auf und sagte halblaut «Egal» und blickte kurz ins verwunderte Mädchengesicht und ging weiter.

Ich muss zu Susanne, schnell jetzt zu Susanne, ich darf nicht dran denken, nicht mehr daran denken, nichts mehr vormachen und nicht mehr dran denken. Vielleicht hat er mich hypnotisiert. Ich bin ja wie betäubt gewesen, total betäubt . . .

Sie ging sehr langsam, fast schlendernd, als sei schönes Wetter, als wolle sie erste warme Sonnenstrahlen auskosten.

«Richtig belämmert», flüsterte sie.

Als sie nach knapp hundert Meter die breitere Querstrasse erreichte, blieb sie stehen; links von ihr ein Schaufenster voller Zigarren, Pfeifen, Tabakdosen, Feuerzeug zu hundert und Feuerzeug zu zweihundertfünfzig.

Ich nehme ein Taxi, dachte sie und sah sich schon drin sitzen, sah sich auf dem Rücksitz in den Mantel kuscheln.

Sie überquerte die Strasse zusammen mit sieben oder acht Leuten; einige Autos stoppten, ein älterer Herr hatte den Arm gehoben und trat als erster auf die Fahrbahn hinaus; er hielt den Arm halb gestreckt, es sah aus, als trage er den hinausgewinkelten Arm vor sich her an den Kühlern der Autos vorbei auf die andere Strassenseite.

Die Mutter war kaum als letzte über die Strasse gekommen, als die Autos Gas gaben und hinter ihr vorüberdröhnten. Sie sah sich nach einem Taxi um und ging zu den wartenden Wagen, die in einer Reihe zu sechst hintereinanderstanden, dicht aufgeschlossen.

«Ja, bittschön», sagte ein Fahrer, «Ja, bittschön», und faltete seine Zeitung zusammen, legte sie auf den freien Vordersitz, und die Mutter stieg ein, der Motor lief an, und nachdem sie etwa anderthalb Kilometer durch die Stadt gefahren waren, schaltete der Fahrer die Scheibenwischer ein: Es hatte wieder angefangen zu regnen.

«Sauwetter!», sagte er, «Um diese Jahreszeit...» und nach einer Weile: «Auch so kalt wieder.»

«Ja», sagte sie und sah am braunhaarigen Hinterkopf, sah am Oberarm des Taxifahrers vorbei durch die Frontscheibe hinaus; die Scheibenwischer zogen hin und zurück ihre flachen Drittelskreise: hin und zurück und hin und...

«So», sagte der Mann auf einmal, «So», und bremste, «da sind wir», und stellte den Motor ab.

Sie sah auf die Wischer, die mitten im Lauf schräg auf der Scheibe stillgestanden waren. Der Fahrer sah sich nach ihr um.

«Ach so, ja», sagte sie, «Wieviel kostet...»

«Siebenfünfzig», sagte er, und sie dachte, warum lässt er mich nicht ausreden? und griff in ihre Handtasche, suchte das Portemonnaie hervor...

Der Lift stoppte brüsk. Die Mutter schob das Scherengitter beiseite, drückte die Tür auf, ging aus der Kabine hinaus; als die Türe zuschlug, hatte sie schon die Hand ausgestreckt, aber sie hielt inne: ihre Zeigefingerspitze berührte den Klingelknopf.

Soll ich wirklich, dachte sie und klingelte doch schon — Dingdong! — und zog die Hand schnell zurück.

Vielleicht ist sie gar nicht zu Hause, kann ja sein, dass sie jetzt in einem Restaurant sitzt und isst. Wieviel Uhr ist es denn? — Die Mutter wollte sich vergewissern, dass halb zwölf schon vorbei sei, als ihr plötzlich in den Sinn kam, dass sie sich nur mit einem Schwamm voll Kölnisch Wasser abgerieben hatte: Ich hab ja heute nicht gebadet, dachte sie, warum habe ich nicht daran gedacht, Susanne mag es nicht, wenn man nicht frisch aus dem Bad kommt und frisch . . .

Sie griff hastig in ihre Handtasche und hatte gerade noch die paar Sekunden Zeit, den Parfümzerstäuber hervorzuklauben und einige schnelle Stösse hinter die Ohren und an den Hals und in den Nacken zu sprühen, als sie hinter der Tür Schlüssel klingeln und dann das Schloss schnappen hörte: Die Tür ging auf, sie sah in Susannes Gesicht: Susanne lächelte — «Lisa, endlich! Du kommst spät heut. Hat er dich nicht gehen lassen? Komm herein.»

Susanne machte die Tür zu und schloss ab und drehte sich um, lächelte wieder in Mutters Gesicht.

«Nein, das nicht, ich bin noch in der Stadt gewesen», sagte die Mutter. Sie steckte den Parfümzerstäuber in die Handtasche zurück und stellte die Tasche auf eine hohe Truhe und begann ihren Regenmantel aufzuknöpfen.

«Und ich habe gewartet, Lisa», sagte Susanne, «Wir haben es schön warm, ich habe geheizt, es ist wieder so kühl geworden. — Lisa!» Sie umarmte die Mutter und küsste sie auf die Nasenspitze, und Mutters Hände streichelten Susannes Rücken.

«Jetzt bist du da», flüsterte Susanne, ihr warmer Atem umflatterte Mutters Gesicht. «Komm . . .»

In halber Umarmung gingen sie am Ende des kurzen Korridors in ein Zimmer, vor dessen breiter Fenster-

front ein dunkelblauer, bis zum Boden hinabhängender
Vorhang gezogen war. Susanne knipste das Licht aus;
im Winkel, wo die Ständerlampe am Kopfende eines
Bettes gelbliches Licht verstrahlt hatte, wurde es dunkel, aber vom hellhölzigen Büchergestell an der schräg
gegenüberliegenden Wand kam anderes Licht: Es flak-
kerte dort eine gelbe kleine Kerze.
Warm war es im Zimmer.
«Lisa», sagte Susanne.
Sie zog sich schnell aus, legte ihre Kleider auf einen
Ledersessel und setzte sich aufs Bett, sah zu, wie die
Mutter die Füsse aus den Schuhen zog und den Rock
ein wenig lüpfte und daruntergriff, leicht vornüber
gebeugt, und zuerst links, dann rechts die Strumpfhose
über den Schlüpfer hinabstrupfte und dann über ihre
Beine zu den Füssen hinunterkrüngelte.
«Du bist immer so schön braun», sagte Susanne. «Deine
Beine, deine Haut . . .»
Die Mutter sah zu ihr hinüber; sie dachte: ungefähr so
alt bin ich damals gewesen, Brust frei dreissig, so jung
ist sie, und ich habe vielleicht Krebs . . . Krebs . . . Sie
fühlte etwas wachsen; es war wie ein klobiger Pfahl,
er wuchs und stak plötzlich so fest und hart in ihr: es
benahm ihr den Atem, sie starrte Susanne an, regi-
strierte freudlos: Langes schwarzes Haar. Dunkle Augen. Die breiten fleischigen Schultern. Feste Brüste.
Zwei feine Bauchfalten. Das kleinrasierte schwarze
Dreieck und die satten Schenkel. Sie sah es lustlos: Die
Beine, drei Rippen unter der linken Brust, der Bauchnabel, ein feines Silberkettchen lose um Susannes Hals.
«Was hast du, Lisa? Mach doch! Komm doch!»
Was, ja was? dachte die Mutter und sagte leise: «Ja,
ich . . . ja . . .» und schlüpfte aus dem Rock.
Ich werde langsam alt, vielleicht; auf einmal merkt

man, dass man älter wird. Du mit deinen ein- oder zweiundzwanzig Jährchen ...

Ja, ich bin mehr als doppelt so alt, dachte sie.

Der Schlüpfer war eng, sie zwängte ihn über die Hüften hinab, über die Schenkel und Knie.

Susanne lächelte, sass auf dem Bettrand, beugte sich vor und zurück, langsam vor und zurück, und fuhr mit den Händen über ihre Schenkel, vor und zurück.

«Man wird langsam alt, ich weiss nicht», sagte die Mutter.

«Ha, Lisa, älter werden wir doch alle!»

«Ja».

«Mindestens einmal im Jahr merkt man das», sagte Susanne.

Die Mutter dachte: Ich weiss, aber es kommt drauf an, wie man's merkt.

«Das merken doch alle, Lisa», sagte Susanne. «Ich immer an meinem Geburtstag. Ich denke jedesmal, o je, schon wieder ein Jährchen vorbei. An Silvester merkt man es auch. Aber sonst ...» — sie lachte leise.

Die Mutter legte Rock und Schlüpfer und Höschen auf die Sessellehne, Susanne legte sich hin; lang ausgestreckt, die Hände unterm Kopf verschränkt, lag sie und sah zur Mutter hinüber. «Du bist doch noch nicht alt. Du siehst mindestens zehn Jahre jünger aus, zehn oder noch mehr.»

«Komm doch jetzt, Lisa», sagte sie.

Die Mutter sagte nichts; sie roch ihr Parfüm und spürte Schweiss in ihren Achselhöhlen; derweil sie das straffe Band des Büstenhalters in ihrem Rücken aushakte, rollte ein Schweisstropfen an ihrer rechten Seite hinab: sie fühlte ihn kalt auf der Haut und spürte den Flor des Teppichs weich und pelzig dicht unter ihren Füssen und auf ihrer Haut die Wärme des Raumes.

«Nora kommt heute nicht», sagte Susanne. «Bei ihr weiss man nie, woran man ist. Sie sagt immer, dass sie selber auch nie genau wissen könne, wann sie Zeit habe. Ich denke manchmal, dass sie nicht weiss, was sie will. Ich glaube, das ist eine Ausrede. Mir kommt's manchmal so vor.»

Die Mutter war nackt. Sie ging zum Bett. Susanne rückte beiseite und streckte die Arme aus, sie legte die Hände auf Mutters Hüften. «Du bist so schön, Lisa, so lieb.» — Die Mutter setzte sich schräg aufs Bett und drehte ihren Oberkörper und zog die Beine über die Bettkante herauf und beugte sich langsam zu Susanne hinab; sie legte den Kopf an ihren Hals, sie spürte Susannes Wärme, Susannes weiche warme Haut, ihre sanften Hände, ihren warmen Atem, ihre erregte Hitze und begann lautlos zu weinen.

«Du hättest schon um zehn kommen sollen, Lisa», flüsterte Susanne; die Mutter spürte die streichelnden weichen Hände und spürte Susannes Fingernägel, sanft über den Rücken auf und ab ein stetiges sanftes Fingernagelgerille, unter dem sie sich rekelnd gewunden hatte, schnell und gepresst atmend, leis stöhnend zuweilen und manchmal aufbäumend laut, so dass Susanne gefragt hatte, ob es ihr zu sehr weh mache; ihre Stimme war immer seltsam rauchig gewesen, wie halb erstickt.

Susanne fasste Mutters Kopf, sie presste die Handflächen gegen Mutters Schläfen und sah ihr ins Gesicht.

«Was hast du? Ist etwas passiert? Sag doch, Lisa, sag mir's doch!»

«Ach, weisst du, ich weiss nicht, ich bin heute so durcheinander, ich weiss, ich . . .» Sie drückte ihr Gesicht krampfhaft an Susannes Hals und schluchzte. Susanne schwieg. Sie streichelte Mutters Haar, sie lag lange Zeit still und streichelte ruhig und regelmässig und wartete darauf, dass sich das heisse nasse Schluchzen an ihrer rechten Schulter gebe.

Ich hab Krebs, in meinen Brüsten hockt der Krebs, ich liege mit meinen verkrebsten Brüsten auf ihren gesunden Brüsten, ich bin wie der Tod, sie weiss es nicht, sie liebt mich! — Die Mutter hielt auf einmal inne und sammelte Kraft, um mit einem Ruck aufzustehen. Als sie dachte, gleich werde Susanne etwas flüstern, jetzt gleich, jetzt: Da schnellte sie hoch, und entsetzt über den kleinen Schrei aus ihrer Kehle stand sie neben dem Bett und biss sich auf die Lippen, sah auf Susannes Gesicht herab.

«Aber Lisa!»

«Ich glaube, ich habe Krebs», sagte sie und ging zum Sessel, zettelte ihre Wäsche auseinander, begann sich hastig anzukleiden.

«Krebs!»

«Brustkrebs», sagte sie. «Ich muss zu einem Arzt. Zu einem Spezialisten.» Ihre Stimme war ruhig, die Mutter fühlte sich ein wenig erleichtert. Susanne setzte sich langsam auf.

«Was, Krebs! — Aber deshalb musst du doch jetzt nicht so plötzlich ...»

«Doch», sagte die Mutter. »Ich kann nicht. Versteh doch!»

Susanne sass stumm am Fussende des Bettes und beobachtete die Mutter, sah zu, wie sie die Hüften in den Schlüpfer hineinwand und wie sie sich mit schnellen Handgriffen und selbstverständlichen, raschen Bewegungen ankleidete; und dann stand sie halbwegs auf, streckte den Arm, langte zum Stuhl neben dem Bett hinüber, zog ihren Bademantel von der Lehne und schlüpfte hinein.

«Seit wann weisst du denn, dass du ...»

Die Mutter war angekleidet. Ihre Füsse schlüpften mit angezogenen Zehen in die Schuhe; sie strich ihren Rock glatt, fuhr mit kralligen Fingern bei den Schläfen unter ihr Haar und warf ihre lose gewellte Frisur mit schnellen Bewegungen zweimal locker hoch und nach hinten. «Ich weiss es nicht. Ich vermute es», sagte sie, «Aber ich glaube, ich habe wirklich . . .» — sie wandte sich schnell um und holte ein Taschentuch hervor und schneuzte die Nase.

«Aber heutzutage kann man doch . . .», sagte Susanne; sie stand nicht auf, sie sass in ihrem Wust von Bademantel auf dem Bettrand, sass und rieb ihre Füsse gegeneinander, als sei ihr kalt.

«Ich hätte heute nicht kommen sollen», sagte die Mutter. «Es hat mich ganz durcheinandergebracht.»

Sie ging zu Susanne und küsste sie schnell und wollte sich schnell wieder abwenden, aber Susanne legte ihre Arme um sie; «Lisa, geh doch nicht weg, du kannst doch jetzt nicht einfach gehen, Lisa!»

Die Mutter sah in Susannes Gesicht, und Susanne sah ihr in die Augen und sah dann auf Mutters Nase, dann auf den Mund, und dann senkte sie den Kopf, und ihre Arme glitten schlaff über Mutters Rücken und an ihren Seiten hinab.

«Susanne», flüsterte die Mutter, «Du musst das verstehen, Susi, versteh mich doch. Vielleicht kommt Nora. Probier's doch. Telefonier doch.»

«Wie willst du denn wissen, dass du Brustkrebs hast», sagte Susanne. «Das kann man doch nicht wissen, das kann doch nur ein Arzt hundertprozentig sicher feststellen, vielleicht nicht einmal hundertprozentig.»

«Ja», sagte die Mutter und atmete tief ein und hielt den Atem kurz und sagte: «Bitte, Susi, sag niemandem etwas, bis ich's ganz genau weiss. Sag auch Nora nichts, bitte, du verstehst doch.» Susanne nickte ohne aufzublicken, sie rieb immerzu die Füsse gegeneinander. «Du und ich, wir sind die einzigen. Nicht einmal mein Mann weiss etwas davon. Ich hab ihm nichts gesagt. Ich muss es zuerst ganz genau wissen.» Die Mutter suchte Susannes Blick, aber Susanne nickte nur und sah zu Boden und nickte und bewegte ihre Füsse.

Jetzt kommt es ihr schon nicht mehr drauf an, dachte die Mutter, jetzt ekelt ihr vielleicht schon, sie will sich schon nicht mehr mit mir abgeben, ich habe Krebs, wer will sich schon mit mir abgeben, Nora würde vielleicht auch nicht mehr . . .

«Aber warum sagst du's mir, wenn du nicht weisst, ob du tatsächlich Krebs hast oder nicht?»

Jetzt kommt es wirklich nicht mehr drauf an, dachte die Mutter.

«Du weisst es ja gar nicht, das sagst du selber, bei Krebs weiss man doch nie, ich meine, du weisst es doch erst, wenn du beim Arzt . . .»

«Ja, bei Krebs weiss man nie», sagte die Mutter.

Susanne stand langsam auf; sie sah zur Kerze hinüber, «Ich bin wie vor den Kopf geschlagen», sagte sie, «Wirklich, Lisa, wie vor den Kopf geschlagen.»

Die Mutter atmete tief ein; jetzt kommt's überhaupt nicht mehr drauf an, jetzt macht sie schon Sprüche, sie ekelt sich.

«Geh vor den Spiegel, bevor du . . .»; Susannes Stimme war unsicher.

Sie ekelt sich wirklich schon vor mir, dachte die Mutter und knipste das Licht an und ging hinaus und stiess auf der andern Seite des Korridors die Badezimmertür auf. Ihr Gesicht im Spiegel: Man kann sehen, dass ich geheult habe, dachte sie. Dann drehte sie den Warmwasserhahn auf, mit einem Wattebausch tupfte sie, versuchte alles wegzutupfen, und tränkte ein zweites Wattebällchen mit kaltem Wasser und frottierte die Haut um ihre Augen und die Wangen und sah sich an: Du hast geweint, du hast richtig geheult, man sieht es immer noch. Sie spannte ihre Lippen und zog die flache Spitze des Lippenstifts genau an der Linie zwischen Haut und Lippen entlang bis knapp vor die Mundwinkel.

Susanne stand im Korridor, sie hielt Mutters Regenmantel bereit.

«Hoffentlich ist es nicht so schlimm oder überhaupt nichts», sagte sie. «Hoffentlich ist es nichts, Lisa.» Sie stand mit dem Mantel in den Händen vor der halb offenen Tür. «Es könnte doch wie falscher Alarm sein, oder? Das weiss man doch nie.»

Die Mutter ging aus dem Badezimmer hinaus und an Susanne vorbei und stellte ihre Handtasche wieder auf die hohe Kommode und schlüpfte in den Regenmantel.

Sie ekelt sich, ob sie's wahrhaben will oder nicht, sie hat schon Angst vor mir, sie hat Angst, obwohl man doch weiss, dass Krebs keine ansteckende Krankheit ist, ich merke das, sie hat schon Angst, ich spür's.

Sie knöpfte den Mantel zu und sah schräg an Susanne vorbei ins Zimmer, wo sie geweint hatte. Susanne hatte die Kerze gelöscht; ein feiner Rauchfaden mit wenigen weissen Knötchen kringelte aus dem Docht hinauf und franste aus.

«Ich gebe dir eine Sonnenbrille, damit man nicht sehen kann, dass du . . .»

Die Mutter fiel ihr ins Wort: «O, vielen Dank, Susanne», sagte sie und nahm die Brille aus Susannes Hand und klappte die Bügel auseinander und setzte die Brille auf, setzte mit der Brille einen graubläulichen Schatten zwischen sich und alles, zwischen sich und Susannes helles Gesicht, legte einen Schatten über ihre Augen, über Susannes schwarzes Haar und in die Winkel des Korridors, übers zweiarmige Schirmlämpchen hinten an der Wand.

«Sprich mit Nora, telefoniere, probier's doch», sagte sie.

Susanne lächelte ein wenig und nickte und streckte ihre Hand an der Mutter vorbei zum Schlüsselbund, der unter der Türklinke hing.

«Du verstehst mich doch, oder?»

«Jaja», sagte Susanne, «Hoffentlich ist es nichts. Zu welchem Arzt gehst du?» — Sie drehte den Schlüssel und zog die Tür auf. Die Mutter strich ihr übers Stirnhaar und spitzte den Mund zum Kuss und lächelte flau, sagte lächelnd: «Ich weiss nicht. Aber probier's doch, sie ist jetzt sicher zu Hause.»

«Ja, ich will schauen, ob sie ... ich telefoniere, bestimmt», sagte Susanne.

Jetzt weiss sie schon nicht mehr, ob sie mich noch liebt, vielleicht liebt sie mich schon nicht mehr; die Mutter wusste, dass sie gehen sollte, aber sie blieb stehen; es steckt in mir drin, dachte sie, wie ein Pfahl, von unten nach oben, es ist wie ein Pfahl in mir — und dann ging sie hinaus, ging zur Lifttür und drückte auf den Knopf.

«Geh nur hinein», sagte sie, «Du könntest dich erkälten, Susi, hier draussen ist es kühl, du brauchst nicht zu warten, bis der Lift ...»

«Da kommt er ja schon», sagte Susanne.

Die Mutter zog die Türe auf.

«Lisa, hoffentlich ist es nichts.»

«Ja», sagte sie, «Auf Wiedersehen», und schob das Gitter beiseite und ging in die Liftkabine hinein und sah Susannes Gesicht hell im Türspalt und wollte schon das

Scherengitter wieder zuziehen, als ein behäbiger Mann aus der schräg gegenüberliegenden Tür platzte und den Arm ausstreckte; er rief: «Kann ich vielleicht auch ... ich muss nur noch ...» und zog den Schlüssel ab und war mit zwei Schritten vor dem Lift — «Danke schön» — und rasselte mit dem Gitter und kam herein und drückte auf den Knopf, schnaufte; der Lift ruckte und sank hinab.

«Sie wollen doch auch bis unten?» fragte der Mann; er trug Regenmantel und Hut und hielt einen eng aufgerollten schwarzen Schirm in der Hand.

«Ja», sagte die Mutter.

«So ein Wetter auf einmal. Ich geh zum Länderspiel», sagte er, «grosse Chancen haben wir zwar nicht, aber man kann nie wissen. Gerade bei solchem Wetter. Ein Unentschieden könnte drinliegen.»

Vielleicht hat er Krebs und weiss es nicht, dachte sie, vielleicht erlebt er Neujahr nicht mehr: Erst fünfundvierzig, fünfzig Jahre alt, Krebs, und er weiss es nicht.

«Hoffentlich gewinnen sie, hoffentlich fünf zu null», sagte die Mutter.

Der Mann lachte ihr ins Gesicht: «Ja, warum nicht. Von mir aus sechs null!» — sein dicker Atem roch nach Tabak und Kaffee.

Der Lift stoppte, sie waren unten; der Mann stiess das Gitter zurück und warf die Tür auf, stellte seinen linken Fuss davor, sagte: «Bitteschön.» Die Mutter hatte den Eindruck, er ziehe den Bauch ein und halte den Atem an.

«Danke», sagte sie, als sie an ihm vorbei hinausging; dann hörte sie das Gitter hinter ihr zuschletzen; er holte sie ein und zog die Haustür auf — «Bitte, nach Ihnen.»

«Danke», sagte sie.

Beim Hinausgehen hörte sie die Lifttüre zuknallen.

«Sieben zu null. Wünsch einen schönen Nachmittag», sagte er und zog den Hut und setzte ihn wieder auf und schüttelte Falten in seinen Schirm, machte, dass er ihn schnell über Kopf und Schultern bekam. Es regnete.

Er hat Krebs und weiss es nicht, dachte die Mutter.

Sie ging zur unteren Strassenecke; die war meist ziemlich belebt, dort war ein Kiosk, dort standen auch meistens einige Taxis oder wenigstens eins.

Der Regen fiel fein, unregelmässig, so wie es regnet, bevor plötzlich das dichte Gesträz einsetzt oder wenn der Regen bald aufhören will und nur noch fisert.

Da die Mutter sonst, wenn sie Susanne besuchte, immer mit ihrem Wagen bis vors Haus gefahren war, dachte sie daran, dass Susanne vielleicht oben am Fenster hinter dem Vorhangspalt stehe und herabspähe, darüber erstaunt, sie weggehen zu sehen; sie könnte sogar vermuten, ich habe das Auto weiter unten geparkt, dachte sie, aber vielleicht denkt sie nicht daran und wundert sich, dass ich in Richtung Kiosk und Taxistand gehe.

Sie schlug den Mantelkragen straff hoch, als links von ihr Autobremsen pfiffen, und fuhr zusammen, blieb stehen.

Es war der Mann von vorhin im Lift. Er kurbelte das Fenster hinunter und streckte sich über den leeren Sitz und sagte: «Ich muss zuerst noch schnell in die Innenstadt, ich kann Sie mitnehmen, wenn Sie wollen, vielleicht wenigstens ein Stückweit, Sie haben ja keinen Schirm.»

«Danke vielmals. Ich nehme ein Taxi», sagte die Mutter.

Und plötzlich dachte sie: Er könnte es gewesen sein. So hat er sich herübergelehnt, genauso!

«Es macht mir doch nichts aus. Wenn Sie auch in die Innenstadt wollen, spielt's doch keine Rolle» — der Mann schob den Hut auf seinem Kopf nach hinten.

Nein, er müsste ja älter sein, er war sicher älter als ich, er müsste aussehen wie . . . wie . . .

«Vielen Dank, aber ich muss ja dann weiter», sagte sie.

«Ach so, ja dann», sagte der Mann, «Taxi steht dort vorn», und fuhr schon davon; die Mutter hatte gerade noch etwas sagen wollen — «Sehr liebenswürdig von Ihnen» oder «Nochmals vielen Dank . . .»

Mindestens wie fünfundfünfzig müsste er aussehen, dachte sie, oder wie siebenundfünfzig, wie ein Sechziger, ja vielleicht sogar wie ein Sechziger.

Sie schloss kurz die Augen. Dann ging sie weiter.

«Nein! Ausgeschlossen!», sagte sie lauter als ihr lieb war; sie sah sich um, aber die wenigen Leute, die ihr entgegenkamen oder sie überholten, sahen sie nicht an.

Jetzt denkt er's. Oder er sagt es vielleicht vor sich hin, dachte sie — «Dumme Gans!», nein, er sagt: «Saudumme Gans!», vielleicht erlebt er Weihnachten und Neujahr nicht mehr, Juni Juli August September Oktober November: ein halbes Jahr, den ersten Teil des Dezembers erlebt er nur noch in einer Morphiumwolke, dann ist es aus.

Dass Susanne oben hinter dem Vorhang stehen und alles beobachtet haben könnte, kam ihr wieder in den Sinn; vielleicht sieht sie mich jetzt weggehen und wundert sich erst recht, dachte die Mutter; aber sie schaute nicht zurück, sah nicht zu jenem Fenster hinauf, hinter dem Susanne hätte stehen können.

Als sie ins Taxi stieg, fiel ihr auf, dass sie an diesem Tag bereits zum zweiten Mal in fremdem Wagen auf dem hinteren Sitz sass, seit Jahren zum ersten Mal wieder.

Man kommt sich so fremd vor. Vielleicht deshalb, dachte sie, weil diese Taxiwagen hier gewöhnliche Autos sind, anders als in London, ja, London ist ein gutes Beispiel, die Londoner Taxis sind wie Mietkutschen. — Autokutschen, dachte sie. Aber hier habe ich das Gefühl, im falschen Privatauto zu sitzen. Schon viele haben hier gesessen und dieses Gefühl gehabt, das Taxi ist voll von diesem Gefühl, man ist nicht mehr man selbst, man sitzt irgendwie in der Falle, es hat etwas mit Sarg zu tun.

Mit Leichenwagen, dachte sie, Krebs ... — mitten im Atemzug hielt sie inne, dann atmete sie lang aus.

Sie achtete darauf, nichts anzufassen, weder Polster noch Haltegriff.

Ich hätte zur Parkgarage zurückgehen und mit meinem Wagen zu Susi fahren sollen.

Sie spürte wieder diese harthölzige, durch und durch gepfählte Beklemmung vom Bauch bis in den Hals hinauf.

Der Taxichauffeur war ein Mann mit halber Glatze und kurzgeschorenem bürstigem grauem Haar an Schläfen und Hinterkopf.

«Mordsbetrieb jetzt schon, dafür am Morgen alles so gut wie tot», sagte er. Die Mutter zündete sich eine Zigarette an; ich sollte etwas essen, ich hab ja noch nichts gegessen heut, dachte sie.

Der Mann hatte das Radio in seinem Wagen leise laufen.

«Sehen Sie, dort vorn haben wir schon die erste Verstopfung», sagte er. «Lauter Fussballfanatiker dort vorn. Und weiter vorn erst, bei der Kreuzung! Wenn nur ja keiner eine halbe Minute zu spät kommt! Um halb zwei geht's los mit dem Vorspiel, und so gegen sechs geht der Rummel wieder los. Hoffentlich bekommen sie schön aufs Dach.»

Die Mutter rauchte.

«Oder sind Sie etwa auch Fussballfanatikerin?» fragte er.

Er bremste ab, wechselte noch schnell die Spur, bevor der Wagen stand; hinter dem Taxi quäkte eine Hupe; der Fahrer sah kurz in den Rückspiegel und dann nochmals — «Da, sehen Sie, schon eingekeilt. Jedesmal derselbe Salat.»

«Ja», sagte sie.

Aus dem Radio tönte die Musik so leise, dass sie in den Motorengeräuschen ringsum kaum zu hören war.

«Alles Fanatiker. Aber Sie sind keine Fussballfanatikerin, oder?» fragte er wieder.

«Nein, ich verstehe nichts davon.»

«Da gibt's auch nichts zu verstehen. Da rennen ein paar Idioten einem Ball nach, und sechzigtausend Idioten brüllen dazu wie die Halbschlauen, aber von Bienenzucht hat keiner eine Ahnung. Nur so zum Beispiel. Ich bin Bienenzüchter.»

«Aha, Ihr Hobby», sagte die Mutter.

Die Autokolonne fuhr an, der Mann gab Gas; er fuhr dicht auf, mit der rechten Hand schaltete er das Radio aus.

Die Mutter sog noch einen letzten Zug aus der Zigarette, blies den Rauch schräg hinauf unters stoffbezogene graue Wagendach und klappte rechts den Aschenbecher heraus, drückte die Zigarette hinein, liess den Aschenbecher — fünf, sechs Zigarettenstummel lagen drin — wieder zurückschnappen. «Sicher ein interessantes Hobby», sagte sie.

«Ich will gar nicht anfangen, Ihnen davon zu erzählen, damit wird man nie fertig. Jetzt zum Beispiel, bei die-

sem Wetter, heisst es jeden Tag mindestens zweimal . . .
aha, jetzt geht wieder ein Rutsch»; er beschleunigte,
die Autos auf der Spur rechts neben dem Taxi fielen
zurück.

Bei ihm bin ich sicher, dass er nicht krebskrank ist,
dachte die Mutter; als sie die Kreuzung ohne Halt
überquert hatten, sagte sie: «Sie kennen sich doch aus
in der Stadt, nicht wahr? Wissen Sie, ob es eine Klinik
gibt, die auf Krebs spezialisiert ist?»

«Was? Auf was?» fragte er und neigte den Kopf leicht
schräg nach hinten.

«Ich meine, ob es ein Spital gibt, wo vor allem Krebs-
kranke behandelt werden.»

Er schien zu überlegen, schaltete, legte einen kleinen
Gang ein, wechselte die Fahrbahn, spurte links ein.

«Nein, nicht dass ich wüsste», sagte er, «Ich bin ja nie
krank.» — Er fuhr dicht hinter einem mit Aufklebern
und schwarzweiss gewürfelten Streifen bepflasterten
Sportwagen her in eine Linkskurve, dann nach rechts
und wieder geradeaus — «Gegen Krebs gibt's ja sowieso nichts. Wissen Sie», sagte er, «Bienenstiche sind das
Beste gegen alles. Ich bin zum Beispiel nie erkältet.
Schon seit Jahrzehnten. Bei jedem Wetter. Ich mach
das schon seit vierundvierzig Jahren.» Er lachte kurz
vor sich hin.

Vielleicht hat er gerade deshalb Krebs, weil ich glaube,
dass er nicht krebskrank ist, dachte sie.

«In dem Gift von den Bienen ist wahrscheinlich etwas
drin gegen alle Krankheiten. Und dass Honig gut ist,
weiss man ja. Honig tut immer gut. Zum Beispiel
Waldhonig, ich meine den echten Mischwaldhonig»,
sagte er und lachte wieder. »Die bringen das wahrscheinlich nie heraus, was in dem Gift drin ist. Irgend
etwas», und lachte wieder kurz und machte: «He,

wenn die das wüssten!», und dann: «So, da sind wir ja schon. Also das wär's. Sie gehen am besten gleich dort vorn über die Strasse.»

Der Verkehr war sehr dicht geworden, und es fiel noch immer jener unregelmässige Regen, von dem man nicht wusste, ob er bald aufhören oder demnächst heftig losprasseln würde. Die Mutter raffte den Mantelkragen unterm Kinn zusammen und merkte plötzlich, dass sie Susannes Sonnenbrille aufhatte; sie bemerkte es, als sie dort, wo sie die Strasse überqueren wollte, stehenblieb und auf eine Lücke in der vorbeiziehenden Autokolonne wartete.

Jetzt sieht man sicher nicht mehr, dass ich ... — sie nahm die Brille ab und klappte ihre Handtasche auf, schob die Brille hinein, klappte den Verschluss wieder zu.

Vielleicht sieht man es doch, dachte sie.

Ein Auto hielt an, hinter der Frontscheibe winkte ein Mann. Sie nickte ihm zu und ging bis zur Strassenmitte, sah sich um, ging schnell weiter auf die andere Strassenseite.

Und wenn schon, dachte sie, aber man muss mir sicher genau ins Gesicht sehen, auf den ersten Blick sieht man es sicher nicht.

Einige Meter vor der hell beleuchteten Kassakabine der Parkgarage waren linkerhand drei Telefonkabinen; sie standen zwischen einem verglasten, mit Polsterstühlen möblierten Warteraum und dem Kassaschalter.

Die Mutter hatte schon den Parkschein hervorgeholt und wollte eben an den Telefonkabinen vorbeigehen, als es ihr in den Sinn kam: «Ich muss es ihr sagen, ich muss es ihr nochmals sagen!»

Sie nahm das Portemonnaie aus der Tasche und ging in die mittlere Kabine — in der linken telefonierte eine kleine Alte, die Kabine rechts war leer — und suchte Kleingeld hervor, und dann nahm sie den Hörer von der Aufhängegabel.

«Hallo!» sagte Susanne.

«Susi, ich bin's.»

«Ach, Lisa!»

«Ja», sagte die Mutter.

«Wo bist du denn?»

«Ich möchte dich nochmals bitten, niemandem etwas zu sagen. Sag ihr bitte nichts, Susanne, bitte.»

«Wem denn?»

«Nora, du weisst schon.»

«Sicher nicht», sagte Susanne, «Ganz sicher nicht.»

Sie hat es ihr schon gesagt, sie hat ... schon passiert, dachte die Mutter, ach mein Gott, Susanne!

«Hast du mit ihr telefoniert, Susi?»

«Ja, aber sie kommt nicht, sie hat ja immer eine Ausrede, du weisst ja, sie kommt nicht, aber ...»

«Was, aber?»

«Nichts.»

Sie hat mit der anderen telefoniert, und die andere geht zu ihr, das ist «aber», dachte die Mutter, Nora kommt nicht, aber: Das Fräulein Rita kommt. Diese läppische Blase!

«Bitte sag niemandem etwas, Susi», sagte die Mutter.

«Nein, sicher nicht. Wo bist du jetzt. Du könntest doch ... ich meine ...»

«Susanne, ich kann doch nicht, versteh mich doch, ich muss doch zuerst ... Susi!»

«Ja?»

«Susanne, ich liebe dich.»

«Lisa!»

«Ich liebe dich», sagte die Mutter und hängte schnell auf und tat einen halben Atemzug und hielt inne und atmete aus und steckte das Portemonnaie in die Handtasche und zerbiss ihre Lippen.

Sie hat es ihr schon gesagt, ach Susanne, Susi, du hast es ihr sicher schon gesagt!

Als sie unter der flachen weiten, von kurzen Säulen gestützten Betondecke zu ihrem Wagen ging, wurde sie gerufen — «He! Lisa!»

«Ja, wa...», machte sie halblaut, halb abwesend, und fühlte sich ertappt; sie war erstaunt.

«Lisa! Ich bin's!»

Es war ihr Mann. Er stand hinterm Wagen; sein dunkelfleckig durchnässter Regenmantel, die dunkelblaue Mütze, sein Gesicht im schummerigen Schattenlicht; er lachte.

Läppisch, dachte sie.

«Da bist du ja!», sagte er.

«Was? Du bist hier!» — Sie blieb vor dem Wagen stehen.

«Ich hab auf dich gewartet. Schon seit zwölf Uhr.»

Er war neben den Kühler getreten, kam hinter dem Auto hervor. Sie sah, dass er die Wanderschuhe trug, und da er bemerkte, wie sie ihn musterte, sagte er: «Alles zu Fuss, ich bin ja gut zu Fuss.»

«Du bist den ganzen Weg von zu Hause bis hierher...»

«Klar», sagte er, «Warum nicht! Für mich ist das ein Katzensprung.»

«Aber du hättest doch den Zug nehmen können.»

Er lachte halb verlegen. «Mein Geist geht zu Fuss», sagte er, «Das habe ich letzthin in einer amerikanischen Geschichte gelesen.»

Läppisch, dachte sie wieder und sagte: «So. Dein Geist. Aber warum denn?»

«Ich kann doch jetzt nicht mehr in den Wald. Ich will doch dem Mörder nicht in die Hände laufen», sagte er, «Das hab ich dir schon heute morgen gesagt.»

Die Mutter erinnerte sich. Sie liess ihre Handtasche aufschnappen und rumorte darin herum, suchte die Autoschlüssel.

«Und Nanette?» sagte sie.

«Nanette ist nach Hause gegangen, ich hab ihr gesagt, sie könne heimgehen.»

«Hat sie dir nicht gesagt, ich komme erst gegen Abend nach Hause?»

«Doch», sagte er, «Aber man kann ja warten»; er grinste ein wenig, «Ich habe aber gedacht, dass du sicher schon vorher kommst.»

«Gegessen hast du noch nicht, oder?»

Er grinste wieder, grinste beschwichtigend. «Ich habe Sardinen gehabt, zwei Dosen, der Argo hat das Öl bekommen. Er ist scharf auf Sardinenöl, das hab ich gar nicht gewusst.»

Sardinen, ach, läuft hinter mir her wie ein Köter, er wird alt, richtig alt, dachte die Mutter.

«Ich habe mir ausrechnen können, dass du den Wagen in diese Garage stellst», sagte er. «Du lässt ihn ja immer hier, wenn du in die Stadt fährst.»

«So», sagte sie. «Und seit zwölf wartest du hier auf mich?»

Er lachte und nickte, machte «Jajaa! Klar! Mindestens seit zwölf. Ich habe gar nicht lange suchen müssen, bis ich dein Auto . . . du parkst ja immer hier.»

Die Mutter fand den Schlüssel, schob ihn ins Schloss, drehte ihn, zog den Schlag auf.

Er ist schon so alt, dass es ihm nicht einmal in den Sinn kommt, sich beim Eingang ins Wartezimmer zu setzen, so alt ist er schon, dachte sie und sagte: «Du hättest doch im Wartezimmer vorn beim Eingang...» und stieg ein und langte zur andern Tür hinüber, zog den Sicherungsknopf hoch und stiess die Tür auf. «Du hättest doch im Wartezimmer warten können, dort vorn rechts vom Ausgang ist ein Warteraum, dort hättest du auf mich warten können.»

Ihr Mann stieg ein und sagte, das sei ihm zu unsicher gewesen, er habe es nur eine Zeitlang dort ausgehalten.

«Stell dir vor, ich mache den ganzen Weg, und dann verpasse ich dich, das wäre ja ein Witz, stell dir das vor!»

Sie fühlte sich erleichtert; er hat mir nicht nachspioniert, dachte sie und sagte: «Du spionierst mir nach, du bist immer derselbe Schwerenöter.»

«Ha, Schwerenöter!» grinste er.

«Ja», sagte sie, «das mit dem Mörder im Wald ist doch nur eine Ausrede. Oder glaubst du, der Mörder treibe sich so lange im Wald herum, bis die ihn schnappen? Ausgerechnet im Wald, wo er die Frau umgebracht hat? Das ist doch nicht dein Ernst...»

Sie öffnete das Handschuhfach und holte ein Blechschächtelchen mit Hustenbonbons heraus — «Willst du auch?»

«Ja, eins nehme ich», sagte er.

Sie sah, wie seine Hand zitterte, als er das Bonbon herausklaubte; wirklich alt, dachte sie, wenn er's auch nicht wahrhaben will.

«Aber man sagt doch, so ein Mörder gehe immer wieder an den Ort zurück, wo er den Mord...»

«Das steht in den Kriminalromanen», sagte die Mutter und steckte zwei Bonbons in ihren Mund.

«Ja, schon. Aber trotzdem. Ich habe gedacht, sicher ist sicher.»

Immer älter, immer älter, dachte sie, immer älter und ist kerngesund und verblödet dabei, er verblödet vor lauter Gesundheit! — Die Bonbons schmeckten scharf auf ihrer Zunge. Sie drückte den Deckel des Handschuhfaches zu und steckte den Schlüssel ins Zündschloss. Ihr Mann zog die Tür auf seiner Seite zu; fast gleichzeitig schletzte auch die Mutter den Wagenschlag. Es knallte lang auslaufend durch die grosse, noch immer fast leere Garage.

Er nahm die blaue Mütze vom Kopf, und nachdem er sie auf seine Knie gelegt und dabei schnalzend am Hustenbonbon herumgeschlotzt hatte, sagte er, der lange Weg habe ihm überhaupt nichts ausgemacht. «Und die lange Warterei hier auch nicht», sagte er und legte die Hand auf ihr rechtes Knie.

Sie sah ihn an.

Er lächelte unbeholfen. «Ich bin ohne Stock gekommen», sagte er, «Um in die Stadt zu gehen, brauche ich den hundertfünfundfünfzigsten Stock nicht.»

«Welchen?» Sie dachte: alt und blöd.

«Den hundertfünfundfünfzigsten. Er ist aus Eibenholz. So gedrechselt, so, nein, so herum, siehst du, so.»

«Ja», sagte die Mutter.

«Du könntest heut nachmittag mit mir in den Wald . . . nur eine Stunde, ein kleiner Waldspaziergang», sagte er.

Sie sah geradeaus.

Vielleicht erkältet er sich wirklich einmal und stirbt an Lungenentzündung, einfach so: Spaziergang, Erkältung, Lungenentzündung, Schluss, aus, dachte sie, und «Nimm doch den Argo mit, du hast ihn doch bis jetzt meistens mitgenommen, nimm ihn einfach immer mit, wenn du im Wald spazieren willst», sagte sie.

Er drückte ihr Knie und machte: «Ha, der Argo!»
«Wieso nicht?» sagte sie und schluckte und atmete.
Er zog langsam seine Hand von ihrem Knie und steckte dann beide Hände in die Manteltaschen.
«Ausserdem regnet's», sagte sie laut, «Du bist ja ganz durchnässt.»
«Ach wo, ich hab warme Füsse», sagte er, «Meine Füsse sind ganz warm», und sagte leise: «Das bisschen Regen ...»
Sein Geist geht zu Fuss, und wie! dachte die Mutter. Dann hielt sie plötzlich den Atem an. — Jetzt spür ich's wieder, diese Enge hier, ich muss hinaus, schnell!
Sie drehte den Zündschlüssel. Der Motor sprang an, weit ringsum hallend in der flachen niedrigen Betongarage mit den vielen Stützsäulen zwischen den vielen, in regelmässigen Abständen mit weissen Strichen am Boden bezeichneten Parkflächen: Auf jede leere Fläche ein Auto.

Ich hau dir

«*Ich hau dir ein paar auf deine dreckigen Finger! Ich verhau dich! Windelweich hau ich dich!*» *schreit Nanette ins entsetzte Gesicht ihres ältesten Kindes. «Ich sag's dem Papa! Der verhaut dich, bis du blau und grün bist!*» *schreit sie und sieht die entsetzten Kinderaugen und will weiterschreien, hat das Kind schon am Schopf gepackt, hat bei ihrem Geschrei überhört, dass ihr Mann heimgekommen ist; er hat die Wohnungstür aufgemacht, und jetzt stösst er die Küchentür in ihrem Rücken auf.*

«*Was ist denn los!*» *sagt er laut.*

Nanette lässt das Kind, fährt herum: ertappt.

«*Was ist los, Nuschi?*» *sagt er.*

Es verzieht ihr das Gesicht. Er sieht, dass sie gleich weinen wird und sieht das erschreckte Kind und hat seine weinende Frau schon am Hals hängen. Über ihre Schulter hinweg lächelt er seinem Kind zu, versucht den Schrecken mit einem halben Lächeln aus dem Kindergesicht zu scheuchen, derweil er seine Frau umarmt und ihr Haar streichelt.

«*Ich weiss nicht. Ich bin mit den Nerven ganz fertig, ich . . .*» — *Nanette schluchzt.*

Er streichelt und sagt: «Nuschi, Nuschi, was hast du denn?»

«*Ich wasche ja meine Hände, Mama!*» *sagt das Kind, «Ich wasche sie ja!*»

Nanette zupft vor der Brust ihres Mannes ein Nastüchlein aus dem linken Ärmel ihrer Jacke.

«Schon in ein paar Wochen haben wir ja Ferien», sagt ihr Mann; er vermeidet es, seine Frau zu fragen, ob sie ihre Tage habe. Wann, denkt er, haben wir zum letzten Mal ...

«Ja», sagt sie und schneuzt sich, hat sich schon halbwegs, scheint einigermassen beruhigt, «Ich weiss einfach nicht, was mit mir los ist.»

«Aber Nuschi», sagt er.

«Ich bin einfach in einer Krise.»

«Aber warum denn? Du brauchst mehr Schlaf. Heute abend gehen wir früh zu Bett.» Er küsst seine Frau auf die Stirn.

«Ja», sagt Nanette.

Das Kind hat den Wasserhahn aufgedreht und die Ärmel zurückgestrupft und nimmt ein rosarotes Stück Seife in seine kleinen schmutzigen Hände.

DIE TOCHTER

Himmel! wir sind doch genügend Verdammte hier
unten!
Ich meinerseits bin schon so lange bei ihrem
Haufen!
Ich kenne sie alle.
Wir erkennen uns stets; wir ekeln uns an.
Wir wissen nicht, was Barmherzigkeit ist.

Jean Arthur Rimbaud

In ihrem Haus klingelte das Telefon dreimal am Abend jenes Tages, der nach ihres Schwiegervaters Rechnung der hundertfünfundfünfzigste des Jahres war: eine Rechnung, deren fortlaufender Stand freilich nur dann am langen Stockrechen abzulesen war, wenn der Vater mit seinem Stöckchen des jeweiligen Tages unterwegs, meist im Wald, etwas zu tun, nämlich seinen Morgenspaziergang abzutun hatte.

I

«Hallo, Kathi, ich ruf nur schnell an. Wie geht's dir denn?»

«Gut, Mama, und dir?»

«Es geht. Ich bin heute in der Stadt gewesen. Stell dir vor, Papa ist zu Fuss in die Stadt gegangen. Er traut sich nicht mehr in den Wald seit gestern.»

«Wirklich? Zu Fuss bis in die Stadt?»

«Ja. Er ist mit mir zurückgefahren. Er sagt, es mache ihm überhaupt nichts aus, aber er wird älter, ich merk das.»

«Das ist aber komisch. Wie kommt er denn auf so eine Idee?»

«Er hat Angst, in den Wald zu gehen. Wegen dem Mord. Du weisst doch.»

«Was du nicht sagst! Wirklich?»

Sie telefoniert mir immer dann, wenn ich am Lesen bin, dachte die Tochter, sie muss schwatzen, schwatzen, sie kann's nicht lassen, immer schwatzen und schwatzen.

«Hat Vinzenz heute schon angerufen?»

«Noch nicht, aber er wird schon noch, er vergisst es nie.»

Ach so, sie will wissen, wie es ihrem Wickelkindchen geht, ob er sein Süppchen bekommen hat, ob er in

181

einem netten sauberen Zimmerchen schlafen darf, ob ihm niemand etwas Böses gesagt oder angetan und ob er auch ja genug frische Unterwäsche und Hemdchen mitgenommen hat und ob seine Schuhe immer gut geputzt werden und . . .

«Sag ihm einen Gruss von mir.»

«Danke, ich werd es ihm . . .»

«Und von Papa auch. Er ist gerade vor dem Fernseher eingeschlafen. Er wird halt alt. Heute abend musst du unbedingt das erste Programm einschalten. Sie bringen einen Film. Rio Claro, glaube ich. Ein Wildwestfilm. Schau im Programm nach, so um neun Uhr, glaub ich.» Rio Bravo, ich weiss, alter Schinken, dachte die Tochter; ihre Schwiegermutter wusste noch dies und das und allerhand. Nach einer guten Viertelstunde erst konnte die Tochter den Hörer auflegen und auch schon das meiste vergessen, was sie gehört hatte. Nur Vaters Marsch in die Stadt blieb ihr. Und auch das Gefühl, ihre Schwiegermutter habe um irgend etwas herumgeredet die ganze Zeit, anfänglich vielleicht weniger als gegen den Schluss hin, als sie sich ausgeschwatzt und eben doch nicht ganz ausgeredet hatte.

Wenigstens hat sie mich nicht eingeladen, zum Glück, dachte sie, hoffentlich kommt sie nicht herüber, bei ihr ist man nie sicher, ob sie nicht plötzlich dasteht — «Ich komme nur auf einen Sprung zu euch, Papa schläft schon.»

Ich hätte ihr sagen können, ich sei morgen nicht hier.

«Ich gehe morgen nachmittag in den Zoo», hätte ich sagen können, oder: «In der Stadt läuft ein Film, ich weiss seinen Titel nicht mehr, aber ich will ihn unbedingt sehen.»

Dann dachte die Tochter, es sei doch besser, dass sie

nichts gesagt habe; womöglich hätte sie mitkommen wollen; wie auch schon, dachte sie.

II

«Nein, gegessen habe ich noch nicht. Du weisst ja, wenn ich unterwegs bin, vergeht mir der Appetit. Aber ich geh nachher hinunter und esse.»

«Mama hat vorhin angerufen.»

«Deine oder meine?»

«Deine doch. Sie lassen dich grüssen, Papa und Mama.»

«Ich fliege ja am Montagabend zurück.»

«Hoffentlich hat man den Wagen nicht ausgeräumt.»

«Da ist ja nichts zum Stehlen drin.»

«Das können die ja nicht wissen. Gerade in letzter Zeit kommt das oft vor.»

«Ich bringe dir etwas mit, Kadi. Etwas kleines Rundes, und wenn man eine Scheibe davon abschneidet . . .»

«Kann man Salami essen. Sagst du mir nicht, was es ist?»

«Ich hab's gestern in der City gekauft. Plötzlich sehe ich da so etwas Kleines, das liegt da so in einem Schaufenster . . .»

«Und macht ticktack, und wenn es hinunterfällt, ist die Kuckucksuhr kaputt.»

Immer so albern, dachte sie, er tut wie ein kleiner Junge, immer dieses alberne Getue, er wartet darauf, dass ich's mitmache . . .

«Nein, viel grösser.»

«Wie gross denn ungefähr?»

«So gross.»

«Gut, dann sagst du's eben nicht.»

«Am Montagabend komme ich ja zurück.»

«Ich bin dann vielleicht nicht da. Renée will mich schon wieder ins Theater schleppen.»

«Ich komme ja nicht vor elf.»

«Das dauert wahrscheinlich länger.»

«Ich meine, um elf, ungefähr, bin ich zu Hause, oder ein bisschen früher.»

«Es ist eine Truppe aus Paris. Die spielen nur drei Tage.»

«Das hast doch du eingefädelt, nicht die Renée, gib's doch zu, Kadi.»

«Ja, ich möcht's schon gern sehen.»

«Die Renée mit ihrem Schulfranzösisch versteht sicher weniger als die Hälfte.»

«Ich kann es ihr ja erklären. Übrigens . . .»

«Ja, und ringsum alle Leute verrückt machen mit deinem Geflüster. Was übrigens?»

«Ich habe schon gedacht . . . ich weiss nicht, ob es dir auch schon aufgefallen ist, ich glaube manchmal, sie ist ein wenig lesbisch.»

«Ach was, Renée und lesbisch! Wie kommst denn du auf so etwas? Wenn die lesbisch ist, bin ich oberschwul, dann bin ich der grösste Schwulinger seit Old Shatterhand und Don Bosco, ha!»

«Ja, lach nur, aber ich weiss nicht.»

«Ach, komm! Sie ist ein überspanntes junges Huhn mit viel zu viel Geld. Sie hat sich ihre diversen Spleens zugelegt, weil sie glaubt, das mache sie interessant. Ihr Zoo beispielsweise, diese Menagerie, so ein Blödsinn! Vielleicht nimmt sie auch Marihuana. Von mir aus, soll sie, das ist jetzt Mode. Und an einem schönen Tag kommt sie im Haschrausch dahergestiefelt und sagt, sie wolle jetzt nicht mehr Renée heissen. Renée sei doch kein so guter Künstlername, wie sie gedacht habe.»

«Aber wir alle machen das ja mit, Fis!»

«Jetzt sag mir nur, dass du . . .»

«Nein, nicht das mit dem Hasch. Übrigens weisst du ja nicht, ob sie's wirklich macht. Aber ich meine, wir alle sagen doch Renée zu ihr, du auch, oder etwa nicht.»

«Klar, warum nicht. Ist mir doch wurst, ob meine Kusine Laura oder Emma oder Moischele Levi-Hinterglasmüller heisst. Diese Künstler spinnen ja sowieso. Sie hat viel Geld und viel Zeit und ist eine Frau, das kommt alles zusammen.»

«Ja, und lesbisch auch noch.»

«Ach, hör auf! Renée und lesbisch! Das ist doch Quatsch! Sie spinnt, so wie Künstler halt spinnen. Sie spinnt, wie eine, die meint, sie sei eine Künstlerin. Das ist alles. Und vielleicht nimmt sie Hasch oder sonstwas.»

«Kann schon sein.»

«Sag ich ja. Das Zeugs ist jetzt in. Bei denen sowieso. Ich komme mir schon uralt vor, wenn ich denke, dass wir von solchen Dingen nicht einmal dem Namen nach etwas gewusst haben.»

«Ah, du mein uralter kleiner Spiesser.»

«Sag ihr doch, sie soll ihre beiden Gesellen ...»

«Den Halbschlauen, meinst du?»

«Vielleicht ist er nicht so halbschlau, wie wir meinen. Sie soll die beiden besoffen machen, vielleicht wird etwas draus. Die könnten ihr's austreiben, sag ihr das.»

«Warum ich? Sie ist deine Kusine.»

«Ja, sie ist meine Kusine und deine was weiss ich Schwägerin oder was, und lesbisch ist sie also auch, dass ich nicht lache! Aber ich mach jetzt Schluss.»

«Du, Fis.»

«Ja?»

«Willst du mir nicht noch etwas sagen?»

Nachdem sie auch mit ihrem Mann telefoniert hatte, blieb die Tochter eine Weile sinnend auf dem Hocker vor dem Telefon sitzen; dann stand sie auf, ging zu einem Tisch, auf dem ein Buch mit dem Umschlag nach oben und den geöffneten Seiten nach unten neben einem Zigarettenpäckchen und einer Streichholzschachtel lag. Sie nahm eine Zigarette und ein Zündholz heraus, und während sie das Hölzchen anstrich, fiel ihr Blick auf die Rückseite des Umschlages.

der alles hat, wonach ich Ausschau halte: eine wunderbare Musik in der Sprache, ein ständig wechselndes Tempo, eine gute Handlung, Menschen, die man nicht vergisst, einen Schauplatz, den man gründlich kennenlernt — wie verrückt oder absurd er auch sein mag . . .

las die Tochter und stiess langsam Zigarettenrauch durch Mund und Nase und las:

Ironisches, Trauriges, Lustiges. Ein Buch, das dem eigenen Wissen um Welt und Zeit eine weitere Dimension hinzufügt. Aber es birst auch von üppigem Überfluss. Es zeigt die Schweizer Gesellschaft mit dem Freimut und dem Grossmut eines Boccaccio: Schmutziges stinkt, aber es gibt . . .

Sie nahm einen letzten Zug, und während sie die halb abgerauchte Zigarette leicht in den Aschenbecher tupfte, blies sie den Rauch wieder aus: durch die Nase zuerst und dann auch ein wenig durch den Mund.
Draussen begann es zu dämmern; es dämmerte früher

als sonst zu dieser Jahreszeit; es regnete, und ein frischer Wind wehte aus West.

Der Thermostat des kleinen elektrischen Ofens schaltete den Ventilator ein, der Ofen auf dem dicken blauen Teppich am Boden fing gleichmässig zu rauschen an; es war ein Geschenk ihres Schwiegervaters — «Ich hab auch einen», hatte er gesagt, «Sehr praktisch, diese kleinen Öfelchen.»

III

«Ich bin bestimmt der Mann, den Sie brauchen, da brauchen Sie keine Angst zu haben. Die Luft ist rein, nehme ich an?»

«Ja, deshalb sollten Sie ja heute anrufen.»

«Genau. Ich kann morgen kommen. Heute geht's nicht. Aber morgen, am besten am Nachmittag.»

«Wann ungefähr?»

«Passt's um zwei, halb drei?»

«Zwischen zwei und halb drei?»

«Genau.»

«Ja.»

«Okay. Ich bin pünktlich.»

«Falls bei mir etwas dazwischenkommen sollte . . .»

«Kann vorkommen.»

«Ich würde im Kinderzimmer den Rolladen . . .»

«Kinderzimmer ist genau richtig.»

«Ja, Sie haben recht, wir nennen es das Kinderzimmer. Der Architekt . . .»

«Schon gut. Also die Rolladen sind drunten.»

«Ja, falls etwas dazwischenkommt. Sie sehen es schon vom Gartentor aus, es ist das Zimmer über dem Hauseingang. Das Fenster ist direkt über dem Eingang.»

«Genau. Wenn also der Rolladen drunten ist, ist der Laden zu.»

«Ja. Oder nein, besser umgekehrt. Ich lasse den Rolladen hinunter, wenn alles in Ordnung ist.»

«Abgemacht. Der Laden ist offen, wenn der Laden zu ist. Okay. Ich heisse Freddy, wenn Sie das interessiert, mit zwei De und Ypsilon. Wir können jetzt schon du zueinander sagen.»

«Ja, ich heisse Kathari . . . sagen Sie Kathi.»

«Du.»

«Wie meinen Sie? Ach so, ja.»

«Genau. Also dann, Kathi, morgen gegen halb drei. Ich bringe alles mit.»

«Auf Wiedersehen.»

«Okay, Kathi.»

Sie legte auf und steckte schnell eine Zigarette an und rauchte nervös.

Der Herr ist mein Hirte, er bringt alles mit und mästet sich mit frischem Käs.

Er kommt, er kommt, er bringt alles . . . gegen halb drei, zwischen zwei und halb drei.

mästet sich mit frischem Käs, der Herr ist mein Hirt, er bringt alles mit und mästet sich mit frischem

«Aaach!» machte sie aufgeregt, gequält; sie ging schnell zum Gestell mit den Schallplatten und fingerte fahrig.

ist mein Hirte . . . bringt alles mit und mästet sich . . . der Herr ist . . .

«Gras!» zischte sie und fragte sich, weshalb ihr auf einmal dieser Satz im Kopf herumdrehte wie eine Schraube, wie Roulette, wie . . .

mein Hirt bringt alles mit und mästet sich und . . .

Er kommt, kommt, jetzt ist es passiert, dachte sie; sie zog eine Schallplatte aus der Hülle; wegen des aufsteigenden Rauches — die Tochter klemmte die Zigarette mit zusammengekniffenen Lippen im rechten Mundwinkel fest — hielt sie den Kopf schief, als sie die bei-

188

den Knöpfe am Plattenspieler drückte und die Platte auflegte und den Tonarm auf den Plattenrand setzte. Ihre rechte Hand zitterte dabei; sie bemerkte es und dachte daran, einen Kognak zu trinken.

«Die ganze Flasche. Den ganzen Rest», sagte sie, ohne sich darüber zu wundern, dass sie laut redete. Sie drückte die Zigarette in den Aschenbecher — «So. Alles, was noch in der Flasche ist.»

Vitaler junger Apoll erteilt liebesbedürftigen Damen mit eigener Wohnung diskreten und verständnisvollen Unterricht, gerne auch tagsüber oder am Wochenende. Entfalten Sie Ihre unterbewussten individuellen Neigungen! Unter meiner Führung werden Sie alles finden, wonach Sie sich insgeheim sehnen. Ganzbildzuschriften erwünscht. Absolute Diskretion. Keine finanziellen Interessen. Kennwort: VITAPOLL.

Als sie die Türchen des Getränkekästchens aufgetan hatte und eben dabei war, eine etwas mehr als halb volle Kognakflasche zwischen anderen Flaschen herauszuholen, setzte die Musik ein; und sie hatte plötzlich die Idee, ihr Tagebuch zur Hand zu nehmen. Es lag im Kästchen nebenan.

Tagebuch, phaa!, dachte sie. — Seit Monaten hatte sie nichts mehr hineingeschrieben; unter der letzten Eintragung las sie:

nicht möglich sein? Von Dr. C. auf Weihnachtsempfang Villa Rauschenba. gehört, dass letztes Jahr viele Frauen trotz Pille schwanger geworden. Komisch. Fis spricht

aber nicht mehr so oft von Kind wie früher.
Überraschung wär's auf jeden Fall. Werden
sehen.
3. Januar

Sie ging mit der Kognakflasche in der linken und dem
Tagebuch in der rechten Hand — Zeigefinger zwischen
der letzten beschriebenen und der nächsten leeren Seite
— zur Couch und schlug die Seite um und wieder um
und las den Anfang der Eintragung.

Fis heute nachmittag nach Stockholm geflo-
gen (13.25 h). Trubel vorbei. Kalt, aber kein
Schnee. Schw.-Mama mit Renée vorgestern
für drei Wochen nach Ägypten. Habe ab 12.
zehn Tage Engadin reserviert (mit Fis).
Schwie.-Papa schon dort. (Häuschen anhei-
zen, sagt er.) Vielleicht bekomme ich in die-
sem Jahr ein Kind. Wäre totale Umstellung,
aber warum sollte das

Die Tochter legte die Seite um.

nicht möglich sein? Von Dr. C. auf Weih-
nachtsempfang Villa Rauschenba. gehört,
dass letztes Jahr viele Frauen

Villa Rauschenbach; sie erinnerte sich an den Empfang
in der Villa Rauschenbach. Der vollgefressene asthma-
tische Kahlkopfdoktor Chiapparelli hatte seine hundert oder hundertzwanzig Kilo zwischen Stuhl und
Kante unter den Tisch gezwängt, auf dem Teppich war
er seiner Krawattenperle nachgekrochen und dann wie-

der aufgetaucht mit seiner stockroten Fettvisage, schnaufend und grinsend.

Ja, dachte sie, warum sollte das nicht möglich sein? Ein Kind. In diesem Jahr.

Aus einem bauchigen Väschen voll Kugelschreiber und Filz- und Bleistifte zog sie einen schwarzen Kugelschreiber und begann rechts zu schreiben, auf der freien Seite.

> *Vorhin Anruf. Er kommt morgen. Gespannt.*
> *Vielleicht mehr als manchmal übliches Gehabe.*

Sie rauchte und zog den Korken aus der Flasche und trank; der Kognak schwappte an ihre Oberlippe.

Hoffentlich mehr, hoffentlich anders, dachte sie.

> *Er wird sein Leben in mich stossen*
> *mit brünstiger Gewalt*
> *Kraft säend, meine Triebe stachelnd*
> *zu letzter Lust in wilder Herrlichkeit.*

Letzte Lust, das ist abgedroschen, dachte sie und lachte leis vor sich hin.

«Letzte Lust. So ein Quatsch!» Sie lachte laut in die Musik hinein; «Zu letzter Lust in wilder Herrlichkeit!» lachte sie, und derweil sie eine neue, kaum angerauchte Zigarette in den Aschenbecher stiess, wusste sie schon, was sie untenhin schreiben und hernach tun würde.

Sie schrieb:

> *Katharina die Grossüchtige von und zu*
> *Schönlöchlin.*

Ge-odet und gegeben am Vorabend des 4.
Juni!

Und dann riss die Tochter diese Seite sorgfältig aus
dem Tagebuch und zerknüllte das Blatt und zündete
es an, ging zum Cheminée, beugte sich leicht vornüber,
warf das brennende Papierbällchen auf den kleinen
kalten Aschenhaufen, bevor die auflodernd übers zerknüllte Papier fahrenden Flammen ihre Fingerspitzen
erreichten.

Die Musik war gerade langsamer und leiser geworden;
die Tochter kannte jeden Takt, aber sie summte nicht
mit, sie kniete mit aufgestützten Ellenbogen vor dem
Cheminée und sah zu, wie das Feuerchen auszuckte
und räuchelnd erlosch.

Kennwort Vitapoll. Mich nimmt's wunder, wie er ist,
dachte sie.

Das war am Samstagabend. Es war nach ihres Schwiegervaters Rechnung am Abend des hundertfünfundfünfzigsten Tages gewesen.

Anders als ihre Schwiegermutter, hatte die Tochter zu
Zeiten schlaflose Nächte. Mit ihrem Mann wohnte sie
seit der Heirat in einem neuen Bungalow, keine drei
Kilometer vom grossen Haus ihrer Schwiegereltern ent-
fernt. Oft, wenn sie schlief und doch nicht schlafen
konnte, erwachte sie immer wieder, fuhr auf mit angehaltenem Atem; es war ihr, sie träume knapp unter der
Oberfläche dahin. Der Gang des Weckers störte sie.
Irgendwelche Geräusche im Haus störten sie: Es gab
immer irgendein Geräusch: Der Kühlschrank arbeitete,
schaltete ein, schaltete aus; nebenan ihr Mann im Bett,
er atmete im Schlaf; von draussen auch Geräusche. Es
störte sie diese Stille voll Geräusch, diese sirrende Stille

in ihren Ohren. Sie ging meist spät zu Bett und war doch eine Frühaufsteherin. Vaters Schwiegertochter brauchte wenig Schlaf.

Seit zwei Jahren wusste sie, dass ihr Schwiegervater in der Morgenfrühe zum Teich ging. Seit zwei Jahren stand sie hin und wieder, je nach Laune, geduckt in den Büschen und sah zu, wie er mit dem Schlauch hantierte und spritzte, und sah hernach, wie er — bei schönem Wetter — den Bademantel abwarf und aus den Stiefeln stieg und zu den Fischen hineinstieg und nackt seine Kreise schwamm und manchmal am Fels anlegte und wie in Anbetung zur Marmorgöttin hinaufglotzte.

Seit sich ihr Schwiegervater aus dem Geschäft zurückgezogen hatte, war ihr Mann, sein Sohn, erster Mann in der Chefetage. Sie fragte sich manchmal, wie er zurecht komme; sie verstand nichts von Geschäften, sie hatte entdeckt, dass sie Bücher und Schallplatten liebte; manchmal arbeitete sie ein wenig im Ziergarten: Rasen mähen, Blumen schneiden, Dünger und Schnekkentod streuen. Früher, vor ihrer Heirat, hatte sie nicht viel getan; sie war ihrer Eltern Tochter gewesen, das wusste sie, das gab sie sich zu, achselzuckend sozusagen, aber mit kleinem Bedauern darüber, jene Jahre nicht besser ausgelebt zu haben. Dass sie nun ihres Mannes Frau und sonst nichts sei, hätte sie nicht zugeben mögen; sie hatte doch Arbeiten zu erledigen im Haus und ums Haus herum, sie war drauf gekommen, dass sie ohne Langeweile ins Theater gehen und Bücher lesen und Schallplatten hören und Konzerte besuchen konnte. — Mein Horizont erweitert sich ständig, hatte sie gedacht und war sich dabei der Phrasenhaftigkeit dieses Gedankens bewusst gewesen; aber «Phrase oder nicht: es stimmt!» Das hatte sie sich nicht einmal einreden müssen: Es stimmte tatsächlich.

Mit der Kusine ihres Mannes, mit Renée, die sich noch
Sibylle genannt hatte, als sie einander zum ersten Mal
vorgestellt worden waren, kam die Tochter nicht so
gut aus, wie es den Anschein machte. Krach hatte es
zwar noch nie gegeben: Man kam aneinander vorbei,
und wenn nicht, wusste man irgend etwas zu reden.
Man ging ja sogar hin und wieder miteinander in die
Stadt; aber trotzdem ...
Die Tochter bewunderte Männer, die Geschäfte machten, die ein Unternehmen leiten konnten. Eines Tages
würde sie Kinder haben, wahrscheinlich zwei; das
Haus war gross genug; ihr Mann leitete sein Unternehmen ...
An diesem Tag, dem hundertsechsundfünfzigsten,
sonntagnachmittags gegen zehn nach zwei, kurz bevor
die Hausglocke klingelte, lag die Tochter auf der
Couch des Wohnzimmers: frisch gebadet, ausgeruht
und unruhig, drei Glas Orangensaft und eine halbe
Scheibe Toastbrot im Magen.
Er kommt bestimmt, dachte sie und flüsterte: «Wonach
Sie sich insgeheim schon lange sehnen.»
Sie war nervös.
Er kommt, oh, gleich kommt er; «Huuu!» machte sie,
fast stöhnend, leise «Huuu!», und sah eine Weile auf
den blauen Teppich, ihr Blick versank in der teppich-
weichen weiten Bläue ...
Dann versuchte sie in jenem Buch zu lesen, das sie am
Tag zuvor gekauft hatte.

Und schon geht das Geschaller los, und die
lieben lachenden Leute geraten aus dem
Schnauf, je heftiger die Dicke auf der Leiter
ihren Rock eng raffen will: zuerst vorn, aber
da geht hinten alles blank hoch, drum jetzt

schnell hinten, aber da ist vorn wieder Schwarte.

Haarig ist es; sie ruft es, schamrot im Zorn, hilflos auf ihrer Leiter: «Haarig! Haarig!» und steigt ab, eng an den Sprossen, lässt den Kirschenkorb ins Geschaller hinabfallen, streckt die Waden und die Zehen, tastet sich hinunter, plumpst über die letzten vier Sprossen ins Gras, breit und stämmig und rotköpfig. «Ich will euch, ihr saudummen...» und geht auf den Jüngsten los, kommt aber nicht weit, wird von hinten ins Gras gelegt und wälzt sich wütend, will in die Höhe. Aber da hocken sie ihr schnell auf, halten alles nieder und machen den Rock hoch, kneifen, zwakken, gehen zwickfingrig zwischen ihre Schenkel, so sehr sie die Beine versperren und sich herumwerfen will.

Es war genau zehn nach zwei geworden, als die rasselnde Klingel die Stille verschrillte. Die Tochter zuckte zusammen, ihr Herzschlag hüpfte, begann zu hämmern.

Jetzt ist er da!

Die Stille sirrte, und die Tochter lag steif auf der Couch; erst als sie nach der Stille das böige Regengeprassel gegen die Scheiben wieder hörte und sich zugleich vor abermaligem Klingelgeschrill zu fürchten begann, sprang sie auf, warf das Buch hin, lief hinaus, riss die Haustür auf.

Sie trug hellbraune Hosen und einen dunkelbraunen leichten Pullover; er hatte einen Schwarzglanzledermantel über den Schultern hängen und lachte in ihr unsicheres Lächeln — «Hallo, Kathi! Darf ich?» und kam, ging an ihr vorbei ins Haus. Sie schloss die Tür ab.

«Hallo, Freddy», sagte sie; ihr Herzschlag ging unvermindert schnell und hart, sie spürte die Röte in ihrem Gesicht und plötzlich auch den feinen Schweiss auf ihren Nasenflügeln und zwang sich vergeblich, ruhig zu sein, zwang sich, ihre Aufregung zu verbergen, den Schweissausbruch nicht zu spüren.

Kennwort: Vitapoll. Entfalten Sie Ihre unterbewussten . . .

Sie sah in sein Gesicht: Etwa sechsundzwanzig, ich bin ihm sicher noch nie begegnet, dachte sie, um so besser.

Erst als er ihn auf den Boden stellte, bemerkte sie, dass er einen schwarzen Koffer mitgebracht hatte.

«Alles okay, nehme ich an. Der Laden ist ja unten.»

«Ja, alles okay», sagte sie.

Er zog den Mantel aus; sie griff schnell zu, hängte den Mantel über einen Kleiderbügel und den Bügel an einen Haken. Regentropfen auf dem schwarzen Leder.

«Ich hab meinen Wagen etwa zweihundert Meter weiter vorn stehen lassen. Zuerst bin ich vorbeigefahren, um nachzuschauen, ob der Laden unten sei», sagte er und lachte immerzu lautlos. Sie lächelte verkrampft und versuchte den Krampf zu lösen. «Ja, alles okay», sagte sie, «Ich gehe voraus. Möchten Sie etwas trinken?»

«Möchtest du, heisst das», sagte er; sie sah ihn an und lächelte, es fiel ihr schon leichter.

Er ist grösser als Fis, stärker, sportlicher, sicher auch schwerer, oh!, dachte sie, und da waren sie schon im Wohnzimmer, und sie fragte: «Kognak oder Whisky? Kognak hat's allerdings nicht mehr allzuviel.»

Sparring Partner Club. Weiterleitungsgebühr pro Brief

in Banknoten, Internationalen Antwortscheinen oder Briefmarken oder per Postanweisung.

Er ist ein vitaler junger Apoll, das ist er also: Vitapoll! Und lacht immer.

Apoll liess sich in einen Sessel fallen, stellte den Koffer daneben, schlug die Beine übereinander. «Kognak oder Whisky, spielt keine Rolle», sagte er, «Aber Whisky ist jetzt vielleicht nicht unbedingt mein Saft, ich nehme lieber einen Kognak oder sonstwas.»

Kostenlos weitergeleitet werden nur Zuschriften auf Inserate einzelner Herren.

«Wie alt bist du eigentlich?» wollte Apoll wissen.

Sie beobachtete ihre zitternden Hände, während sie die Kognakflasche und zwei Gläser aus dem Schränkchen nahm.

«Noch ziemlich jung, aber das will ja nichts heissen, man wird schnell alt», sagte sie.

«Ich bin bald dreissig. Und du?» fragte er wieder.

Wir garantieren Ihnen jederzeit eine sofortige Weiterleitung aller Zuschriften. Ihr S. P. Club.

«Zweiunddreissig», sagte sie und dachte: Er lügt ja auch, er ist jünger, er ist höchstens siebenundzwanzig.

Sie stellte die Gläser auf den niedrigen Tisch vor der Couch und ging um den Tisch herum und setzte sich auf die Couch, setzte sich ihm gegenüber hin. Er zog die Beine an, zog den Korken aus der Flasche, schenkte ein, stellte die nun beinah leere Flasche zwischen die fast halb gefüllten Gläser, stand auf, zog die Jacke aus.

«Ein bisschen Luft machen», sagte er lachend und liess sich wieder in den Sessel fallen, nachdem er die Jacke über die Polsterlehne gehängt hatte.

«Aha, drehbar, das ist sauber.» Er stiess mit dem linken Fuss ab, zog die Beine an und fuhr mit dem sich drehenden Sessel einmal rundum. «Sauber, sauber. Also dann», und streckte ihr ein Glas hin, fasste das andere. «Auf deine zweiunddreissig Jährchen», und lachte, halblaut diesmal, und trank. — «Kann man hier verdunkeln?»

Sie sagte: «Ja, das kann man schon. Weshalb wollen, willst du . . .»

«Ich hab einen Film bei mir und noch ein paar Sachen, verstehst du.»

«Ach so.»

«Genau. Der Kognak ist ziemlich . . .» — er lachte — «Dein Kognak hat's in sich. Du sicher auch», und lachte.

Sie nahm einen Schluck und lächelte ihn über den Glasrand hinweg an und spürte ihr Herz in den Hals hinauf schlagen.

Es geht schon los, jetzt geht's los, dachte sie und wusste, wie nervös sie war; sie erfuhr auch und wusste, dass diesmal nicht zutraf, worauf sie sich zu verlassen gewohnt war — dass Nervosität und Anspannung abklingen, sobald man in der Sache drin ist, vor der man sich gefürchtet hat: Die Angst vor Begegnungen, Prüfungen, die lähmende Furcht jener Stunden, Minuten, Sekunden vor dem Sprung. Es war nicht wahr. Die Sache war eine andere an diesem Tag.

Möchten Sie aufgeschlossenen Mann kennenlernen? Würden Sie gerne von Zeit zu Zeit «Ja» zu einem tabufreien Leben sagen?

«Vielleicht», sagte sie; der Kognak schmeckte scharf auf ihrer Zunge.

«Sicher. Das seh ich dir an. Du bist genau richtig», sagte er und lachte, er lachte; seit sie ihm die Tür aufgetan hatte; die Tochter dachte plötzlich daran, es wäre vielleicht klug gewesen, eine oder zwei oder vier von den Tabletten zu schlucken, obwohl sie diese Tabletten vor einigen Monaten ohne eigentliche Absicht gekauft hatte, unter der Hand, billig, von einer ehemaligen Schulfreundin — «Nein, keine Angst, sie machen dich nicht süchtig, du kommst nur eine Zeitlang ein bisschen ins Fliegen, und dann landest du wieder, ohne Katzenjammer, einfach so. Das muss man wenigstens einmal . . . sonst kannst du nicht mitreden, heutzutage.»

Sie nahm einen dritten kleinen Schluck. Ihre Finger umspreizten das bauchige Glas.

Ich darf mich nicht überrollen lassen, ich bin doch nicht irgendwer, schliesslich habe ich ihn herbestellt, ich bin ihm nicht nachgelaufen.

«Du könntest ein bisschen Luft machen», sagte Apoll.

«Ein bisschen Luft?» — Sie führte schnell das Glas an ihre Lippen.

«Zum Anfang oben ein bisschen was herausspringen lassen», sagte er.

«Sie meinen . . .»

Er fiel ihr ins Wort. «Du sagst immer wieder Sie. Trink aus. Nimm den Rest da»; er nahm die Flasche zur Hand — «Trink das». Er schenkte ein, füllte ihr Glas wieder auf, mehr als halb voll war's, machte die Flasche leer. Der Gedanke, er wolle sie betrunken machen, kam der Tochter albern vor; natürlich will er mich betrunken machen, er sieht, wie nervös ich bin, warum bin ich so verkrampft, was ist denn schon dabei, ich habe ihn herbestellt.

Ich bin ihm halt doch nachgelaufen, gewissermassen, dachte sie, nein, buchstäblich, nachgelaufen oder herbestellen sind zwei Wörter für dasselbe . . . für dieselbe . . .

«Also dann!» Er lachte sie an und hob sein Glas und trank es in einem Zug leer und sah sie an und nickte, und nachdem sie ihr Glas in kleinen Schlücken ausgetrunken hatte, sagte er: «Sauber, siehst du, gar kein Problem.»

Noch nie so viel auf einmal, dachte die Tochter und sagte: «Es ist das erste Mal, dass ich so schnell so viel Kognak trinke», und dachte: Hoffentlich wird mir nicht übel.

Sie unterdrückte ein Schaudern; der Schnaps in ihrem Magen feuerte; und dann schüttelte es sie gleichwohl schaudernd durch. Sie lächelte verlegen.

Er verzog sein Gesicht. «Tut gut. Stimmt's?»

Sie stellte das leere Glas auf den Tisch und hielt ihr Lächeln krampfhaft durch und fühlte schon, wie das Feuer vom Magen her in ihren Kopf heraufschwallte.

«Freddy», sagte sie, um nicht mehr lächeln zu müssen, «Haben Sie noch nie Drogen . . .», und nun hatte sie das gesagt, was sie nicht hätte sagen sollen, sie wusste es, sie hatte immer daran gedacht: Frag ihn nur das nicht, nur das nicht!

«Sauber, sauber, du bist gut, mit so Zeugs sollen sich andere verseuchen. Ich muss fit bleiben!» Zum ersten Mal lachte er nicht. «Saufen und rauchen sind mir Laster genug, ich meine trinken und rauchen», sagte er und lachte schon wieder. «Also, ich lass jetzt die Läden herunter.» Er stand auf.

«Warum denn?» Sie fingerte nach einer Zigarette.

«Wir können doch ins Kinderzimmer gehen.

«Kinderzimmer? Sicher, sicher. Genau richtig!»

Das hat er gestern schon gesagt, erinnerte sie sich.

«So nennen wir es eben, verstehst du?» — auch gestern schon gesagt — «Es ist ziemlich gross. Wir brauchen es als zweites Gästezimmer, manchmal.»

«So, endlich! Jetzt sagst du endlich du zu mir!»

Sie sah nicht in sein Gesicht, sie wusste, dass er wieder in seiner Art stimmlos lachte und sie anfeixte.

«Dann halt ins Kinder- und Gästezimmer», sagte er.

«Es ist auch sicherer»; im Aufstehen drückte sie die kaum angerauchte Zigarette aus, «Wenn ich die Wohnzimmerjalousien ... so viele heruntergelassene Rolläden könnten auffallen. Meine Schwiegereltern wohnen in der Nähe. Wenn es ihnen einfällt, mich zu besuchen ...»

Er hatte den Koffer hochgehoben, sah sie engäugig an. «Du willst doch nicht etwa kneifen, oder?»

Die Tochter schüttelte den Kopf; noch ehe sie ihrem Gesicht jenes verkrampfte Lächeln dieses hundertsechsundfünfzigsten Tages abzwang, wusste sie, dass es diesmal ganz und gar misslingen würde. Verzerrte Visage, dachte sie, beschämt und erniedrigt, ertappt, enghalsigem Weinen nahe, als sie leer schluckte und in seine schmalen Augen starrte.

Er machte «Okay», sie ging schnell an ihm vorbei, ging voraus, knipste das Licht an — «Hier ist es.»

Er sah sich um: Niedriges Bett mit rotem Überwurf, Bettvorleger, Schrank. Kleine Kommode aus demselben gelblichen Holz wie der Schrank. Überm Bett ein paar Blümchen im Wechselrahmen. Breites Fenster. Grauer Rolladen. Vorhang nach rechts zurückgeschlagen.

«Kinderzimmer» — er sagte es so, dass sie draufkommen musste: scherzhaft: Es war ein kleiner Scherz von ihm. Auch als er gleich darauf «Gästezimmer» sagte, war's scherzhaft gemeint.

«Ja, das ist es», sagte sie ohne zu lächeln.

«Sauber. Also dann.»

Nach seiner veränderten Stimme zu schliessen, hatte er eingesehen, dass sein Scherzchen nicht so belächelnswert war, wie er gedacht haben mochte. Allzu hell auf der Platte ist er nicht, dachte die Tochter; aber sie wusste, wie leicht man sich täuschen kann und dachte dennoch: Er ist sicher noch nie in einem Konzert gewesen, noch nie in einer Kunstausstellung . . .

Apoll, vital und jung, stellte den Koffer auf die Kommode — «Zuerst muss das Bett in die Mitte, und dann brauche ich noch ein Tischchen. Hast du so etwas im Haus?»

Sie fragte nicht, wozu er ein Tischchen brauche, sie sagte: «Wir haben einen Servierboy, vielleicht . . .»

«Okay, bring ihn her», sagte er.

Sie ging in jenes Zimmer, das der Architekt auf den Plänen als Salon bezeichnet hatte; sie ging schnell, war froh, von dem Mann wegzukommen.

In was für eine Sache habe ich mich eingelassen, dachte sie, wenn jetzt jemand käme, wenn jetzt plötzlich das Telefon läutete und Fis aus London . . .

Während sie den Serviertisch vom Salon über die Schwelle ins Wohnzimmer schob und wieder über eine Schwelle in den Korridor und weiter zum Kinderzimmer, hörte sie, dass er das Bett verschob. Sie blieb vor der offenen Tür stehen und sah ihm zu. Er legte den Koffer aufs Bett, liess die Verschlüsse aufschnappen und begann auszupacken, was er mitgebracht hatte: Plastikfolie, Lederriemchen, Filmprojektor, Anschlusskabel, kleine Thermosflasche, Taschenlampe, Filmspulen.

«Saran Wrap heisst das auf amerikanisch», sagte er, klappte den leeren Koffer zu, stellte ihn auf die Kommode zurück, nahm die Plastikfolie zur Hand. «Das da meine ich, Saran Wrap.»

Sie nickte und machte: «Aha.»

«Jawohl. So, jetzt müssen wir aber die Schuhe ausziehen.»

Er setzte sich neben das Häufchen ausgepackter Dinge aufs Bett und beugte sich vornüber, begann an seinen Schuhen herumzunesteln.

Jetzt geht's los, jetzt, jetzt kann ich nicht mehr ... doch, dachte sie, ich könnte einfach weglaufen, einfach aus dem Haus hinaus und fort.

«Zieh deine Pantoffeln aus», sagte er, stand schon in Socken. «Komm, her mit dem Ding.»

Er hob den Servierboy übers Bett und stellte ihn unterhalb des Fensters an die Wand. Dann holte er den Filmprojektor, stellte ihn auf den Servierboy, holte die Filmspulen, holte ein Anschlusskabel, suchte eine Steckdose, fand sie, begann die zusammengefaltete Folie auseinanderzubreiten, belegte damit den Boden rund ums Bett. Er arbeitete schnell.

Jetzt denkt er bestimmt, dass ich denke, man sehe, dass er Übung habe, dachte die Tochter, und gleich darauf sagte er: «Es geht schnell, ich mach das ja nicht zum ersten Mal» und lachte. Sie erschrak. «Aber natürlich brauche ich dieses Saran Wrap Zeugs immer nur einmal.» Er lachte wieder. «Nur damit du keine Bedenken hast. Wir sind ja schliesslich Kulturmenschen, oder nicht!» und lachte schon wieder, «So, fertig, komm herein. Türe zu. Ich werfe das Bild auf die Tür und an die Wand, das ist fast so gut wie eine Leinwand.»

Die Tochter stand neben ihm und nickte und glotzte an die Tür. Er machte sich am Projektionsapparat zu schaffen, und sie stand da und rührte sich nicht und sagte nichts; auch kein Wort, während er den Riemchenknäuel, die Taschenlampe und die Thermosflasche auf den folienbedeckten Boden neben das Bett legte und ein letztes durchsichtiges Stück Plastiktuch über das Bett breitete.

«So, fertig! — Aber du stehst ja immer noch in deinen Ladypantoffeln herum», sagte er, «Hat dir der Kognak so eingeheizt oder was ist?»

«Ah, ja», sagte sie und streifte die Hausschuhe ab.

«Okay. Mach das Licht aus.»

Sie löschte die Deckenlampe; das schmal gebündelte Scheinwerferlicht der Taschenlampe in seiner Hand zuckte durchs Zimmer und prallte dann, nachdem er die Lampe aufrecht neben den Projektor gestellt hatte, grell an die weisse Zimmerdecke hinauf.

Was macht er nur, was will er denn, ich hab gedacht, ich ... huuu! ich bin ja schon ... ich habe einen Schwips ...

«So, jetzt fahre ich das erste Filmchen ab», sagte er; blinzelnd, vom Licht leicht geblendet, sah die Tochter, wie er am Apparat hantierte. Die Spulen drehten sich, vorn flackerte scharfes Licht durch die Linse.

«Leg dich doch hin! Du stehst ja vor dem Bild!» sagte er ungeduldig und sagte gleich weniger laut: «Kathi, so stehst du mir halb im Bild.»

Sie setzte sich wortlos aufs Bett.

Apoll. Kennwort Vitapoll ...

«Weisst du was», sagte er und schaltete den Apparat aus, «Ich werfe den Film von schräg unten an die Decke hinauf. Das ist besser. Sauber, sauber», und war schon an der Arbeit: er kippte den Projektor fast zur Hälfte über den hinteren Rand des Serviertischchens, den er dann langsam ans Kopfende des Bettes heranschob; die aufrecht stehende Taschenlampe wackelte dabei, stand aber gleich wieder still — «Okay. Es verbläst zwar das Bild ein bisschen, aber das macht nichts. Wenigstens mir nicht.»

Er schaltete den Apparat wieder ein. An der Decke flimmerte ein leicht verzogenes, von Licht erfülltes und von darüberhinsausenden Schattenschnüren durchzucktes Viereck auf.

«Ach, die Lampe!» sagte er, «Aber das ist kein Problem.»

Tatsächlich: die Deckenlampe, sie sah es, hing ja mitten aus dem Bild herab.

«Zurück mit der ganzen Musik»; er schob den Servierboy mit dem wieder ausgeschalteten Projektor und der wackelnden Taschenlampe langsam gegen das Fenster, hiess sie aufstehen und anfassen: «Steh auf, Kathi, ich muss das Bett ein bisschen zurücknehmen, komm, du kannst mir helfen.»

Sie stand auf und bückte sich beim Fussende, griff hinab zum hölzernen Rahmengestell des Bettes. Er sagte: «Ho-hopp!», und sie hob das Bett an.

«Okay», sagte er.

Okay, okay, okay, okay, was sonst, dachte sie, okay, okay, was will er denn!

An der Zimmerdecke, knapp hinter der hängenden Lampe, begann das Viereck wieder grell zu flimmern. Und plötzlich, nach zwei oder drei vorbeihuschenden Zahlen, war das Licht farbig bewegt und verwischt.

«So. Steht genau richtig, Jetzt noch die Schärfe.»

Die Tochter sass wieder auf dem Bettrand. Das Plastiktuch unter ihren aufgestützten Händen fühlte sich so kalt an wie zuvor, und sie spürte gleich, dass ihre Handflächen immer noch feucht waren.

Ihr Sparring Partner Club. Garantiert Ihnen jederzeit. Sofortige Weiterleitung. Ihr S. P. Club. Garantiert jederzeit Ihr S. P. Club.

Er kniete neben dem Serviertischchen, sah an die Decke hinauf, verstellte irgend etwas an dem Apparat, drehte an Handrädchen, das Bild oben verschwamm in die Decke hinein und kam wieder herab und war auf einmal kein von Schattenschnüren durchzucktes Farbgekleckse mehr, sondern eine dicke strohblonde Frau in grellrotem Bademantel, feuchtglänzend ihre Lippen und geschminkt: grellrot im blässlichen Gesicht. Die Frau lächelte von der Decke herab, dunkelte aber mitten im Lächeln ein, denn er — Kennwort Vitapoll — schaltete den Projektor aus, stellte sich vor die Tochter, sagte zu ihr herab: «Okay, jetzt kann's losgehen. Steh auf!»

Betrunken bin ich, betäubt bin ich, er steht da, hier und jetzt, ich muss aufstehen, es geht los, Apoll erteilt liebebedürftiger Dame verständnisvollen Unterricht, ich habe einen Schwips, nichts gegessen, steh auf, er wartet, er ist gross, grösser als Fis.

Er fasste sie an, sie spürte seine grossen Hände in ihren Achselhöhlen und gab nach, stand auf.

Jetzt, dachte sie; sein Atem schlug ihr ins Gesicht: Kognak und Zigaretten.

«Du sagst ja nichts.»

Er umarmte, er drückte sie, presste sich an die Tochter, verharrte eine Weile. Sie hielt den Atem an; hoffentlich küsst er mich nicht, hoffentlich nicht auf den Mund, dachte sie.

Er liess sie plötzlich los, sagte: «Also, ich zieh mich jetzt aus. Du dich auch, los!», und nach einer Weile, er stand schon ohne Hose: «Du musst schon tun, was ich sage, klar! Sonst wird's nix. Ich kenne das.»

Gerne auch tagsüber oder am Wochenende. Ganzbildzuschriften

Sie kleidete sich aus, nicht schnell, nicht langsam, so, als sei es Zeit, zu Bett zu gehen. Er war schon nackt, stand warm riechend nackt neben ihr, Schulter und Kopf halb im Lichtkegel der Taschenlampe, sah ihr zuerst zu, griff dann zu: seine Finger an ihrem Rücken, die Hände, seine grossen Hände; unter ihren Füssen die abstossende Glätte der Plastikfolie; seine Hände an ihren Lenden schon, seine grossen Hände.

Ich hab ihn doch herbestellt, ich muss doch, ich kann doch jetzt nicht!

Er lachte; sie sah sein Gesicht nicht, aber er lachte lautlos, sie wusste es.

«Du bist okay. Richtig okay, Kathi», sagte er lautlos lachend, «Ich hab's gern, wenn die Frauen schön viel Haar haben», und hatte immer dieses lautlose Lachen im Gesicht, das der Tochter den Hals eng werden liess.

Sie schubste ihre Kleider mit dem linken Fuss beiseite, nah an die Wand. Er hatte die Taschenlampe gelöscht, er war schon, hörte sie, dabei, den Verschluss der Thermosflasche aufzuschrauben in der Dunkelheit voll rasender Blaulichtkringel.

Am Abend erinnerte sie sich, wie im oberen Drittel des Rolladens Tageslicht grau vor den unglaublich engen waagrechten Ritzen hing: Das trübe Licht dieses bedeckten, verregneten hundertsechsundfünfzigsten Tages. Und dabei hatte sie sich ausgemalt, wie sie den nackten Mann betrachten und betasten würde von oben bis unten, brünstig hechelnd überall betasten und kneten und kneifen und streicheln und reiben; aufgeilen, dachte sie und schluckte.

«Du bist ein Superweib, Kathi, muss ich schon sagen.»

Das gehört wahrscheinlich dazu, er glaubt sicher, das gehöre dazu.

«Deine Brüste sind okay. Überhaupt alles okay. Leg dich hin. Du riechst auch gut.»

Er glaubt wirklich, das gehöre dazu, ich sollte etwas sagen, jetzt irgend etwas sagen.

«Los, leg dich hin! Ich bin kein kalter Dienertyp. Ich will jetzt, dass du dich hinlegst, los!»

Seine Stimme, so heftig, so grob, dachte sie und schauderte, als sie sich auf der Plastikfolie ausstreckte.

Warum habe ich mich auf das da eingelassen!

«Leg dich, sage ich!»

Sie hätte sagen können: «Was ist denn? Ich liege ja schon! Sehen Sie nicht?», aber sie sagte nichts, konnte nichts sagen. Sein breiter Schatten bewegte sich über sie herab, und gleich darauf spürte sie etwas Warmes, Traniges; es triefte auf die Haut zwischen ihren Brüsten und troff weiter hinab, auf ihren Bauch.

«Liebesöl», sagte er und lachte, halblaut lachte er diesmal wieder, «Kontaktöl. Saubere Sache, riecht saugut, so gut wie du, Kathi.»

Jetzt stellt er die Thermosflasche auf den Koffer oder auf die Kommode und legt den Deckel daneben, und jetzt kommt er, das Öl hat einen schweren Geruch von, von ... es riecht wie ... jetzt: Seine Hände, oh!

«Zuerst muss man's ein bisschen verteilen», sagte er, «Bevor ich die Massage mache, muss ich's verteilen, verstehst du, Kathi, sauber gewachsen, sauber, du bist höllisch okay.» — Er verrieb das Öl; mit langsamen, breiten Bewegungen strich er über den Leib der Tochter. Sie starrte in sein schattiges Gesicht. Er sah sie nicht an, sah nur auf ihren Leib, sagte: «So, sauber, nicht wahr, ich hab das gern», und zupfte leichthin an ihren Schamhaaren und legte sich dann neben die Tochter. Er drängte sie beiseite, schob dabei seinen linken Arm unter ihren Rücken, umfing sie und sagte: «Nicht so steif, Kathi, tu doch nicht so saumässig steif!» Dann schob er sich unter ihren Rücken, er bugsierte die Tochter auf seine Brust hinauf. Sie hörte, wie er den Atem anhielt.

Ich möchte weit weg sein, dachte sie, ganz allein. Bäuerin auf Sardinien, Sizilien, Kreta, weit weg. Bäuerin, nicht hier. Ohne ihn. Allein. Weit weg.

«Nicht so verdammt steif, hab ich gesagt! Du sollst dich auf mich legen, nein, bleib jetzt so. Wenn du dich umdrehst, kannst du ja den Film nicht sehen!»

Da lag sie also rücklings auf ihm, und seine linke Hand knetete ihre rechte Brust, während er den Projektionsapparat einschaltete und die blonde Frau oben an der Decke rot aufflammte und herablächelte.

«Siehst du», sagte er, «Jetzt kommt's. Ich mach's schon.»

«Ja»; heiser und leise kam es aus ihrer Kehle, sie räusperte sich — «Ja.»

Seine Hände massierten Brüste und Bauch der Tochter, und die Frau an der Zimmerdecke legte ihren feuerroten Bademantel ab, ihre grossen bleichen Brüste quollen zwischen ihren rotkralligen Händen hervor, die Frau lächelte und schob die Zunge träge über ihre Unterlippe.

Ich bin doch nicht betrunken, dachte sie, nicht betrunken, da ist ein Mann unter mir, ich spüre seine warme Haut, nicht betrunken, oh, seine grossen Hände, er ist stark, ganz betäubt, betrunken, nein, oh, was mach ich denn, was tut er denn, was . . . ich . . . oh . . . oh, ich, oh . . .

«Okay, okay», sagte er halblaut in ihr rechtes Ohr. Seine öligen Finger strichen zwischen ihre Schenkel, der Apparat auf dem Servierboy rauschte gleichmässig, die blonde Frau zupfte sich ein schwarzes Höschen von den Fussspitzen und legte sich auf den ausgebreiteten roten Bademantel und spreizte die schwarz bestrumpften feisten Schenkel und lächelte und beutelte ihre dikken Brüste und lächelte stumm und füllte das ganze Viereck und war plötzlich ohne Kopf, war nur Brust und dann Bauch, Bauch, ganz gross und weit und weiss, und da waren ihre dicken Finger, ihre roten Fingernägel, und sie schlug ihre roten Krallen in ihre kahlschrumpelige Scham und war wieder ganz im Bild und riss den roten Mund auf und drückte die Augen zu und warf ihren Kopf nach hinten und wogte wabblig auf und ab.

«Was ist! Nimm ihn doch in die Hand! Nicht so steif, Kathi», sagte er, «Mach mit, los! Sonst wird's nix, klar!»

Sie dachte etwas wie Hure, Hure, Hure und griff hastig hinab und fasste seinen ragenden Penis und atmete schnell.

«Okay», sagte er, «Okay, Kathi», und schnaufte, «Beweg dich! Nachher binde ich dich an. Los! Ja, ja, Kathi, beweg dich, ja!» und lachte mit verzerrtem Gesicht; die Tochter wusste es, dies wusste sie immer: Er lacht, er lacht, aaah! er lacht, mein Gott!

Sie hörte seinen schweren Atem.

«Du bist ganz geil. Ganz geil. Immer geiler», sagte er.

So dick aufgequollen in meiner Hand. Hure, dachte sie; es war auf einmal, als würde sie es schreien: Hure! Hure!

Da sagte er: «Weiter auseinander! Du bist immer noch so steif, Kathi! Und nimm beide Hände, los!»

Ich bin geil. Ja, ganz geil. Hure. Beide Hände. Auseinander, ja, auseinander. Oh, ganz geil, geil.

Die dicke Frau wälzte sich halb aus dem Bild und wälzte zurück und lächelte träg und hielt eine brennende weisse Kerze schräg über ihren Bauch und liess Kerzentropfen auf ihren Nabel tröpfeln und zuckte und liess weiter unten hintröpfeln und noch weiter unten und zuckte und liess die Tropfen auf ihre grosse, nackt hervorgestülpte Scham fallen und zuckte heftig auf und ab mit verzerrt lächelndem Gesicht.

«Ja!» sagte er laut, «Siehst du! Ja! Ja!», und die Tochter schwamm auf seinem wellenden Leib; sie hatte den Kopf auf die linke Seite abgewandt, ihre Finger verkrampften sich.

«Deine Liebeslippen, Kathi, ja, ganz geil, Kathi!» Er schnaufte schnell, und plötzlich, kaum dass die wogende Frau die weisse Kerze ruckend hineinzuschieben begann, spürte sie, wie etwas Kaltes stumpf und plump in ihre Scham drang. Da liess sie los und schloss die Augen, kniff die Lider zu. Er schob sich langsam unter ihr hervor, sie spürte die Falten im Plastiktuch unter ihren Schultern; der Klumpen in ihrem Schoss quoll auf; sie dachte, vielleicht werde ihr übel, und: Die Lederriemen, ach, er will mich anbinden, er wird mich ans Bett binden, er wird mich schlagen, mir wird schlecht, jetzt, jetzt!

Nein, nicht, nicht!, dachte sie und riss die Augen auf.

Die dicke blasse blonde Frau lag mit weit geklafterten Beinen auf ihrem roten Bademantel und warf den Kopf hin und her und zuckte, zuckte massig, schrie stimmlos, und ihre Zunge flatterte rot aus ihrem weit offenen roten Mund und züngelte zuckend über ihre rotglänzend aufgespannten Lippen.

«Siehst du! Siehst du!», sagte er laut.

Apoll. Hure. Geil. Öl. Apoll. Das klobige Ding. Ach! Hach! Dieser Geruch. Ich.

Was soll das heissen: Hure?, dachte sie, was ist das überhaupt? Ich bin doch ich bin doch ich ...

Er sass plötzlich mit dem Rücken gegen ihr Gesicht schwer auf ihrem Magen, stellte die Füsse zwischen ihre Schenkel, zwängte ihre Beine weit auseinander, drückte das harte stumpfe Ding tief hinein und zog es heraus und stiess es wieder hinein, stiess heftig und immer wieder und tiefer und wieder. Die Tochter atmete stossweise. Sie verkrampfte ihre Hände und reckte ihren Kopf nach hinten und begann auf den breiten Rücken einzuschlagen.

«Huuu! Huuu! Huuu!» würgte es heiser und hechelnd aus ihrem verzerrten Mund.

«Ja! Ja, Kathi! Ja!» sagte er, «Komm! Ja! Komm! Komm!» und drückte das Ding wieder und wieder und noch tiefer hinein.

Die Tochter röchelte und schlug immerzu auf den runden Rücken ein, und die massige Frau an der Decke bleckte ihre Zähne und schnappte zu und beleckte die weisse Kerze.

Es darf mir nicht schlecht werden, jetzt nicht schlecht werden, ich habe ihn herbestellt, Vitapoll, mir wird schlecht, er ist so schwer, ich kann nicht mehr atmen.

«Haaalt!» ächzte sie, «Haaalt!» und ihre Fingernägel raspelten über seinen Rücken; er krümmte sich und schoss auf und begann zu schreien und rief: «Ja, du Hürchen! Ja, pass auf! Jetzt komme ich! Wart nur! Gut, gut! Pass auf, Kathi, ja, ja!» und hatte schon ihr linkes Bein im Griff, kniete hart auf ihrem rechten Oberschenkel — «Gut, Kathi, gut, gut! Ich schnall dich jetzt an! Pass auf! Ja, ja! Ganz geil, du Hürchen!» und hatte einen Lederriemen aus dem Wust gezupft, und sie spürte den Riemen schon an ihrem linken Fussgelenk und spürte, wie das dicke Ding aus ihrer Scham hinausglitt, und wusste, dass er nicht mehr lachte, nicht mehr lachte, nicht mehr . . .

Entsetzt strampelte die Tochter und wand sich unter ihm weg, sie fuhr hoch und schlug ihn ins Gesicht und stolperte zur Tür, fing sich auf, erwischte die Klinke, war schon draussen und drehte laut schreiend vor

Angst den Schlüssel — «Mörder! Wollen Sie mich umbringen!» schrie die Tochter. Ihre Stimme gellte fremd in ihr Ohr.

Sie eilte ins Badezimmer, riegelte die Tür hinter sich ab, setzte sich auf den Rand der Badewanne, atmete heftig. Vom Kinderzimmer her kein Laut; grauer Regennachmittag vor dem Fenster.

Entfalten Sie Ihre unterbewusst individuellen Neigungen!

Nicht übel werden, dachte sie.

Dann füllte sie ein Wasserglas und trank es halb leer; sie verzog den Mund, schüttete den Rest des lauen Wassers ins Lavabo.

Alles loswerden. Ihn. Alles. Sofort!

Sie öffnete das Toilettenkästchen, streifte sorgfältig eine weisse Badekappe über, strich alle Strähnen darunter, stieg in die Badewanne und zog den Plastikvorhang.

Sofort alles loswerden. Unglaublich. Einfach unglaublich. Mein Gott!

Sie stand im Halbdunkel hinterm milchigweissen Vorhang und roch den Geruch des Mannes; ihr Leib roch nach diesem Mann, ihre ölige Haut: aus jeder Pore roch es nach seinem Öl, stieg ihr in die Nase. Er, der Mann, sein verdammtes Öl!

«Chrisamgesalbt», flüsterte sie und drehte das Wasser auf. Scharfkalt zuerst schoss es heraus, wollte ihr den Atem benehmen, trommelte auf ihre Badekappe; dann rauschte es lau und wurde schnell warm, zu warm fast.

«Chrisamgesalbt.»

Die Tochter griff ins Seifenschälchen und nahm die Seife heraus.

«Chrisamgesalbt.»

Sie seifte sich ein.

Ich bin eine Hure, eine Hure bin ich, eine Hure, dachte sie, eine schöne Hure, ich hab keine Hängebrüste, ich habe schöne lange Beine, ich hab eine gute Figur, ganz geil, eine Hure, Hure.

«Ölverschmiert von oben bis unten», sagte sie.

Knapp neben dem herabbrausenden Wassergesprinkel stand sie, ihr rechtes Bein halb im Strahl, und seifte sich ein, hastig und heftig.

Seine öligen Dreckpfoten, seine Schweinepfoten, seine Saupfoten!

Und stellte sich wieder unter die Brause, japste unterm Wasser; es war zu heiss geworden inzwischen, aber sie japste und drückte die Augen zu und langte nicht zum Hahn hinüber; sie begann laut zu stöhnen in der prasselnden dampfenden Wasserhitze und sank in die Knie und striegelte die Brüste und stöhnte und zerkratzte ihren Bauch und stöhnte im schmerzhaft heissen Wasserschwall; ihre rechte Hand umkrallte das Seifenstück, und ihre linke kratzte über ihre Haut. Die Tochter stöhnte laut.

Ich bin eine schöne Hure, schöne Hure, ich bin eine schöne Hure, dachte sie und japste, ich könnte mich rasieren, alles wegrasieren, Schamhaare machen ihn wild.

Und wühlte die Seife in ihren Schoss hinein und stöhnte ob der beissenden Schärfe und liess die Seife glitschen und stand auf und stellte die strömende Hitze ab und drehte den Kaltwasserhahn auf und hielt den Atem an und krümmte sich, als das kalte Wasser in ihre Schultern biss und über Rücken und Beine rieselte. Rasieren, mich nackt rasieren, aber Fis, was würdest du sagen, was würde Fis sagen? Fis!

So duschte die Tochter.

Sie seifte sich nach diesem ersten Mal noch zweimal ein, sie riebelte, striegelte, sie schwemmte sich — mit wärmerem Wasser wieder — sauber und trocknete sich ab und fegte die Badewanne aus. Dann setzte sie sich auf den Wannenrand, halb benommen, ausser Atem.

So, dachte sie, so, Vitapoll, ich weiss, ja, ich weiss.

Sie stand langsam auf, sie schob den Türriegel zurück, sie lauschte, sie huschte dann vor die Kinderzimmertür, lauschte wieder, konnte nichts hören.

Da drin ist er. Ich habe ihn eingesperrt. Er ist da drin. Ich will ihn nicht mehr sehen.

«Packen Sie Ihre Sachen ein und verschwinden Sie!» rief die Tochter und huschte von der Tür weg, huschte in ihr Schlafzimmer.

«Kathi! Was ist denn los mit dir? Komm her, verstanden, herkommen!» rief er.

«Verschwinden Sie!» schrillte sie, bevor sie die Tür zuschlug und abschloss.

Es würde ihm vielleicht einen Extrakick geben, dachte sie, ich könnte die Haare mit Haarentferner ... ich wäre ganz nackt, ich könnte mich ganz nackt machen für Fis.

Sie riss Wäsche aus den Schubladen und Hose und Pullover aus ihrem Schrank und kleidete sich an, schnell, fahrig.

Animalisch, viehisch, dachte sie, wer bin ich denn, ich bin doch nicht irgendeine lumpige Hure!

«Hürchen», sagte sie leise, und nach einer Weile: «Fis würde es vielleicht gar nicht merken.» — Nein, dachte sie, er würde nichts merken, er merkt nie etwas, er ist immer nur scharf auf meine Brüste.

Vor den Schlafzimmerfenstern fiel der Regen ruhig und dicht, der Wind hatte nachgelassen, hatte sich fast ganz gelegt, als die Tochter den Tüllvorhang ein wenig beiseite schob und hinausschaute: Rasen, Gebüsch, Ziersträucher, die Rosenbeete, zwei junge Eichen, die ihr Mann unbedingt hatte pflanzen wollen, wiewohl der Gartenarchitekt dagegen gewesen war und immer von mehr Sträuchern geredet hatte, von Flieder, von zwergwüchsigen Föhren; aber ihr Mann hatte Eichen gewünscht, weder Hasel noch Flieder, Föhren oder sonst etwas dergleichen: Eichen, zwei Eichen.

Es regnete, und die Sträucher, der Rasen, die beiden jungen Eichen, alles war stumpf und sehr grün, war regengrün dumpf und triefend nass.

Und im zweiten Gästezimmer eingesperrt dieser brünstige Wilde mit seinem Hurenfilmgeflimmer! Dieser Stier im Kinderzimmer! Dieser Bär! Dieser Eber und diese fleischige Filmsau!

Ich muss ihn rasch loswerden, dachte die Tochter.

Sie stand noch eine Weile am Fenster, ging dann aus dem Schlafzimmer, ging leise vor die Kinderzimmertür.

Ich könnte hineingehen und mich ausziehen, dachte sie, ich könnte mich einfach wieder hinlegen und ...

Aber sie sagte laut: «So! Sind Sie fertig? Haben Sie alles aufgeräumt?»

«Passt's endlich!» rief er, und gleich darauf riegelte er an der Klinke und begann zu brüllen, «Machen Sie auf!» brüllte er, «Aufmachen! Sonst schlage ich die Türe ein!»

«Sofort. Sofort», sagte sie. «Sofort», und ohne sich Genaues dabei zu denken, eilte sie in die Küche, erschreckt, verwirrt, und kam mit einem grossen Bratenmesser wieder, schloss schnell die Tür auf und sprang zurück, eilte weg, schnell zur Haustür. Ihr Herz hämmerte so wild wie um zehn nach zwei, als er gekommen war und geklingelt hatte.

«Die Tür ist offen! Sie können gehen!» rief sie mit
schriller Stimme, «Gehen Sie! Schnell! Schnell!»
Er kam ruhig heraus mit seinem schwarzen Koffer.
Wortlos ging er ins Wohnzimmer, grapschte seine
Jacke von der Sessellehne, kam in den Korridor, riss
seinen Mantel vom Bügel. Sie blickte ihn an. Er sah an
ihr vorbei, sah beleidigt aus, ging beleidigt an ihr vorüber und war — nur noch drei Schritte jetzt — beinah
aus dem Haus, drehte sich unter der Tür plötzlich um
und sagte: «Du bist mir zu pervers. Du bist nämlich
pervers und verklemmt. Diese Sorte hab ich am liebsten. Von Spielregeln keine Ahnung. Amateure. Ver-
träumtes Hausmütterchen. Die Höschen voll Juckpul-
ver und Schiss!»
Da sah er das Messer in ihrer Hand und verzog sein
Gesicht.
Dieses Lachen! Immer sein Lachen! — Die Tochter
wich zurück und starrte ihn an.
«Sauber, sauber, mach's nur mit dem Metzgermesser,
das ist vielleicht scharf genug für dich. Aber nur im
Traum», sagte er und spuckte ihr unversehens mitten
ins Gesicht.
Die Tochter liess das Messer fallen, es war ihr plötzlich
wie aus der Hand geschlagen, sie prallte zurück, sah
das Grinsen in seinem Gesicht: dreckig, schäbig.
«Bestell dir das nächste Mal einen von diesen Callboy-
brüdern, die machen alles, die kannst du dressieren,
wie du willst», sagte er, «Geh ins Männerbordell. Mir
stinkt's bei dir. Bei dir stinkt's wie im Puff.»
Er drehte ab, ging hinaus in den Regen mit seinem
Koffer, die Jacke und den Ledermantel unter den linken Arm geklemmt. Sie sah ihm nach; erstarrt stand
sie unter der Haustür und sah durch den Regen, sah
seinem breiten Rücken nach. Der Speichel aus seinem

Mund schlierte langsam über ihren rechten Mundwinkel. Die Tochter rührte sich nicht.

So ein Mann, dachte sie, so ein Stier, so ein Tier!

Er war schon verschwunden; nicht einmal beim Gartentor, wo er sich kurz umgewandt hatte, um den Riegel einzuhängen, war es ihm eingefallen, zurückzuschauen; er hatte das Tor zugezogen und den Riegel eingehängt und war rechtsab verschwunden.

Die Tochter lehnte an den Türpfosten.

Ich hätte mitmachen müssen. Er hätte mich angeschnallt. Er hätte mich geschlagen. Zwischen die Beine hätte er mich geschlagen. Er hätte mich an Armen und Beinen aufs Bett gebunden. Er hätte mir den dicken Gummipenis ganz hineingepeitscht. Dann wäre er gekommen. Wie wild, wie verrückt, wie ein Stier.

«Huuuu!» — sie atmete langsam aus.

Er hätte mich vergewaltigt. Er hätte mich begraben unter seinem grossen Leib, oh!, er hätte mich erdrückt unter sich, sein Gewicht... «Huuuu!»

Nach einer Weile seufzte sie leise.

Er hätte mich losgebunden, ja, auf einmal losgebunden, und ich hätte ihn aufs Bett gefesselt, ich hätte ihn geknebelt, ich hätte ihn ausgepeitscht, ich hätte ihn blutig gepeitscht, er hätte gewinselt, er hätte winseln müssen, erst dann hätt ich ihn losgebunden, oh, er hätte gewinselt, ja, gewinselt und gebettelt, sein Bauch und seine Brust und sein Rücken sind mit Striemen bedeckt, er ist über und über mit Striemen bedeckt, auch sein Gesicht, seine geplatzten Lippen, seine Wangen, und ich lecke das Blut von seiner Haut und lecke und lasse ihn langsam los...

Sie bemerkte ihren schnellen Atem und hielt inne; nein, ich hätte es nicht getan, ich hätte überhaupt nichts getan.

Aber er hätte mich gepackt und hätte gestöhnt, und ich zerkratze seinen Rücken und hechle und und . . .

Plötzlich wischte sie seinen Speichel von ihrem Gesicht und leckte ihre Hand, hatte die Augen geschlossen und leckte seinen Speichel von ihrer Hand; es schwindelte ihr, sie hatte das Gefühl, rasend schnell fortzusausen, irgendwohin, unglaublich schnell hinab, und wankte in den Regen hinaus, ging taumelnd und streckte die Arme hoch hinauf und reckte das Gesicht mit geschlossenen Augen in den Regen und spürte die Tropfen und begann zu lachen und lachte und gab keinen Laut.

So hat er gelacht, dachte sie.

Die Tochter stand einige Meter vor der offenen Haustür im nassen Rasen. Sie fletschte die Zähne, hielt die Augen geschlossen, reckte ihr Gesicht in den Regen.

Komm zurück! Mach mit mir, was du willst! Schlag mich! Mach mich kaputt! Ich kratze dir die Haut vom . . .

Von weit weg, drinnen im Haus, klingelte das Telefon. Es klingelte zwölf Mal, bis die Tochter den Hörer abnahm.

Hoffentlich hat mich jetzt niemand gesehen draussen vor der Tür, dachte sie, ich hätte ja gar nichts getan, sicher nicht.

«Kathi, was tust du denn bei diesem scheusslichen Wetter so allein zu Haus?» fragte die Mutter.

«Jetzt bin ich doch tatsächlich beim Lesen eingeschlafen. Ich lese, du weisst ja.»

«Ach, du mit deinen Büchern.»

«Richtiges Schlafwetter.»

«Wenn der Regen nachlässt, mache ich einen Spaziergang. Mit Papa. Kommst du mit? Man muss sich doch bewegen und ein wenig zerstreuen, sonst wird man

noch trübsinnig. Man muss an die frische Luft. —
Kathi.»

«Ja, ich . . . du wirst lachen, aber ich bin noch nicht
ganz wach.»

«Komm doch mit, Kathi.»

«Ich weiss nicht. Es sieht nicht so aus, als ob der Regen
bald . . . ich weiss nicht.»

«Kathi, ich muss dir gelegentlich etwas sagen. Hat Vinzenz heute schon angerufen. Wahrscheinlich nicht, nehme ich an. Es ist ja erst . . .»

«Nein, noch nicht», sagte die Tochter. «Was willst du
mir denn sagen?»

«Ach, ein andermal. Eigentlich könnte er jetzt schon
telefonieren. Es ist ja Sonntag, da ist nichts los in
England. Komm doch heute abend auf einen Sprung
herüber. Komm doch zum Nachtessen.»

«Ich weiss ja nicht, wann er telefoniert.»

«Aber es ist ja Sonntag, da kann er doch jederzeit . . .»

«Wahrscheinlich arbeitet er.»

Sie will wieder reden, reden, schwatzen will sie wieder,
nichts anderes als schwatzen, blablablublobla, was
sonst! Hör auf mit deinem ewigen Gewäsch, Mama,
hör auf!

«Ja, das kann schon sein. Er arbeitet immer zu viel»,
sagte die Mutter.

Nachdem die Tochter den Hörer wieder aufgelegt
hatte, ging sie ins Badezimmer und wusch ihr Gesicht
und spülte den Mund aus. Dabei bemerkte sie, dass sie
noch immer die weisse Badekappe trug.

«Ho!» machte sie und riss die Kappe vom Kopf und
rief: «Du und dein Söhnchen! Du, du und dein Söhnchen und immer viel Arbeit, immer zuviel Arbeit! Ihr
kotzt mich an!»

Beim Kämmen dachte sie daran, wie sich Sibylle wohl benommen hätte: Was würde sie mit dem Mann gemacht haben im Kinderzimmer?

Sie ist schön, sie ist wirklich schön, dachte sie, aber ich auch; und dann kam ihr das Bratenmesser in den Sinn. Sie ging zuerst ins Wohnzimmer und zündete sich eine Zigarette an, ging dann mit der Zigarette im Mundwinkel in den Korridor, ging zur Haustür, hob das Messer auf und trug es an der Kinderzimmertür vorbei in die Küche.

Die Tochter hat das Messer zuhinterst in eine der vier Küchenschrankschubladen gelegt und die Schublade kräftig zugestossen.

Als sie auf dem Weg zurück ins Wohnzimmer an der Tür zum Kinderzimmer vorbeigegangen war, hielt sie inne, ging zurück; sie öffnete die Tür einen Spaltweit, schloss die Augen, schob das Gesicht halb durch den Türspalt, dachte: Bordell! Bordell! und schnupperte, sog dann die Luft in tiefen Zügen ein, ihre Nasenflügel gingen weit auf.

Bordell, dachte sie, sein Öl; und sog die ölduftende Luft ein: Bordell! Puff!

Bevor sie sich im Wohnzimmer auf die Couch legte und ein Lämpchen anknipste und das Buch vom Tisch herüberlangte, räumte sie die leere Kognakflasche und die beiden Gläser ab. Das Tagebuch: sie hatte es übersehen, es lag auf dem Tisch, lag dort, wo sie es am Abend zuvor hingelegt hatte. Sie nahm es zur Hand, wollte es in den Schrank zurücklegen und überlegte sich's, nahm den schwarzen Kugelschreiber, schlug das Buch auf und schrieb:

Der Herr ist ein Hirt. Er weidet sich.

Und legte den Kugelschreiber aus der Hand.

«Er ist ein Hirt. Er weidet. Eia Popeya!» sagte sie und
sass und atmete langsam.
«Eia Popeya!»
Nach einer Weile nahm sie das andere Buch; sie legte
sich hin und streckte den Arm aus, knipste ein Lämpchen an, langte das Buch herüber, sah Buchstaben,
Wörter, Wörter.

Sie schreit. Schreit aber nicht lange. Hat
schon einen Sack überm Kopf, faserige Jute,
feucht und voll Obstfäule oder Kartoffel-
pelz. Und der Rock reisst in Fetzen. Das Geschaller überschlägt sich. Sie wollen ihr ja
nichts tun, warum denn?, aber die Brüste,
hohaha! die muss sie jetzt auch noch zeigen,
die wollen wir jetzt haben, da wollen wir ein
wenig herumballern, jeder will ein wenig,
will zum Spass auch einmal zupfen und
zwacken und so. Wie ist es doch lustig unter
einem tragenden Kirschbaum, so lustig im
hohen Sommergras mit einer Dicken, so lustig, wenn sie sich wehrt und schon den stie-
ren Blick hat und richtig Angst und sich
wälzt und jetzt die Augen verdreht, so lustig
ist das, lustig im heissen Schatten.

Die Tochter las und zupfte den Druckknopf des Ho-
senbundes auf und dachte, das Kinderzimmer wolle sie
erst morgen auslüften.
Vielleicht muss ich es gar nicht aufräumen, vielleicht
ist das gar nicht nötig, vielleicht hat er alles schön aufgeräumt, dachte sie, dieser ungebildete Bastard.
«Der Herr ist ein Bastard. Täuberich und Madonna»,
sagte sie leise und lachte stimmlos, «Ah, so etwas!»

Dann las sie weiter; sie schob ihre rechte Hand unters Höschen und flach über ihren warmen flachen Bauch hinab und las noch einige Zeilen und legte das Buch weg, legte es auf den blauen Teppich neben der Couch: die offenen Seiten nach oben, den Rücken nach unten. Sie hatte die Augen geschlossen und den Mund halb geöffnet und atmete schneller. Und dann riss sie die Augen auf und starrte an die nur schwach beleuchtete Decke hinauf und sah die weisse fleischige Frau auf dem roten Morgenrock und sprang plötzlich auf, ging schnell zum Plattenspieler. Dort stand ein Kerzenständer; die Tochter brach die halb heruntergebrannte Kerze heraus. Ihre Hände zitterten, sie atmete schnell.

Im Regen

Im Regen steht breitbeinig ein mittelgrosser knochiger alter Mann unter seinem schwarznassen Schirm; er steht breitbeinig in seiner altmodischen Lodenpelerine am Strassenrand, hat einen grauen Filzhut auf und winkt und hat einen Rucksack schlapp zwischen seinen Bergschuhen liegen und winkt: Mitfahren möchte er.
Warum nicht? denkt der junge Mann im Auto und hält an.
«Vergelt's Gott. Nur bis zum Bahnhof, das sind ungefähr vier Kilometer. Sonst erwische ich den Zug nicht mehr. Ich bin spät dran, und umsteigen muss ich auch noch», sagt der Alte und steigt umständlich ein mit seinem Rucksack und dem triefenden Schirm, während der Autofahrer einen Koffer über die Lehne des rechten Vordersitzes hebt und auf den Rücksitz plumpsen lässt.
Der Alte stellt den Schirm zwischen seine Knie. «Wenn Sie da Eier in Ihrem Koffer haben, dann sind jetzt alle kaputt», sagt er und kichert und kratzt sich unterm Hut.
Der andere grinst. «Klar!» sagt er. «Alles voll Eier!» Er greift vor der Brust des Alten zur Autotürklinke hinüber, zieht den Schlag zu, fährt weiter.
«Ich bin drum bei meinem zweitältesten Sohn gewesen, er wohnt da eine Halbstund ob dem Tal, sie wirten, er hat das Restaurant umgebaut, mit Aussichtsterrasse für die Touristen jetzt und Kiosk und im einen Teil mit Selbstbedienung, ich habe sieben Kinder, vier Söhne

und drei Mädchen, alle verheiratet bis auf den Jüng-
sten. Sie auch?»

«Wie meinen Sie? Ach so, nein, das hat noch Zeit»,
sagt der andere.

Der Alte kichert wieder. «Sicher, es ist dann immer
noch früh genug, so geht es allen, will's Gott.»

Der Wagen ist voll vom Geruch des durchnässten Lo-
denstoffes.

«Ich hab ein Gütlein gehabt, jetzt ist mein Ältester
drauf, aber er geht auch noch in die Fabrik, er hat drei
Kinder. Ich helfe ihm aus, es gibt immer etwas zu tun.
Die andern sind alle in der Stadt. Der Jüngste ist jetzt
vierundzwanzig. Was sagen Sie zu dem Mord da hin-
ten im Wald, vorgestern?»

«Mord? Davon habe ich nichts gehört.»

«Sie sind wahrscheinlich nicht von hier?» sagt der Alte.

«Nein», sagt der andere.

«Ah, drum wissen Sie's nicht. Eine Frau, noch ziemlich
jung. Die ist da einfach totgeschlagen worden.»

«So. Ja heutzutage . . .»

«Ja», sagt der Alte, «Die ist da einfach im Wald tot-
geschlagen worden. Was sagen Sie zum Wetter.»

«Was kann man da sagen?»

«Phuuu! Ein Sauwetter!» sagt der Alte. Er klemmt den
Schirm zwischen seinen Knien fest und reibt die Hände
gegeneinander. «Aber es wird besser, schon bald, ich
merk's. So wie es aussieht, würde es mich nicht wun-
dern, wenn's in der Nacht komplett umschlägt. Mor-
gen können wir das schönste Wetter haben.»

«Vergelt's Euch der Herrgott vergelt's Gott und gute
Fahrt auch», sagt er beim Aussteigen.

Der junge Mann am Steuer lächelt. «Auf Wiederse-
hen», sagt er.

Der Alte klemmt seinen schlappen Rucksack unter den

linken Arm und sagt: «Jaja, vergelt's Gott», und winkt mit der rechten Hand zum Seitenfenster herein.

So ein halbheiliger Geissenbauer! denkt der junge Mann, seiner Lebtag eine Stube voll Kinder und nichts zu fressen, aber sicher ein Kruzifix in jedem Winkel und immer vergelt's Gott, vergelt's Gott, und ganz sicher einmal ein strammer Soldat gewesen, zu Befehl!, zu Befehl!, und kommt nie dahinter, dass sich die Bonzen und die Pfaffen den Ranzen voll über ihn lachen.

«Ja, vergelt's Gott, Sie mir auch, ja, du mir auch!» sagt er und schaut kurz in den Rückspiegel und sieht geradeaus und gibt Gas.

DER SOHN

*Ich weigere mich, den Untergang
der Menschen hinzunehmen.*

William Faulkner

Heute könnte ich es tun, dachte der Sohn an diesem Montag, der nach seines Vaters Kalender der hundertsiebenundfünfzigste Tag jenes Jahres war.

Kurz nach dem Erwachen, einige Minuten nach sieben Uhr morgens, hatte er es schon gedacht: Heute könnt ich's tun.

Sommerzeit; in England gingen die Uhren vor. Sie liefen am Morgen dem Frühlicht und abends der Dämmerung entgegen, ostwärts.

Man könnte immer, aber man kann nur ein einziges Mal, das ist es, dachte er: Man kann nur ein einziges Mal im Leben, dann hat man's gehabt.

Aber was er am Samstagabend zu seiner Frau gesagt hatte, wollte ihm nicht aus dem Sinn. Es war immer wieder da gewesen seither, in der City, beim Essen, am Abend in der Bar. Plötzlich immer wieder: Ich mach jetzt Schluss. Er erinnerte sich wortwörtlich. Es klang in seinem Ohr. Es war seine Stimme am Telefon im Hotelzimmer: Ich mach jetzt Schluss.

Langsam begann es einzudunkeln. Er wartete auf das Kursflugzeug, mit dem er zurückfliegen wollte, in die weit östlich heraufkommende Nacht hinein. Diese Nacht wollte er in seinem Bett verbringen. Müde war er. Schlafen wollte er und am Morgen erst nach halb acht aufstehen, nicht schon um halb sieben wie meist, wie fast immer jahrein jahraus. Nur an Sonntagen stand der Sohn jeweils später auf, oft sogar nach seiner Frau, die am Sonntag bis zehn oder halb elf im Bett liegen und lesen konnte — «Gleich, Fis, nur noch die zwei, drei Seiten!» — Da er wusste, dass sie sonst meist schon um halb sechs oder noch früher aufstand, musste er ihr dieses Sonntagmorgenvergnügen wohl oder übel gönnen, wiewohl es ihm lästig war. Er schlich dann im oder ums Haus herum, wartete, wusste nichts anzufan-

gen mit der Zeit; denn dass er sich mit Geschäftlichem beschäftigte, duldete sie nicht — «Arbeit! Arbeit! Heute ist Sonntag, Fis! Andere Männer haben ein Hobby! Lies doch auch mal ein Buch! Tu etwas!»
Nicht dass ihm Whisky besonders schmeckte. Er glaubte auch nicht, dass jene Leute, denen zum Wort «Drink» nur Whisky einfiel, dieses braune Gesöff wirklich mochten. Trotzdem kaufte er im Zollfreiladen eine Flasche, gerade deshalb: Seine Frau und er zogen anderes vor, Kognak oder Mirabell oder Himbeergeist, aber wie oft kamen Leute zu Besuch, Geschäftsfreunde oder wie man sie nennen möchte; und diese Leute waren also scharf auf Whisky. Er glaubte es ihnen nicht, aber er schenkte ihnen immer ein, was ihm braunes Gesöff war und widerlich dazu. Ausserdem war der Preis im Zollfreiladen bedeutend günstiger als zu Hause. Und die Auswahl war grösser: Eight Years Old. Twelve Years Old. Und noch älter; dann freilich auch teurer. Ohne Whisky war er noch nie heimgeflogen. Sein Vorrat ging zuweilen über zwei Dutzend Flaschen hinaus. Die Gäste mochten immerzu geschäftsfreundschaftlich mit ihren Gläsern voll Eiswürfeln um Nachschub klimpern: Whisky war literweise da.
Er hatte eine gut verpackte Flasche mit zwölf Jahre altem gekauft und hatte wie üblich eine Weile in der Abflughalle gewartet. Dann hatte eine Lautsprecherstimme zum Bereitmachen gemahnt. Mit ihm waren etwa vierzig Leute von den Polstersesseln aufgestanden, hatten ihr kleines Gepäck — Ledermappen, Aktenköfferchen, Handtaschen — aufgenommen und beim Ausgang ihre Flugscheine vorgezeigt, waren durch den langen Gang, dem der Sohn schon vor Jahren den Namen Londoner Endlosgang gegeben hatte, zum Flugzeug gewandert und hatten sich an irgend-

einer Stewardess vorbei in den Jet gezwängt. Alles wie üblich. Nur ein wenig schneller war er diesmal zu seinem Fensterplatz gekommen. Viel schneller als beispielsweise vor zehn, nein, vor zwölf Jahren. Damals war er zum ersten Mal geflogen. Und aus irgendwelchen Gründen waren die Passagiere schon beim Einsteigen von Zollbeamten gefilzt worden wie Taschendiebstahlverdächtige.

Dann das Gedonner der Motoren. Der Ding-Dong-Lautsprecher. Und Welcome on board. Und Ankunft in etwa zwei Stunden. Und so weiter. Dann das Anrollen. Zweimal Richtungsänderung. Das Aufjaulen der Motoren und der Anschub. Immer schneller, schneller, und dann das Hochreissen. Und jedesmal die angenehme Erleichterung, wenn der Druck nach dem ersten steilen Aufsteigen aus den Gliedern rieselte und sich das Flugzeug in eine sanfte Schlaufe legte.

Er hatte gedacht, es sei nicht mehr festzustellen, wie oft er das schon erlebt hatte. Selbst wenn ich es wissen möchte, hatte er gedacht.

Auch der Schwätzer, einer von der erfolgreichen Sorte, war diesmal on board gewesen. An solche Flüge konnte man sich erinnern. Man hatte dann nicht nur Zeitungen gelesen oder in Geschäftspapieren geblättert. Man war eher dabei gestört worden und hatte bald einmal zugehört, nicht einmal gelangweilt; man war ja ohnehin meist müde auf diesen Heimflügen in einem Flugzeug voll Menschen, die nur flogen, weil sie mussten: Lauter Geschäftsleute. Er sah es ihnen an, ohne überhaupt richtig hinzuschauen.

«Ja, wissen Sie, ich hab das früh kapiert. Ich habe ein Auge für Not und Elend auf der Welt und für die richtigen Zusammenhänge. Jetzt bin ich Generalunternehmer.»

So einen kenne ich auch, dachte der Sohn und sagte:
«Aha!»

«Jawohl, Generalunternehmer. Übrigens, mein Name
ist Xaver S.C.H. Fink. S.C.H. wie Schorsch. Kleiner
Witz. Freut mich. Ich hab behutsam angefangen. Tak-
tisch richtig natürlich. Jetzt kann ich da ganz offen
reden. Jetzt tanzen die andern. Jetzt tanzen diejenigen,
die mir früher gepfiffen haben.»

Den kenne ich. Ich kenn ihn! dachte der Sohn.

«Ich habe gleich in der Baubranche angefangen. Ein
paar Jährchen nach dem Krieg. Früh in den Fünfziger-
jahren. In der Zeit ist ja der Zug mächtig angefahren,
und ich bin da draufgesprungen. Praktisch mit leerer
Tasche. Aber ich habe eine Nase für die diversen Maschen. Die Maschen sind ja immer dieselben. Zum Beispiel: Kapital ist alles, klar. Warum soll ich also nicht
die Tochter eines, sagen wir Versicherungsdirektors
heiraten? Kreditinstitute und Versicherungsgesellschaf-
ten sind richtig, sage ich Ihnen. Ausserdem hat sie mir
gefallen, als Mädchen, meine ich. Heute wüsste ich ja
etwas Besseres, nicht wahr, aber sie hat mich immer un-
terstützt. Das muss ich schon sagen, sie hält immer zu
mir. Von Anfang an. Ohne sie wäre ich vielleicht nicht
das, was ich heute bin. Ich hab drei Söhne und zwei
Töchter, die Söhne studieren, ja, alle drei. Ist ja nicht
wahr, dass die Universitäten überfüllt sind. Für Be-
gabte ist immer Platz, und so soll es auch sein, nicht
wahr. Aber geschuftet haben wir schon. Was glauben
Sie, wie oft ich morgens um vier aufgewacht bin und
nicht mehr schlafen konnte. Monatelang, jedes Jahr
monatelang. Und praktisch nie vor Mitternacht ins
Bett. Man hat ja, das muss man zugeben, seine Gesundheit schon ein wenig geopfert. Da bin ich ehrlich, also
das sehe ich klar, muss man ja. Es ist nicht mehr wie

früher. Das merke ich in etwa beim Trinken, nicht wahr. Ich muss aufpassen. Sehen Sie, jetzt zum Beispiel, dieses Fläschchen Champagner, gut, das verträgt sich leicht. Drei Deziliter, was ist das schon? Aber ich muss aufpassen. Und man hat auch Sorgen.»
Ich kenne ihn. Solche gibt es zu Dutzenden, zu Hunderten!, dachte der Sohn.
«Meine Frau ist nicht sehr gesund, ja, leider. Sie hat's auf dem Herz. Und schwache Nerven. Nervensachen sind schon eine Sache für sich. Das weiss man ja. So etwas könnte sich sogar vererbt haben, auf die Kinder, nicht wahr. Auch Herzfehler. Das zeigt sich dann später, wenn es vielleicht zu spät ist. Na ja, ein bisschen belastet sind wir ja alle. Erblich belastet ist jeder irgendwie. Aber man muss es wissen und frühzeitig etwas dagegen tun. Fragt sich nur, was ich zum Beispiel tun soll, damit meine Frau nicht eines Tages ins Wasser geht oder unter den Zug rennt, zum Beispiel. Das kommt eben manchmal vor. Das gibt's, nicht wahr. Das ist halt diese erbliche Belastung. Die kann plötzlich durchschlagen. Muss ja nicht, klar, aber es könnte sein. Durch meine Frau bin ich zu Kredit gekommen. Sie hat mir viel geholfen. Aber die eigentliche Masche, ich meine in meinem Fall, Sie verstehen, nicht wahr, das sind die kirchlichen Bauten gewesen. Der Sakralbau. Ich bin ja gläubig. Sie vielleicht nicht. Jedem sein eigenes Brot, nicht wahr, aber ich bin gläubig.»
Ja, von der Sorte kenne ich mindestens hundert. Genau so einer bist du! dachte der Sohn.
«Masche ist auch nicht das richtige Wort. Kirchliche Bauten, das lag in der Luft damals. Zuerst, muss ich allerdings sagen, habe ich ins Automobilgeschäft einsteigen wollen. Sie wissen ja, wie das war. Man verdiente wieder ein bisschen Geld, und jedermann wollte

auf einmal einen Wagen oder so. Aber ich bin von der Baubranche hergekommen. Ich habe das Geschäft mit Autos und Motorrädern nie ganz kapiert, ich meine die Kniffe, Sie verstehen. Ich habe eher eine statische Natur, eine schöpferische. Entwerfen, planen, bauen, verstehen Sie. Ich kann es Ihnen ruhig sagen, ich habe in Konkurs gehen müssen. Autos waren nichts für mich. Ich habe zwar nur Occasionen gehandelt, aber mein Startkapital, aus einer kleinen Erbschaft übrigens, mein Vater ist damals gestorben, also das ist bachab gegangen. Und ich stehe da mit meinen einundzwanzig Jahren und habe nicht einmal ein Bauzeichnerdiplom in der Tasche, weil ich ja leider zeitweilig aus der Baubranche ausgestiegen bin. Aber ich hab's nachgeholt, nicht das Diplom, aber sonst alles. Zuerst in eine andere Stadt gezogen, ist ja klar, nicht wahr, und schon nach einem Jahr ein verheirateter Mann mit schwangerer Ehefrau und eigenem Architekturbüro. Xaver Georg Fink, Architekturbüro. Es geht ja keinen Schwanz was an, dass ich kein Architekt bin, ich meine, kein gelernter. Schöpferisch, also vom Schöpferischen her bin ich's ja eher als diese Hochschulbüffel mit ihren Denkmodellen und wie die das nennen. Ich bin ja nicht einmal Bauzeichner, ich meine, mit Abschluss, aber denen mach ich noch was vor, heute noch. Ein guter Bau entsteht von selbst. Und ein schutzwürdiger Sakralbau, zum Beispiel, renoviert sich auch von selbst. Das kann man in jedem einschlägigen Buch nachlesen. Dazu braucht es kein Hochschuldiplom und kein Denkmodell, dazu braucht's eine Tafel neben dem Büroeingang: Architekturbüro. Und einen rassigen Briefkopf: Architekturbüro. Und natürlich noch ein paar Sächelchen, Sie verstehen, nicht wahr. Ich hab ja nicht nur meinen Schwiegervater im Hintergrund gehabt. Er ist vor ein paar Jahren gestorben, aber er hat sich in Finanzierungen ausgekannt, kann ich Ihnen sagen. Und er hat mich drauf gebracht. Schorsch, hat er gesagt, obwohl ich ja eigentlich Xaver heisse, Schorsch, sagt er, das Umbauen von Gartenhäuschen bringt wohl auf die Dauer wenig bis sehr wenig ein, findest du nicht auch, hat er gesagt. Für entscheidende Stunden hatte er so seine leicht pathetische Ader.»

So machen sie es, genau so macht man's, genau so verdammt verflucht, dachte der Sohn.

«Ein gestandener Herr. Fast so ein bisschen neunzehntes Jahrhundert, mit goldener Uhrkette. Und meine Schwiegermutter eine Art Matrone. Die geborene Grossmutter. Sechs Kinder hat sie grossgezogen. Vier Töchter und zwei Söhne. Meine Frau ist die zweitjüngste. Er ist schon darauf bedacht gewesen, seine Töchter gut zu verheiraten, mein Schwiegervater. Und meine Schwiegermutter auch. Welcher Vater ist das nicht? Ich bin da natürlich schon ein bisschen ungelegen in die Familie hineingeplatzt, nicht wahr. Sie haben sich auch dagegen gewehrt. Aber es war eine Liebesheirat. Da ist ihm nichts anderes übriggeblieben, als mir ein bisschen unter die Arme zu greifen, Sie verstehen. Die Möglichkeit hat er ja gehabt. Als gut bekannter Versicherungsmensch, meine ich. Er hat die Finger auch in einer Bank dringehabt. Zwar nur ein kleines Kreditinstitut, aber gerade deshalb wichtig, müssen Sie wissen. So ein regionaler, rundherum neutraler Bankmensch kennt nämlich sein Revier. Er hat immer genau gewusst, wann der nächste Schwan geht, sozusagen. Du musst dich spezialisieren, wir wohnen nun einmal in einer ziemlich kirchturmreichen Gegend, hat er gesagt. Viel mehr braucht er mir nicht zu sagen. Ich kapiere sofort. Von da an bin ich dann mit meiner Frau an jedem Sonntag immer dort ins Hochamt gegangen, wo sie an einer Kirchenrenovation herummachten und noch keinen Architekten hatten. Das Hochamt ist die Sonntagmorgenmesse, in die immer alle gehen, die etwas zu sagen haben in der Gemeinde. Kirchenräte, Gemeinderäte et cetera. Das ist eben die Masche gewesen, das hat sich herumgesprochen. Ausserdem bin ich ja gläubig, nicht wahr. Das zieht, kann ich Ihnen sagen. Sie werden lachen, aber in gewissen Gegenden zieht das heute noch. Nehmen wir an, ich sei Wurstfabrikant, nicht wahr, Grossmetzgerei, Fleisch, Wurst und so, eventuell sogar Fleischkonserven. Gut. Da muss ich doch mindestens Hauptmann oder Major sein, damit ich Massenaufträge von der Armee bekomme, nicht wahr. Genau so ist das, wenn ich Kirchen renovieren will. Man muss mitmachen. Man muss dort dabei sein, wo man sein tägliches Brot holen will. Aber das brauche ich Ihnen ja nicht zu sagen. Beziehungen, nicht wahr. Früher die Freimaurer. Heute gibt es andere Clubs. Die kennen Sie ja, nehme ich an. Ich bin also jahrelang Sonntag für Sonntag mit meiner ganzen Familie in die Kirche einmarschiert. In corpore, sozusagen. Und wissen Sie, wieviele Kirchen mein Büro restauriert hat? Über hundertfünfzig. Sage und schreibe über hundertfünfzig, ob Sie mir das glauben oder nicht. Ausser mir kommt auch heute noch weit herum kein anderer Architekt in Frage, obwohl die Kirchensachen heute nur noch knappe zehn Prozent von meinem Geschäft ausmachen. Ich mache halt immer ganze Arbeit. Ich habe meine sakralen Künstler, bekannte Persönlichkeiten, mit denen arbeite ich mehr oder weniger exklusiv zusammen. Goldschmiede und Bildhauer und Maler und so weiter. Das machen ja heutzutage auch andere. Aber ich bin besser eingeführt, Sie verstehen. Und ich habe immer

noch einen Rosenkranz bei mir, immer. Zasterunserarchitekt, das hab ich schon hören müssen. Gut, ich bin
ein Zasterunserarchitekt. Hauptsache, ich mache ihn,
den Zaster. Und wo ich den Auftrag erhalten habe,
schicke ich heute noch auf Ende Jahr mindestens eine
Kiste Wein hin. Ich hab's schnell kapiert, muss ich
sagen. Jetzt könnte ich den starken Mann spielen, aber
ich bleibe lieber im Hintergrund. Als Generalunternehmer, meine ich. Dafür habe ich meine Führungs-
kräfte, nicht wahr. Gemeinderäte, Parteisekretäre et
cetera. Fünf Kantons- und zwei Nationalräte im Betrieb, Sie werden lachen, im eigenen Betrieb hab ich
die. Und überall so meine Freunde. Gesinnungsfreunde,
selbstverständlich. Das ergibt sich in etwa mit der Zeit.
Wir stampfen komplette Siedlungen aus dem Boden.
Mein Unternehmen hat am ersten Januar genau drei-
hundertzwei Mitarbeiter beschäftigt. Heute sind's sicher schon wieder mehr. Eigentlich muss man sich nur
an fest etablierte Organisationen halten, das ist im
Grunde das ganze Geheimnis. Dann läuft alles wie
geschmiert, ha!, und sonst ölt man halt ein bisschen,
nicht wahr. Das werden Sie auch kennen. Wir wollen
ja die Welt nicht ärmer machen als sie ist. Ich habe bis
heute noch keinen angetroffen, dem man nicht auf die
Sprünge helfen kann. Man muss es nur so anstellen,
dass dann keiner einen Strick draus dreht. Schliesslich
hat man mit den Jahren überall einen gewissen Einfluss, mehr oder weniger. Das braucht man auch, ich
meine, schon aus Selbstachtung. Einfluss ist ja nicht
nur das halbe Geschäft. Einfluss gehört auch zur Per-
sönlichkeit, nicht wahr. Und übrigens nicht nur nach
oben, auch nach unten. Ich kenne das Leben. Das der
Reichen, sagen wir Wohlhabenden, ist auch nicht immer schön. Da werden Sie mir recht geben. Aber in

meiner Branche muss man auch mit den unteren Schichten auskommen. Nicht einmal nur mit Baumeistern, auch mit dem Handwerk et cetera. Überhaupt mit den Leuten. Und mit mir kann man reden. Da weiss manchmal ein altes Mütterchen mehr als der Grundbuchbeamte, wenn zum Beispiel ein Haus mit Umschwung und so oder sonst ein grösseres Grundstück, auf das man's schon lange abgesehen hat, plötzlich wider Erwarten doch feil wird. Oder es hat jahrelang geheissen, irgendein Landwirt wolle seinen Hof höchstens verpachten, im Alter vielleicht. Aber auf einmal löst er ihn doch auf und lässt mit sich reden. Das muss man wissen, und zwar als erster. Ich mache das meistens mit Zigarren oder Blumen oder Pralinés. Lasse sie hinschicken, und hin und wieder sieht man dann die Leutchen. Das braucht gar nicht immer persönlich zu sein. Ich habe ja meine Mitarbeiter. Ölen, nicht wahr, ist da auch wieder so ein falsches Wort. Miteinander reden, so sollte man das nennen. Seien wir doch ehrlich, in dieser Beziehung. Man muss wirklich nicht immer von ölen und schmieren reden. Die eine Hand wäscht heutzutage sieben andere. Das werde ich Ihnen nicht zu sagen brauchen. Und schliesslich tut man ja alles für's Geschäft und die Mitarbeiter, das muss man mir schon abnehmen. An die muss man schliesslich in etwa auch denken. Ohne die Mitarbeiter geht es nicht, sage ich immer, das muss man schon klar sehen. Mir fehlen heute eigentlich nur noch die richtigen Fäden zur Armee. Weil ich in jungen Jahren ausgemustert worden bin. Ich habe Schwierigkeiten mit der Wirbelsäule gehabt, mit den Bandscheiben. Sonst wäre ich heute Offizier und hätte beste direkte Verbindungen, da können Sie Gift drauf nehmen. Denkmalpflege, Klerus, obere Behörden et cetera habe ich ziemlich im Sack, sozusagen. Natürlich freundschaftlich. Von diesen Leuten machen sich ja viele ein ganz falsches Bild. Wer da das Sagen hat, ist nämlich meistens gar nicht so. Man muss verstehen, die Leute richtig zu nehmen. Dauerhafte Freundschaften sind wichtig. Gute, dauerhafte Verbindungen. Da kann man sich immer wieder drauf verlassen. Aus guten Beziehungen können schöne Freundschaften wachsen, die weit über das rein Geschäftliche hinausgehen. Und man weiss dann trotzdem immer genau warum, nicht wahr. Und zwar über weite Strecken, möchte ich behaupten. Und sonst kann man ja abtasten. Man kann sich arrangieren. Ich sage immer, das Gebiet abstecken und dann drauflos. Korrekt, aber nicht zimperlich. Die anderen machen es nicht anders. Ich bin ja nicht der einzige in meiner Branche, nicht wahr. Nur in meinem Gebiet. Aber das dehnt sich immer ein bisschen aus. Was Kirchen betrifft, sogar weit überregional. In Sachen Sakralbau bin ich eigentlich konkurrenzlos. Aber jedes Gebiet hat seine Masche. Das ist zwar, wie gesagt, ein blödes Wort, aber es stimmt und man versteht's. Wenn ihr's nicht fühlt, ihr werdet's nie erjagen, heisst es doch. Das heisst, wo man mitmacht, kann man relativ ungestört ziemlich viel holen, nicht wahr. Man muss dem Kind den richtigen Namen geben, bevor man es verheiraten kann, nicht wahr. Am einen Ort zieht der Rosenkranz, dort eine kulturelle Tat, zum Beispiel eine schöne Plastik oder ein Ölgemälde, eine Wappenscheibe, ein Kirchenfenster oder einfach eine anständige Spende. Auch die Geistlichkeit ist ja bestechlich, zölibatär bestechlich sozusagen. Das können Sie aber auch überhören. Die Sache läuft dann einfach irgendwie über die Kirche, meistens jedenfalls. Und für die Behörden mache ich hin und wieder eine Infrastrukturstudie mit Vorprojekt und Finanzierungsplan et cetera. Vorschläge in dieser Richtung sind jetzt ziemlich in, wie man so sagt. Natürlich nur so, kostenlos und unverbindlich selbstverständlich. Behördlicherseits versteht man den Wink dann schon, das können Sie sich ja denken. Vor etwa acht Jahren ist zufällig ein Arzt aus meiner Stadt, guter Bekannter, dazugekommen, wie ich in einem Hotel einen ganzen Gemeinderat in corpore abgefüllt habe. Es geht um ein Achtzehnmillionenprojekt. Zwei Schulhäuser. Turnhallen. Schwimmbad. Sportanlagen. Parkplätze et cetera. Dazu ein paar Attikawohnungen, Dachgärten und so. Für pensionierte Lehrer. Mein Bekannter latscht da aus Versehen herein, und nachher sagt er zu mir: Hast du das wirklich noch nötig, Xaver, fragt er mich. Jawohl, sage ich, meine Leute brauchen Arbeit, von mir hängen mehr als hundertfünfzig qualifizierte Familienväter und ein ganzer Haufen ledige Mitarbeiter ab, alle im Angestelltenverhältnis. Die wollen jeden Monat Geld, sage ich ihm, ich habe eine soziale Verantwortung, und wenn du im Jahr nicht mindestens eine halbe Million rein netto in den Sack stecken kannst, bist du nicht zufrieden, oder? Und du hast mehr oder weniger einen Einmannbetrieb, nicht wahr, aber bei mir verdienten schon damals mehr als zweihundert Menschen ihr täglich Brot, das habe ich ihm gesagt. Darum habe ich das nötig, habe ich gesagt. Du brauchst nur zu warten, bis die Leute krank werden oder einen Unfall haben. In meiner Branche ist das anders. Und schliesslich darf man einen Geschäftsabschluss begiessen, nicht wahr. Da sagt er: Soviel ich weiss, ist aber der Auftrag noch gar nicht vergeben. Verlass dich drauf, sage ich zu ihm, der Auftrag wird vergeben, und zwar an mich. Darum habe ich das nötig. Und wer das zum Beispiel nur schon als simpler

Architekt in etwa nicht begreift, nicht wahr, so einer kann einpacken, bevor er überhaupt angefangen hat. Todsicher ist nur dem Totengräber sein Job. Er ist mein Hausarzt, Mediziner, nicht wahr, Akademiker. Sie sind wahrscheinlich auch Akademiker. Ich sehe das den Leuten in etwa an, Sie verstehen, kein Kunststück. Wir wollen alle Geld verdienen, sage ich zu ihm, das ist alles. Dazu brauche ich nicht Akademiker zu sein. Aber meine Kinder lasse ich trotzdem studieren. Die haben es jetzt schon leichter als ich seinerzeit. Ich sage zu ihm, dir hilft die Natur, nicht wahr, jeder wird einmal krank, aber unsereins muss sich selber helfen, basta. Ich habe ihm die Augen geöffnet. Es gibt ja Tausende und Abertausende, sogar sogenannte Geschäftsleute, die das nie begreifen.»

Nie, dachte der Sohn, und ob! Ich kenne sie alle. Keiner ist anders. Alle begreifen. Aber was denn? dachte er, alle sind gleich!

«Die wursteln sich irgendwie durchs Geschäftsleben und kommen zu nichts. Richtlinien oder wie das so schön heisst in Ehren, nicht wahr, aber wir leben doch in einem freien Staat mit freier Marktwirtschaft und freiem Wettbewerb. Solange man korrekt vorgeht, brauche ich mir nichts sagen zu lassen. Ich sehe die Chancen und nutze den Spielraum. Das ist alles. Das ist eigentlich die ganze Weisheit. Mehr braucht es nicht, wenn man die richtige Nase hat. Von nichts kommt nichts. Das ist heute genau so wie früher, wie immer. Die Leute ändern sich nie. Nur die Situationen. Seit ein paar Jahren kann man auch in Sachen Umweltschutz einiges machen in meiner Branche. Andere machen es mit Entwicklungshilfe. Es ergibt sich laufend Neues, man muss es nur sehen. Denken Sie zum Beispiel ans Fernsehen. Eines Tages gibt es das Fernsehen, und alles staunt, aber heute ist das schon lange nur noch ein Bombengeschäft gewesen, verstehen Sie, gewesen, vorbei. Ich meine, in mehr als einen Kasten kann keiner hineinglotzen. Da muss man eben jetzt neue Gebiete abstecken. Die Menschheit wächst, ist ja klar. Und die Leute wollen essen und sich kleiden und wohnen und sich bilden, damit sie es zu etwas bringen. Sie wollen arbeiten und unterhalten werden und das Leben geniessen. Sterben muss man dann immer noch früh genug. Wie gesagt, nur der Totengräber hat einen todsicheren Job. Aber mein Sektor ist nun einmal das Wohnen im weitesten Sinn. Wenn Sie so wollen, mache ich den Leuten das Dach auf den Kopf. Das ist mein Job. Davon lebe ich, und zwar nicht schlecht. Ich bin keiner von denen, die immer von einer einsamen Insel in der Südsee träumen. Ich hab meine Interessen. Ich hab's geschafft. Aber ich hab dabei meine Gesundheit kaputtgemacht. Das sehen natürlich Leute wie zum Beispiel mein Hausarzt erst ein, wenn man es ihnen deutsch und deutlich sagt. Clear and loud, nicht wahr. Ich komme jetzt direkt aus Irland. Es ist schon immer mein Wunsch gewesen, eine ganze Landschaft für mich allein zu haben. In Irland ist das noch möglich. Ein paar sehr schöne Objekte habe ich da besichtigt. Ganze Landstriche sind zu haben. Mit Seen und Flüssen und Bächen et cetera. Alles spottbillig. Relativ, meine ich, wenn man das Klima berücksichtigt. Da ist mir übrigens etwas Komisches passiert. Im Süden bei Cork. Ich bin ja sonst kein Draufgänger bei Frauen. Für Geld hin und wieder, nicht wahr, Huren, ja. Aber nur hin und wieder und immer nur im Ausland, wenn schon. Diskret, das ist ja klar. Also, da hat eine Amerikanerin eine ganze Gegend geerbt. Die Iren sind ja früher alle nach Amerika ausgewandert, das weiss man ja. Jetzt steht diese Amerikanerin da. Aus Philadelphia kommt sie. Geschieden. Etwa vierzig Jahre ist sie alt und nicht schlecht im Schuss, wie man so sagt. Die steht jetzt da mit dieser Riesenerbschaft. Plötzlich gehört ihr das ganze Land. Ein ganzes Dorf gehört plötzlich ihr. Irgendein Ururgrossvater von ihr ist seinerzeit ausgewandert. Jetzt ist alles wie ausgestorben. Sie zeigt mir das Land. Sie hat genaue Liegenschaftspläne. Und plötzlich bei einem Weiher verschwindet sie und kommt arschnackt hinter dem Busch hervor und sagt: «Hellou!» Verstehen Sie, sagt einfach Hellou! Man muss es ja nicht so genau nehmen im Ausland, nicht wahr. Die steht jetzt also da mit ihrer Erbschaft und weiss nichts damit anzufangen. Wasser ist zwar da, aber mit der Elektrizität sieht es bös aus. Man muss bei allen Objekten, die ich gesehen habe, eine schöne Stange hineinstecken, bevor man anständig leben kann. Und ein bisschen mehr Sonne würde den Iren in etwa auch nicht schaden. Die haben ja auch keine anständigen Bäume in ihrem Land, nur Torf und Sumpf und ein wenig Gebüsch. Ja, jetzt weiss ich tatsächlich nicht recht, ob ich da zuschnappen soll. Was die Leute betrifft, die sind ja hochanständig. Die haben ihren Glauben, die sind noch richtig unverdorben. Der Mensch muss ja etwas haben, woran er sich halten kann. Jeder Mensch. Aber in welcher Branche sind denn Sie tätig, wenn ich so gradheraus fragen darf . . .»

Einer aus der beklemmend grossen Horde der erfolgreichen Hundsfötzel also im Nebensessel; auch dieser auf dem Heimflug in Lüften.

Der Sohn atmete tief.

Und die ganze Zeit immer wieder hatte er gedacht, er könnte es tun, heute noch könnte er es tun.

Dazwischen das Bordmenü, dann eine Tasse Kaffee und Ladies and Gentlemen, this is your captain speaking, später wieder Ding-Dong und die Stewardess am Lautsprecher mit thank you and good-bye und no smoking please und fasten seat belts und dann das Vibrieren, das kleine Rumpeln, das Holpern endlich bei der Landung.

«Also dann», sagte der Generalunternehmer namens S.C.H. wie Schorsch, während sie vor dem Eingang zur Zoll- und Passkontrolle aus dem Bus stiegen.

Also dann, dachte der Sohn noch, als er das kleine Lederetui mit den Autoschlüsseln aus der linken Jackentasche zog, also dann, also dann ...

Ich hätte ihm erzählen können, im Park der Villa meines Vaters liege ein Teich; und was glauben Sie, hätte ich ihn fragen können, was glauben Sie, steht mitten im Teich?

Es war kurz nach zehn Uhr.

Der Sohn fuhr vom Flugplatz direkt in die lichterblinkende Stadt. Er überlegte eine kurze Weile, weshalb eine Diana auf dem Teichfelsen stehe. Warum keine Aphrodite, dachte er, Venus, Salzwasserschaum ...

In den Zeitungen hatte er gelesen, seit drei Tagen habe man nun Regenwetter, man könne jedoch auf Wetterbesserung hoffen, das Azorenhoch breite sich langsam aus.

Die Hoffnung hatte sich erfüllt: Alle Strassen waren trocken, die Luft war fast so warm, wie sie sein soll an Juniabenden.

Ich könnte es tun, dachte der Sohn.

In der Nacht zuvor hatte er geträumt und war darob kurz erwacht: Ich bin auf einem Kiesweg zwischen kantig zurechtgestutzten Hecken und gehe geradeaus, direkt auf ein hohes Lattentor zu, und plötzlich fange ich an zu lachen und springe hochauf und bin über Tor und Hag gehüpft, ganz leicht, und Weg und Tor und Hecken, alles unter mir.

Er lächelte vor sich hin.

Auf den Papieren in seinem Aktenkoffer waren alle Unterschriften auf dem rechten Fleck. Die Geschäfte waren unter Dach, auch jenes letzte, das ihn übers Wochenende hinaus bis zu diesem Tag in London zurückgehalten hatte.

Er fand einen Parkplatz in der Nähe des Theaters, in dem seine Frau sass und, wie er annahm, seiner Kusine Sibylle flüsternd zu erklären versuchte, worum es im Spiel der französischen Gasttruppe auf der Bühne ging. LES ÉQUARRISSEURS las er auf dem Plakat neben dem Theatereingang.

Keine fünf Minuten später, in einem Restaurant nebenan, fragte er sich, ob Les Équarrisseurs der Name der Truppe sei oder ob das Stück so heisse. Er wusste es nicht, er hatte zu flüchtig gelesen; seit Stunden dachte er daran: Ich mach jetzt Schluss.

Ob das Bier offen ausgeschenkt werde oder ob . . .

«Ja», sagte der Kellner.

«Dann bringen Sie mir bitte ein Helles», sagte er.

Er spürte wieder die Müdigkeit. Auslandreisen machten ihn immer müde, fast krank. Schon bei der Abreise war ihm jedesmal so zumute, wie kurz vor einer Grippe. Die Reiserei, die Hotels mit ihren Zimmern und Bars und Frühstückräumen, die ganzen Umtriebe, alles machte ihn nervös.

Geht mir einfach auf die Nerven, dachte er.

Dann die Termine, die Konferenzen, die Nachtessen mit den Kunden.

«Einen Regenschirm aufspannen, ist noch kein Geschäft.»

Der eine war auf dem Matterhorn gewesen, Traumziel seines Lebens. Der andere spielte Golf; wer spielte nicht Golf? Alle wussten Witze zu erzählen. Der siebente oder achte war Sportfischer oder Modelleisenbahnennarr.

«Mitlaufenlassen gilt nicht! Wir richten hier keine Hochzeit aus!»

Dann die Nightclubs und wieder Witze. Und morgen der erste Termin um halb zehn.

«Ach, diese Begeisterung! Stundenlang! So ein Glück! Verlorenes Gesöff! Da capo!»

Er nahm einen Schluck und stellte das Glas wieder auf den Bierfilz, drehte es mit Daumen und Mittelfinger der rechten Hand rundum.

«Als dein Haar Wasser zog, Eva, weisst du noch?»

Nein, dachte er, schon gut, dass ich ihm nichts erzählt habe. Besser nichts erzählen. Diesen ekelhaften Omnipotenzprotzen am besten nie etwas erzählen, diesen Halunken, diesen geschäftstüchtigen.

An dem Tisch links von seinem Tischchen sassen zwei junge Männer und eine junge Frau; sie redeten über eine Ausstellung. Und rechterhand sassen eine Frau und ein Mann, auch sie sprachen miteinander, wenn auch weniger laut als die andern.

«Sagt er Neo-Expressionist? Ja? Dann hat er recht. Sonst nicht.»

«Aber er ist doch ein Mittelmeermensch. Expressionismus ist doch eine Sache aus dem Norden. Mediterranen Expressionismus gibt es doch nicht. Das ist doch ein Widerspruch in sich!»

«Das schon. Aber trotzdem.»

«Auf jeden Fall ist Neo-Impressionismus das falsche Wort.»

«Er sagt aber nicht Neo-Impressionismus. Er sagt Neo-Expressionismus, und das stimmt.»

Der Sohn rauchte eine Zigarette an und trank den zweiten Schluck; der Bierschaum im Glas war schon zusammengefallen, es war wie ein Schrumpfen.

«Aber wer kauft das jetzt? Alle sind hinter den Naiven her. Heute will jeder Idiot seinen Naiven aufhängen.»

«Und wie diese Leute reden! Allein schon die Terminologie!»

«Die wollen alle ein naives Gepinsel, weil sie glauben, dass sie jetzt drauskommen. Das ist ja der Witz. Diese naive Kunstwelle ist für die Naiven. Die können echte Naive nicht von Ramsch unterscheiden. Für die ist jedes Bildchen voll Männchen naive Kunst. Die sehen alles durch ihr Christus-im-Ährenfeld-Objektiv. Die haben ja keine Ahnung!»

«Der Kunsthandel schon.»

«Die Kunsthändler sind immer die Raffinierten gewesen.»

Ich muss heim, dachte er und trank das Glas halb leer. Vom Kassazettelchen las er, wieviel das Bier kostete.

«Die meisten haben schon ein Maulvoll, wenn sie das Wort Pornographie nur in den Mund nehmen!» — das kam vom andern Nebentisch. Der Sohn zählte einige Münzen aus seinem Portemonnaie und legte das Geld auf den Tisch.

Alles Spesen, dachte er, Trinkspesen, Reisespesen, Geschäftsspesen, Haushaltspesen, alles nur Spesen, Lebensspesen . . .

Wieder vom Tisch zu seiner Rechten:

«Es muss doch klemmen, verstehst du, das ist die Mechanik, je mehr Verklemmte es gibt, desto besser klemmt es, und je besser es klemmt, desto länger hält sich die ganze Maschinerie selber zusammen, Sünde und Sühne, was weiss ich, ergeben das einzige funktionierende Perpetuum mobile!»

Und vom andern Tisch her:

«Aber mit Neo-Impressionismus darf er bei diesen Bildern nicht kommen. Unter Neo-Impressionismus verstehe ich etwas anderes.»

«Er sagt ja Neo-Expressionismus. Ich bring dir die Zeitung, dann kannst du's höchstderoselbst lesen.»

Der Sohn stand auf und sagte zu den drei Leuten am Nebentisch: «Sie haben mir gerade noch gefehlt!», und zu den beiden andern: «Und Sie auch! Jawohl, Sie auch.»

Sie sahen ihn an, überrascht und verwundert.

Ach was, ich muss heim, dachte er und ging an ihnen vorbei.

«He, Sie! Wie meinen Sie das?»

«Entschuldigen Sie», sagte er und ging zum Ausgang.

Spielt keine Rolle, die sollen hinter mir her glotzen, ich muss heim.

Er ging hinaus, überquerte die Strasse, ging nicht mehr am Theater vorbei, um festzustellen, was mit LES ÉQUARRISSEURS gemeint war. Er fuhr zügig durch die Innenstadtstrassen; der Verkehr war nicht sehr dicht, die Ampeln an den Kreuzungen und Plätzen blinkten gelb.

«Jetzt aber Landschaft, Leute! Ganz ruhige Landschaft! Kein Grund zum Hüpfen! Überhaupt nicht!»

Ich werde hundemüde, ich bin wirklich hundemüd jetzt, ich muss schnell heim, schnell, dachte er.

Vor ihm her fuhr ein breiter Wagen mit breiter Schlusslichterbatterie und solider Stossstange. Er achtete darauf, nicht zu nah an das Auto heran und mit regelmäs-

siger Geschwindigkeit zu fahren, nicht schneller, als es
die Tempotafeln am Strassenrand erlaubten.

Ich fahre euch allen davon, dachte er, ich lasse euch
einfach stehen, spielt keine Rolle, ich weiss schon, es
läuft alles weiter.

Auf dieser Heimfahrt trug er, anders als es sonst seine
Gewohnheit war beim Autofahren, keine Handschuhe;
er bemerkte es, als er schon ausserhalb der Stadt noch
immer hinter dem Wagen mit den aufdringlichen
Schlusslichtern her fuhr. Er bemerkte auch, dass seine
Hände schweissig waren. Aber er liess die Handschuhe
auf dem Schaffellüberzug des Nebensitzes liegen.

Plötzlich leuchteten die Lichter vor ihm stichrot grell
auf, er kniff seine Augen zusammen; der breite Wagen
spurte links ein, scherte aus. Der Sohn hatte kurz ange-
bremst, gab wieder Gas, fuhr geradeaus weiter, in
gleichmässigem Tempo wieder. Bald war die Strasse
strichweise nicht mehr beleuchtet: einzelne kurze
dunkle Strecken zwischen den Ortschaften, die dicht
nebeneinander hingebaut worden waren.

S.C.H. Fink, Generalunternehmer, dachte er, S.C.H.
wie Schorsch. In zehn Jahren ist das alles eine einzige
Stadt. Alles schön verbaut. Zugemauert. Kaputt. Alles
schön kaputt. Auch der sogenannte ewige Mensch, dieser ewige Idiot. Die Halbschlauen und die weniger
Schlauen und die Ganzschlauen. Die Profitbanditen,
die Stehaufmännchen in allen Ämtern und Lebens-
lagen. Nicht jeder Fink heisst Xaver S.C.H. Fink.

Im Rückspiegel leuchteten Scheinwerfer auf, von weit
hinten.

Es hat keinen Wert mehr. Das habe ich schon oft gedacht, das weiss jeder, sollte jeder wissen, dachte er,
das sollte man jetzt endlich wissen. Alles zugemauert.
Luft und Leben. Lust and Life.

Sprüche, dachte er dann, es hat ja keinen Wert mehr.

Nach der nächsten engen Kurve waren die Scheinwerfer aus dem Rückspiegel verschwunden, aber als sie
nach zwei weiteren Kurven wieder durch die Heckscheibe hereinstrahlten, stachen sie in seine Augen; der
Wagen war ein gutes Stück näher gekommen.

Er fährt schneller als er darf, dachte der Sohn, und
erst noch mit Vollicht. Vielleicht merkt er's nicht einmal. An jedem Auto sollte hinten ein Scheinwerfer
montiert sein, damit man solche Leute wecken kann.

Durch die nächste Ortschaft fuhr das Auto dicht hinter ihm her; dann, kurz nach der letzten Strassenlampe, dröhnte es links vorbei.

Der Sohn fuhr langsamer. Er wollte weder Schlusslichter vor noch Scheinwerfer hinter sich und im Rückspiegel haben. Er wusste, wo er anhalten und für eine
Weile aussteigen wollte. Es gab da rechts von der Strasse einen Asphaltplatz und einen breiten Rasenstreifen
mit einigen Parkbänken. Irgendein Verkehrs- oder
Verschönerungsverein irgendeiner Gemeinde hatte
diese Bänke dort hinstellen lassen. Im Sommer
badeten dort die Leute oder sassen auf den Steinen am
Wasser.

Vielleicht hocken da auch Wasserratten, dachte der
Sohn.

Er kannte die Namen aller Ortschaften zwischen seinem Wohnort und der Stadt. Aber der Reihe nach, so
wie sie nebeneinander lagen, hatte er sie nie aufzählen
können. Es interessierte ihn nicht, ob Rudwies, von der
Stadt her gesehen, ober- oder unterhalb Ratzach oder
vielleicht gar zwischen Beerbach und Zierberg lag. Er
kannte die Strecke, kannte die Strasse, ihre Kurven, er
kannte jene Kurve, von der aus noch ungefähr ein
Kilometer zu fahren war bis zu jenem Stück Land, das

irgendeine Gemeinde aufgekauft und zur öffentlichen Uferzone gemacht hatte.

Als er die Kurve hinter sich hatte, drosselte er die Geschwindigkeit, und nach einer Weile schaltete er in den zweiten Gang; dann liess er den Wagen ausrollen, steuerte nach rechts, hielt an, blieb sekundenlang in der dunklen Stille sitzen, nachdem er den Motor abgestellt und die Scheinwerfer ausgeschaltet hatte. Er sah rasendes Geflimmer, als er die Augen schloss.

Ich könnte das Auto einfach hier stehen lassen.

Er dachte daran, dass es schon oft vorgekommen war: Man findet ein verlassenes Auto, sonst nichts; die Zeitungen berichteten darüber, stellten Mutmassungen an.

Er stieg aus und ging über den Asphalt. Die Luft war frisch. Ein leichtes Windchen wehte vom Wasser her.

Er ging über den Rasenstreifen und tastete sich mit den Fussspitzen vorsichtig im Dunkeln auf die Ufersteine hinab und blieb am Wasser sitzen. In der Dunkelheit vor ihm schäkerten Wasservögel, die er nicht sehen konnte. Er dachte, es seien Blässhühner oder Haubensteissfüsse.

Wahrscheinlich Haubentaucher, dachte er.

Es gluckste leise; ein kleines Plätschern hin und wieder zwischen den Steinbrocken, ein Geräusch, das nur zu hören war, wenn hinten auf der Strasse keine Autos vorbeibrausten, und nachher erst wieder, wenn sich die Motorengeräusche weit in die Nacht hinaus verzogen hatten.

Ich weiss schon wie, dachte der Sohn, ich weiss ganz genau wie. Ein leeres Auto sieht nach billigem Kriminalroman aus. Ich weiss wie.

Es kam ihm in den Sinn, was er schon zweimal hatte sagen hören: Wenn sich einer umbringt, hat er eine Erektion. Jeder hat das, wenn er stirbt.

Erektion und so weiter, dachte er, ich würde vorher onanieren.

Als ihm kühl wurde auf den Steinen, stand er langsam auf und stellte sich breit hin und urinierte in weitem, plätscherndem Bogen über die Steine hinweg ins Wasser und spuckte hinein.

Fische könnten jetzt springen. Um die Zeit sind sie doch sonst immer gesprungen.

Er ging zu seinem Wagen zurück.

Du wirst dein Geschenk bekommen, Kadi, sicher, du bekommst es, nur Geduld.

Seine Hände schlüpften in die von langem Gebrauch schäbig und vom Handschweiss vieler Fahrten getränkten, ein wenig steif gewordenen, kalten Handschuhe. Er schaltete die Scheinwerfer ein und drückte das Gas- und das Kupplungspedal hinunter und drehte den Zündschlüssel. Der Motor sprang sogleich an.

Knappe zehn Minuten später öffnete er das Tor der Garage und fuhr das Auto über die kleine, nach innen und aussen abgeschrägte Betonschwelle an seinen Platz links in der Garage. Rechts, nebenan, wo sonst der Wagen seiner Frau stand, hatte er beim Hineinfahren am Boden einen frischen schwarzglänzenden Ölfleck bemerkt. Er schaltete die Scheinwerfer aus. Der Motor lief.

Hat sicher wieder den alten Getriebeschaden, irgend etwas Kleines, mit dem kein Mechaniker fertig wird. Aber jetzt kann sie ja meinen nehmen, dachte er.

Dann stieg er aus und zog das Garagetor zu.

Keine offenen Türen, nur die Scheiben, das Tor schliesst gut, ich brauche keine Löcher zuzustopfen, ich habe Zeit, ich hab jetzt endlos viel Zeit, ich bin auch nicht mehr müde, mir geht's gut, dachte er.

Ruhig — nur seine Hände zitterten ein wenig — begann er alle Fenster des Autos hinunterzukurbeln. Hierauf nahm er den Karton mit der Whiskyflasche zur Hand und riss die Papierklebestreifen auf, zog die Flasche aus der aufgefetzten Verpackung, würgte den Drehverschluss auf. Dann schlug er die Wagentüren zu und setzte sich hinters Steuer und zog auch die Tür links neben seinem Sitz zu und schaltete das Lämpchen über dem Rückspiegel ein.

Duty Free Shop London Airport.

Er dachte zwar daran, eine Zigarette zu rauchen, liess es aber bleiben.

Ich kann es schon riechen. Aber was man riecht, macht einem nichts aus. Das Geruchlose wirkt, nicht das, was stinkt.

Er schnupperte an der geöffneten Whiskyflasche; der Geruch widerte ihn an.

Mut antrinken, so heisst das. Aber es braucht's gar nicht. Es braucht überhaupt nichts. Saugesöff. — Er nahm einen Schluck und bemühte sich, den Whisky so zu trinken, dass er über die Mitte seiner Zunge direkt in die Kehle floss.

Nur nicht zwischen den Zähnen herumschwenken, einfach hinunter damit, dachte er.

Dann knipste er das Lämpchen aus und riss die Augen weit auf. Er dachte, länger als eine Viertelstunde würde es nicht dauern.

Gib doch Gas, dachte er, ja, gib Gas!

Nein. Ich habe Zeit.

Er setzte die Flasche wieder an den Mund und trank. Dann kamen ihm die Putzfäden in den Sinn. Er schraubte die Flasche zu und stieg aus und wühlte mit der rechten Hand in einer grossen Kartonschachtel herum, die neben dem Kühler an der Garagewand stand. Mit einer Handvoll Putzfäden ging er um den

Wagen herum; er schraubte den Benzintankdeckel ab, stellte die Whiskyflasche auf den Boden und zettelte den Fadenknäuel auseinander, stopfte ein Ende in den Tank hinab. Mit den benzingetränkten Putzfäden in der einen und der Whiskyflasche in der anderen Hand setzte er sich wieder hinters Steuerrad und zog den Schlag zu. Das Lämpchen über dem Rückspiegel erlosch.

Man riecht es gut. Man riecht's jetzt schon besser; er gab Gas, der Motor brüllte auf.

Zuviel, dachte er, nur nicht zuviel. Keinen Krach machen. Ich nehme jetzt noch einen Schluck, dann ist Schluss.

Er trank, schraubte die Flasche wieder zu und legte sie neben die Handschuhe auf den Nebensitz, gab wieder Gas, gleichmässig, damit der Motor nicht wieder aufjaule, und lehnte sich zurück und drückte die benzinstinkenden Putzfäden vor Mund und Nase.

Mit geschlossenen Augen sass der Sohn und atmete den Benzingeruch tief ein durch die Nase und atmete durch den Mund wieder aus; tief und langsam ein durch die Nase, schnell aus durch den Mund.

Steht nur herum! Glotzt mich nur an! Ja, glotzt nur, ihr Idioten! Gafft nur! Das macht ihr ganz recht so! Ich pumpe euch jetzt Gas in die Röhren! Ins ganze System! Hände weg! Ihr sollt mich so lassen, wie ich bin! Ich habe nichts mehr nötig! Ich will nicht gewaschen werden! Nicht rasiert! Merkt ihr's nicht? Ich laufe euch schon davon!

Er warf den Putzfadenknäuel in die dunkle Garage hinaus und begann zu lachen und drückte das Gaspedal ganz hinunter. Sein Lachen scherbelte, vom aufbrüllenden Motor zerfetzt.

Die sollen es nur hören, sollen es nur hören!

Hört ihr's?
Kommt doch her! Los!
Holt mich heraus! Kommt doch!
Holt mich, wenn ihr könnt!
Ja, jetzt gafft ihr!
Jetzt könnt ihr gaffen!
Jetzt könnt ihr's!
Aber herausholen könnt ihr mich nicht!
Ich laufe euch davon!
Ich lauf euch allen davon!
Ihr werdet mich nie mehr los!
Hört ihr!
Nie!

nichts Genaues.

*Am andern Tag hiess es in jenem Jahr, er sei am Abend
von einer Geschäftsreise aus England zurückgekommen
und habe Selbstmord begangen.*

*In der letzten Nacht: «Zurückgekehrt und Selbst-
mord!» sagten die Leute.*

*Und schon gegen zehn Uhr vormittags wissen es alle:
Selbstmord! Stellt euch das einmal vor: Kommt heim
und bringt sich um, stellt euch vor! So etwas!*

*Man fragt sich, ob die üblicherweise gegen Mittag ein-
treffende Zeitung bereits Näheres berichten werde.*

«Erschossen», sagen die einen.

«Nein, erhängt», die andern.

«Warum denn nur?» fragen sie und sagen:

«So ein Schafskopf!»

«So ein Feigling!»

«So ein verdammter Idiot!»

*Sie nehmen an, in der Zeitung werde kaum etwas von
Selbstmord zu lesen sein. «Die faseln sicher nur von
plötzlichem Unglücksfall», sagen sie. «Oder vielleicht
steht gar nichts drin. Oder es heisst einfach: Gestern
abend plötzlich verstorben. Und damit hat sich's.»*

*Aber sie wissen es: Selbstmord. In der letzten Nacht.
Das ist die Hauptsache. Was fehlt, sind jetzt nur noch
die Einzelheiten; da weiss man leider nichts Genaues.*